Celia Dale

Ein natürlicher Tod

Krimi

Aus dem Englischen
von Sonja Hauser

Knaur®

Für Michael Shaw

Inhalt

Ein Privatgespräch

Jeden Arbeitstag seit dem Ende seiner Flitterwochen verließ Stanley Drew die Kantine, sobald er mit dem Mittagessen fertig war, zog seinen Regenmantel an, ging die breite Straße auf dem Fabrikgelände bis zu dem Maschendrahttor und dann nach links zu der Telefonzelle an der kleinen Straße auf der anderen Seite der Bushaltestelle, von wo aus er seine Frau anrief; Privatgespräche waren von Telefonen des Betriebs aus nicht gestattet.

»Hallo?« Ihre Stimme klang blutjung.

»Bist du das, Schatz? Ich bin's. Wie geht's dir?«

»Gut.«

»Hast du schon was gegessen?«

»Gleich.«

»Was machst du dir denn?«

»Ach – Käse, Bohnen ... ich hab mir noch keine Gedanken drüber gemacht.«

»Mach dir was Ordentliches, Schatz.«

»Ja, Stan.«

»Was hast du denn gerade gemacht?«

»Ich hab die Küchenvorhänge genäht, aber mir ist der Stoff ausgegangen. Ich geh dann später raus und kauf noch welchen.«

»Soll ich ihn mitbringen? Ich könnte ihn leicht besorgen.«

»Nein, danke, Stan, ich möchte die Vorhänge heute abend fertig haben. Hübsch wird das ausschauen mit den ganzen Rüschen.«

»Du bist eine richtige kleine Hausfrau, Kleines.«

»Tja...«

»Du bist auch eine richtige kleine Ehefrau, weißt du das?«

Sie kicherte. »Tja, dann mach ich mich wohl lieber wieder an die Arbeit.«

»Mach dir erst was Richtiges zu essen. Und dann gehst du zum Einkaufen?«

»Ja, genau.«

»Gut, Kleines. Paß auf dich auf. Ich denk an dich.«

Und das tat er tatsächlich, auch nach einem Jahr und später, denn er konnte es noch immer kaum glauben, daß er, als über Vierzigjähriger, der erst seit kurzer Zeit nicht mehr für die Pflege seiner kranken Mutter verantwortlich war, eine so junge, hübsche Frau wie Cindy hatte für sich gewinnen können. Deshalb legte er seine unsichere, aber immer auch ein wenig besitzergreifende Dankbarkeit ihr gegenüber nie ganz ab. Sie war kaum halb so alt wie er selbst, hatte dichtes, braunes Haar, Augen mit Wimpern wie ein Filmstar und dazu die passende Figur; sie war ihm auf Anhieb wie der Inbegriff der Perfektion erschienen, als er sie das erste Mal während einer Pauschalreise an die Costa Brava gesehen hatte, die er als Einzelreisender unternahm. Sie war mit zwei anderen Mädchen zusammen, die immer lachten und ihre Figuren in knappen Bikinis präsentierten. An manchen Tagen kam sie erst gegen Mittag ins Freie und wirkte erschöpft und traurig – vielleicht machte ihr das fremde Essen zu schaffen. Doch schon bald erholte sie sich wieder, und als die drei Mädchen mit ihm flirteten, anfingen, ihn aus der Reserve zu locken, blieb sie auch dann noch bei ihm, als die anderen verschwanden. Sie lag neben ihm am Strand, die Augen geschlossen, das Haar auf dem Handtuch ausgebreitet, und er saugte das, was er sah, verstohlen in sich auf – einen gewölbten Rippenbogen, kleine Brüste unter einem knappen Oberteil, einen Nabel und runde Oberschenkel, an deren Innenseite ein einziges krauses Haar unter dem Bikinihöschen hervorlugte. Er mußte sich auf den Bauch drehen, als er es entdeckte, und tief durchatmen, weil er sich seiner eigenen blassen Haut, seines kleinen Bäuchleins und seiner knotigen Altmännerzehen schämte.

Trotzdem schien sie ihn zu mögen. Und am letzten Abend des Urlaubs führte er sie, wagemutig geworden durch den Alkohol, den er getrunken hatte, und die Fröhlichkeit der anderen, hinaus unter die Kiefern vor dem Hotel und küßte sie. Ihre Reaktion brachte ihn fast um den Verstand. Er nahm das Zimmer, in das sie ihn mitnahm, kaum noch wahr und hörte weder ihre Beteuerungen, daß die anderen Mädchen, mit denen sie das Zimmer teilte, sicherlich unten an der Bar saßen, noch konnte er einen zusammenhängenden Gedanken fassen, bevor er sich, nach zwei Uhr morgens, wieder in seinem eigenen Zimmer befand, bei seinem Zimmergenossen, der mittlerweile laut und vernehmlich schnarchte.

Er hielt sich während der Rückreise nach London in ihrer Nähe auf, trug ihre Taschen und las ihr jeden Wunsch von den Augen ab. Im Flughafenbus fragte er sie, ob sie ihn heiraten wolle, und sie sagte ja.

»Hallo?«

»Bist du das, Schatz? Ich bin's. Wo warst du denn? Das Telefon hat zehnmal geklingelt.«

»Ich war auf der Toilette.«

»Oh – entschuldige, Schatz. Du hast doch keine Magenverstimmung, oder?«

»Nein, natürlich nicht.«

»Wie geht's dir denn?«

»Ich mache gerade das Wohnzimmer sauber. Die ganzen alten Fahrradzeitschriften – brauchst du die noch?«

»Na ja...«

»Die liegen nur herum. Und ich kann mir nicht vorstellen, daß du dich jemals auf ein Fahrrad setzt.« Sie kicherte.

»Na schön, Schatz. Dann wirf sie weg.«

»Okay.«

»Hast du schon was gegessen?«

»Gleich.«

»Mach dir was Ordentliches, Kleines. Ein Ei, Milch...«

»Vielleicht.«

»Du mußt auf dich aufpassen, Schatz.«

Drei Monate nach ihrer Hochzeit hatte sie einen Abgang gehabt. Sie hatte Blut verloren, viel mehr, als er zu einem so frühen Zeitpunkt der Schwangerschaft für möglich gehalten hätte, und er wußte, daß er sich umgebracht hätte, wenn die Ärzte am nächsten Tag zu ihm ins Wartezimmer des Krankenhauses gekommen wären und ihm gesagt hätten, daß sie tot sei. Sie taten es nicht; sie erholte sich, auch wenn sie matt aussah und kaum sprach. Hinter seiner Sorge, seiner aufopfernden Pflege und seiner Erleichterung regte sich ein schwacher Funke Stolz darüber, daß er in seinem Alter noch solche Potenz bewiesen hatte. Sie hatten einen Monat, nachdem sie einander kennengelernt hatten, geheiratet, also mußte es sofort passiert sein, vielleicht sogar in jener berauschenden Nacht in Spanien. Er würde das noch einmal zustande bringen, aber noch nicht so bald. Sie brauchte lange Zeit, um wieder genauso zu werden wie früher – vielleicht war sie auch nie mehr ganz so. Sie war stiller, immer ein bißchen gereizt, wurde leicht müde...

Sie war ja noch so jung – sie konnten es sich leisten, zu warten. Jetzt, wo er wußte, wozu er in der Lage war, gab er sich damit zufrieden, zu warten, bis sie von selbst wieder wollte, und damit, sie mit seinem liebevollen Stolz zu umsorgen und zu beschützen.

»Hallo?«

»Bist du das, Schatz? Ich bin's. Wo warst du denn?«

»Wann?«

»Vor zehn Minuten. Es hat geklingelt und geklingelt.«

»Ich war beim Einkaufen.«

»Mittags?«

»Ja.«

»Du gehst doch nie mittags zum Einkaufen.«
»Mir ist die Milch ausgegangen.«
»Hat der Milchmann denn keine gebracht?«
»Er war spät dran.«
»Tja, ich hab mir Sorgen gemacht.«
»Warum?«
»Weil du nicht rangegangen bist.«
»Mein Gott, Stan...«
»Ich weiß gern, wo du bist, Schatz. Sonst mache ich mir Sorgen.«
»Sei doch nicht albern.«
»Ich weiß genau, wo du bist, je nachdem, wie oft das Telefon klingelt. Sechsmal bedeutet, daß du in der Küche bist. Achtmal ist das Wohnzimmer. Zehnmal ist das Schlafzimmer oder vielleicht auch die Toilette.«
»Und bei zwanzigmal bin ich die Treppe runtergefallen und hab mir den Hals gebrochen, weil das Telefon geklingelt hat.«
»Sag das nicht, Kleines. Das ist nicht lustig.«
»Wirklich, Stan... ich kann doch nicht mein ganzes Leben neben dem Telefon verbringen.«
»Aber ich hab's gern, daß du rangehst, wenn ich anrufe, Liebling, sonst mache ich mir Sorgen. Du bist immer da zur Essenszeit. Ich möchte nicht, daß du nicht da bist, wenn ich anrufe, das bringt mich durcheinander.«
Sie gab ihm keine Antwort.
»Was hast du denn gemacht?« fragte er mit beschwichtigender Stimme.
»Das habe ich dir doch gerade gesagt. Ich war beim Einkaufen.«
»Und daheim? Heute ist doch Waschtag, oder?«
»Ja. Ich glaube, die Maschine ist kaputt. Ich hab noch nicht die ganze Wäsche gemacht.«
»Ich schau sie mir an, wenn ich zu Hause bin. Mach dir mal keine Gedanken, Schatz.«

Er wußte sich handwerklich zu helfen und maß dem Haushalt mehr Bedeutung bei als sie, nachdem der erste Reiz des eigenen Zuhauses verflogen war. Sie hatte das Haus völlig verändert und alles hinausgeworfen, was seiner Mutter gefallen hatte und womit er aufgewachsen war; sie hatte sämtliche Wände neu tapeziert und frisch gestrichen und vieles davon selbst gemacht – vielleicht hatte sie deshalb auch den Abgang gehabt. An den Wochenenden hatte er ihr geholfen, stolz auf ihre Energie und ihr süßes kleines Hinterteil in der farbverschmierten Jeans, und auf ihr Haar, das ihr über die Augen fiel, wenn sie sich zur Decke streckte und dabei in ihrer unaufmerksamen Art nicht nur sich selbst, sondern auch ihn mit Farbe bespritzte. Er machte hinterher immer sauber, brachte ihr Tee, wenn sie erschöpft ausgestreckt auf dem Sofa lag, kochte das Abendessen. Er konnte sich zwar keinen neuen dreiteiligen Anzug leisten, aber sie hatten zusammen neue Spannbettücher ausgesucht, und das Schlafzimmer hatte sich in ein Boudoir verwandelt mit pfirsichfarbenem Satin und Nylonrüschen und Düften aus einem Dutzend unterschiedlicher Fläschchen mit weiß Gott welchem Inhalt.
Aber das war alles am Anfang gewesen. Jetzt, wo das Leben seinen normalen Lauf nahm, war im Haus nicht mehr viel zu erledigen, außer dem tagtäglichen Putzen und Aufräumen. Sie hatte nicht allzu viele Beschäftigungsmöglichkeiten, um ihre Zeit auszufüllen, und deshalb wußte er auch gern, wo sie war, wenn er anrief, hörte gern ihre Stimme und sprach mit ihr, damit sie wußte, daß er an sie dachte. Und er dachte auch an ein Kind, eine Aufgabe für sie, jetzt sollte sie eigentlich wieder bereit dazu sein...

Es klingelte sechsmal.
»Hallo?«
»Bist du das, Schatz? Ich bin's. Wo warst du?«
»In der Küche.«

»Du bist ja ganz außer Atem. Was hast du denn gerade gemacht?«
»Ich bin auf der Matte ausgerutscht, als ich zum Telefon gerannt bin.«
»Hast du dir weh getan, Kleines?«
»Nein, mir fehlt nichts. Ich bin nur ausgerutscht.« Mittlerweile atmete sie weniger heftig.
»Tja, paß auf dich auf, Schatz. Was hast du denn gerade gemacht?«
»Ach, ich hab gebügelt und allerlei Kleinkram erledigt. Du weißt das doch.«
»Hast du schon was gegessen?«
»Wollte ich gerade. Bohnen. Und der Toast ist grade im Toaster, Stan; ich möchte nicht, daß er verkohlt.«
»Gut, Schatz, laß dich nicht aufhalten. Und mach dir noch ein Ei im Glas, Kleines, Bohnen sind doch nicht genug.«
»Na schön. Mach's gut.«
»Paß auf dich auf, Schatz...«
Ein Kind würde ihr etwas zu tun geben, dafür sorgen, daß sie sich nicht soviel aufbürdete. Seit zwei Jahren verheiratet, und über achtzehn Monate waren vergangen seit dem Abgang. Zeit genug. Höchste Zeit.

»War er das?«
»Wer sonst?«
»Komm rein.«
»Hm...«
»Mein Gott, deine Füße sind ja eiskalt.«
»Was erwartest du denn, wenn ich nach unten rennen muß? Wärm sie mir.«
»Aua!«
»Ich hab's gerade noch geschafft. Sechsmal Klingeln bedeutet, daß ich in der Küche bin.«

»Heißt das, daß er mitzählt?«
»Jedes einzelne Klingeln. Zehnmal klingeln heißt, ich bin im Schlafzimmer. Und was hätte ich da wohl um zwölf Uhr fünfundfünfzig zu suchen?«
»Die Antwort liegt klar auf der Hand.«

Es klingelte dreizehnmal. Sie war völlig außer Atem.
»Wo warst du?«
»Im Garten.«
»Aber es regnet doch in Strömen.«
»Ein Hund war im Garten – ein großer schwarzer Hund, so was Ähnliches wie ein Schäferhund, er hat in deinem Dahlienbeet herumgebuddelt. Ich habe ihn verjagt.«
»Sei vorsichtig, Schatz. Schäferhunde können gefährlich sein.«
»Ich weiß. Aber der hier ist weggelaufen.«
»Wie geht's dir?«
»Miserabel. Ich bin ziemlich durcheinander wegen letzter Nacht, Stan.«
»Tut mir leid, Kleines.«
»Nein, das hat mich aus der Fassung gebracht. Ich will nicht darüber reden.«
»Cindy...«
»Ich hab Kopfweh, Stan. Ich werde mich hinlegen.«
»Mach das, Liebling, nimm ein Aspirin. Soll ich dir Aspirin mitbringen? Paß auf dich auf...« Aber sie hatte schon aufgelegt. Er kaufte ein Dutzend Nelken bei dem Blumenhändler an der U-Bahn-Station und brachte sie ihr mit. Sie hatte noch immer Kopfweh.

»Er?«
»Ja.«
»Kuschel dich an mich. Du bist ja eiskalt.«
»Er treibt mich noch zum Wahnsinn. Ich habe das Gefühl, daß

ich keine Luft mehr bekomme. Er ist wie eine große Decke, die mich erstickt. Jeden Tag dasselbe. Morgens – bis dann, Schatz, paß auf dich auf. Mittags – bist du das, ich bin's, wie geht's dir? Abends – ich bin's, Schatz, ich bin wieder da, hast du einen schönen Tag gehabt? Und später dann – bist du müde, Schatz, wie geht's deinem Kopf? Aber um meinen verdammten Kopf geht's gar nicht. Er treibt mich noch zum Wahnsinn!«
»Psch, Kindchen, psch...«
»Ach Dave, wenn du mich bloß nicht hättest sitzenlassen.«
»Aber ich hab doch gar nicht anders gekonnt, oder? Ich meine, schließlich hab ich doch sehen müssen, daß ich zu Geld komme, oder? Woher sollte ich wissen, daß du in anderen Umständen warst?«
»Wärst du denn geblieben, wenn du es gewußt hättest, Dave?«
»Weiß nicht. Ehrlich, ich weiß es nicht. Aber jetzt würde ich bleiben. Jetzt würde ich für immer bei dir bleiben. Cindy, glaubst du mir das?«
»Ich weiß es nicht.«
»Du mußt mir glauben. Ich bin ganz vernarrt in dich, Cindy.«

Sie hob sofort ab. »Stan?«
»Hallo, Schatz. Ich bin's.«
»Stan, hast du meine Pillen?«
»Pillen?«
»Ja, Pillen. Die Pillen, die ich jeden Tag morgens nehme. Die Pillen, damit ich nicht schwanger werde. Die Pillen!«
»Ich hab sie die Toilette runtergespült, Schatz.«
»Du...!« Sie schrie fast.
»Du brauchst sie nicht, Kleines. Nicht mehr. Sie sind nicht gut für dich, wenn du sie immer nimmst, das ist nicht natürlich.« Er spürte, wie sie sich bemühte, die Fassung wiederzuerlangen, konnte sich vorstellen, wie sie in dem engen Flur stand, die Hand um den Hörer gekrampft.

»Ich habe sie die Toilette runtergespült«, wiederholte er mit sanfter Stimme.
Nach einer Weile sagte sie: »Du weißt, daß ich mir neue holen werde. Ich gehe zum Arzt und lasse mir wieder welche verschreiben.«
»Es wäre mir lieber, wenn du das nicht tätest, Schatz. Außerdem hat der Arzt erst heute abend Sprechstunde, und da haben die Apotheken schon zu. Du wirst wohl einen oder zwei Tage aussetzen müssen.«
Sie legte auf. Er fragte sich, ob er das richtige gemacht hatte. Auf dem Rückweg zur Fabrik bejahte er diese Frage.

»Dave, Dave, nun denk dir bloß, ich wäre tatsächlich...?«
»Jetzt hast du doch wieder welche, oder?«
»Aber zwei Tage lang hatte ich keine. Zwei Tage lang!«
»Es wäre von mir, oder?«
»Ach Dave, glaubst du denn, ich würde mir von ihm ein Kind machen lassen? Ich kann seine Berührungen, seine großen Hände und seine großen, schmachtenden Hundeaugen nicht ertragen und sein Gesicht und seine Stimme und...«
Das Telefon klingelte.
»Geh nicht ran.«
»Ich muß.«
»Warum? Laß ihn in seinem eigenen Saft schmoren.«
»Ich muß. Sonst läßt er es die ganze Zeit klingeln...«
»Cindy...«
Sie rannte aus dem Zimmer, nackt, das Gesicht tränennaß.

Es war ein unangenehmer November, feucht und düster; schon beim Nachmittagstee wurde es dunkel, und oft, wenn heftiger Regen aus den dicken Wolken herniederprasselte, war es auch schon mittags trübe. Er beendete seine Mahlzeit in der Kantine, zog seinen Regenmantel an, nahm seinen Schirm und ging hinaus, die breite Straße innerhalb des Fabrikgeländes bis zu dem Maschendrahttor, wandte sich nach links zu der Telefonzelle in der kleinen Straße auf der anderen Seite, von wo aus er seit den Flitterwochen jeden Wochentag angerufen hatte.

Es klingelte sechsmal.

»Bist du das, Schatz? Ich bin's.«

»Ja.«

»Warst du in der Küche?«

»Ja.«

»Wie geht's dir?«

»Ganz gut.«

»Hast du schon was gegessen?«

»Gleich.«

»Mach dir was Ordentliches, Schatz, ein Ei...«

Die Tür der Telefonzelle wurde aufgerissen, und der schwere Schraubenschlüssel eines Lastwagenfahrers sauste auf seinen Kopf herunter. Stan geriet ins Wanken, sackte in sich zusammen, hob abwehrend einen Arm. Eine Art Sack wurde über seinen Kopf gestülpt, und der Schraubenschlüssel krachte wieder und wieder und noch einmal auf seinen Kopf. Die Beine gaben unter ihm nach, er sank unter die gegen mutwillige Beschädigungen geschützte Ablage, zuckte noch ein wenig, ächzte und starb. Eine Hand mit einem Gummihandschuh ließ den Schraubenschlüssel neben ihn fallen und nahm dann nach kurzem Zögern den Hörer, der an dem Plastikkabel hin und her schwang.

»Bist du das? Ich bin's.« Die Stimme klang ein wenig atemlos. Auch sie war atemlos. »Hast du...?«

»Ja. Ich rufe dich gleich an. Geh nicht weg.«

»Nein.«

»Bleib beim Telefon, ja?«

»Paß auf dich auf.«

Die Tür wurde schnell geöffnet und fiel dann wieder zu. Die

zusammengekauerte Gestalt mit dem verhüllten Kopf war kaum mehr als ein dunkler Schatten auf dem Boden der Telefonzelle, während draußen der Regen heftig vom düsteren Himmel herunterprasselte. Der Hörer lag wieder auf der Gabel.

Jerry hoffte wohl, daß ich ihm keine Szene machen würde. Er stand da, ohne mich anzusehen, mit jenem angedeuteten Lächeln, das er immer bei förmlichen Besprechungen und Pressekonferenzen aufsetzte, die Augen wegen der grellen Sonne zusammengekniffen. Im Asphalt der Landebahn waren kleine Hitzebläschen, und der sandige Boden zu beiden Seiten schien sich im Dunst wie ein Sumpf hin und her zu bewegen. Sogar im Schatten des Flughafenbüros (falls man es überhaupt so nennen konnte) war die Luft noch recht warm.

»Da kommt es ja«, sagte ich mit ziemlich ruhiger Stimme. Das Flugzeug rollte in unsere Richtung aus, klein und steif wie eine ältliche Heuschrecke, und ein Schwarm lärmender Männer mit braunen Gesichtern rannte zu seinem hinteren Ende und unter den Tragflächen hindurch, um es zu warten.

»Das Raumschiff.« Er hatte die Angewohnheit, Wörter so zu betonen, daß ich sie immer als lustig empfand. Wenn man im Compound, wo sogar noch das Wasser nach Öl schmeckte, lustig war, meinten die anderen Familien, man habe etwas an ihnen auszusetzen. Man mußte schon sehr vorsichtig sein, wenn man in einer so festgefügten Gemeinschaft lebte. Man mußte so sein wie alle anderen auch. Roger war so gewesen, und ich auch, bis ich Jerry kennenlernte. Wenn ich darüber nachdachte, an all die Male dachte, die ich mit ihm zusammen gewesen war, an das erste Zusammentreffen beim Empfang der Ölgesellschaft, als Roger den Job in der Abteilung für Öffentlichkeitsarbeit annahm, schien diese Erinnerung von Lachen erhellt, von behaglichem Staunen über Jerrys teils zynische, teils zärtliche Sicht der Welt.

»Die Blumen sind schön.« Sie verblühten bereits, ihr Duft war so

stark, daß er schon unangenehm wirkte. »Ich wünschte, in El Hait würden Pflanzen wachsen.«
»Du mußt dich einfach an die Arbeit machen und den Garten der Gärten anlegen«, sagte er. »Wo ist denn dein Gepäck?«
»Da.« Die Männer rannten mittlerweile zwischen Schuppen und Flugzeug hin und her, und ihre Mäntel flatterten um die Koffer, die sie unter den Armen und in den Händen trugen. Sie hörten nicht auf, einander Worte oder kurze Sätze zuzurufen, und dann wurde der Motor angeworfen, dröhnend und stotternd.
Er berührte meinen Ellbogen. »Steig lieber ein.«
»Noch nicht.« Ich würde keine Szene machen, ich würde nicht einmal weinen, aber ich sprach zu hastig. Er schaute über meinen Kopf hinweg hinüber zu den fernen gelben Bergen. »Was meinst du, wirst du bald nach El Hait kommen, Jerry?« Jeder konnte ihn das fragen, das war ganz normaler Small talk.
»Keine Ahnung. Ich habe gehört, sie wollen mich nach Griechenland schicken.«
»Journalisten führen schon ein interessantes Leben«, sagte ich und lachte, auch wenn diese Bemerkung eigentlich nicht sehr lustig war. »Schreibst du mir, Jerry? Ich bekomme gern Briefe von dir.«
»Du bist mein dankbarstes Publikum.«
»Ich weiß, meine Briefe sind langweilig. Mir fällt nie etwas Amüsantes ein, das ich dir erzählen könnte. Aber du weißt doch, was ich sagen will, oder?«
»Liebe Jennifer«, antwortete er sehr sanft, und ich spürte, wie mir die Tränen in die Augen traten; ich konnte mich nicht dagegen wehren.
»Jerry...« sagte ich und packte seinen behaarten, warmen Arm mit der Narbe von einem Granatsplitter aus seiner Zeit als Kriegskorrespondent. »Jerry, bitte...«
Irgendwo drinnen im Flughafengebäude kreischte jemand, laute Schreie folgten, hauptsächlich von Männern, doch eine Frau

übertönte sie alle mit schriller Stimme und einem Wortschwall auf Arabisch, gemischt mit Französisch und Spanisch. Wir drehten uns um, um nachzusehen, was los war, als eine Tür aufging und eine Frau, die sich heftig gegen zwei hektisch agierende Polizisten wehrte, hindurchgeschoben wurde. Sie wandte sich um und wischte dem einen von ihnen mit ihrer Schlangenlederhandtasche den Helm vom Kopf, während sie dem anderen einen Tritt gegen das Knie versetzte. Die beiden Polizisten ließen sie schwitzend los.
»Kamele!« sagte sie, strich sich die Haare zurück und warf Jerry und mir einen arroganten Blick aus geschminkten Augen zu. »Und mein Gepäck – habt ihr das gestohlen, ihr Söhne des Drecks?«
»Es ist da drin, im Flugzeug, es wird gerade eingeladen, und Sie gehen gleich hinterher!« keuchte einer der Polizisten, das Gesicht wütend verzerrt. Durch die Tür hinter ihnen schaute eine Gruppe laut diskutierender Menschen heraus.
»Warum muß ich dann noch warten?« fragte die Frau. »Und wenn auch nur ein Schloß aufgemacht wird, beschwere ich mich bei meinem Freund.«
Sie stakste auf Absätzen, die so dünn waren, daß sie in das Rollfeld einsanken, hinaus ins Sonnenlicht und auf das Flugzeug zu. Die Treppe war hoch, und es fiel ihr schwer, sie in einem so engen Rock hinaufzusteigen. Die Gepäckträger seufzten auf, als sie im Flugzeug verschwunden war.
»Geh jetzt lieber«, sagte Jerry. »Da hast du ja eine ziemlich exotische Mitreisende.«
Die Sonne brannte auf uns herunter, als wir zum Flugzeug hinübergingen.
»Jerry... Wenn ich es dort nicht mehr aushalte...« Ich konnte meine eigene Stimme hören, aber nicht kontrollieren. Ich fühlte mich betäubt, wie im Rausch. »Wenn ich es ihm sage, wenn ich es ihm wirklich sagen muß und zu dir hier zurückkomme...«

Seine Hand lag fest auf meinem Ellbogen und dirigierte mich die Stufen hinauf. »Ich werde wahrscheinlich den größten Teil der Zeit nicht hier sein. Ich werde unterwegs sein.«

»Wo wirst du sein?« Der Boden des Flugzeuges vibrierte unter mir, die Gepäckträger drängten sich zwischen uns und rollten die Gangway zur Seite. Ich hielt mich am Türsturz fest, starrte zu ihm hinunter, aber seine Gestalt verschwamm vor Tränen.

»Ich schreibe dir«, rief er und trat einen Schritt zurück. Die Gepäckträger schoben mich ins Innere des Flugzeuges und knallten die Tür hinter mir zu. Wir setzten uns fast sofort in Bewegung, und ich stolperte, als das kleine Flugzeug losrollte. Es gab keine Flugbegleiter auf dieser Strecke zwischen der Hauptstadt und dem Emirat, und ich war, abgesehen von der Frau, der einzige Passagier.

Wir erhoben uns in die Luft, kreisten und stürzten nicht ab, aber mir war das gleichgültig. Ich kannte die graubraune Einöde des Flugplatzes, die Schuppen und die Straße, die zur Stadt zurückführte, die Häuser, die wie Zuckerwürfel in ein Tal zwischen den Hügeln gestreut waren. Ich kannte das von einem Dutzend Reisen, von einem Dutzend Urlauben. Die Menschen aus dem Compound nannten sie »Urlaube«, als wären wir Soldaten und diese Urlaube eine Arznei, die man regelmäßig einnehmen mußte; für mich jedoch waren sie etwas Glanzvolles, Außergewöhnliches, für das man sparte, das man verschwendete und sich wieder zusammensparte, nicht in Geld, sondern in – was eigentlich? Liebe? Erfülltheit? Erfahrung? Das alles, es gibt kein Wort, das alles gleichzeitig umfassen würde. Die Menschen im Compound sagten: »Sie machen Urlaub? Wie schade, daß Roger Sie nicht begleiten kann«, und ich nickte immer mit einem normalen Lächeln. Ob ihnen mein Blick oder meine Stimme oder mein beschwingter Gang auffiel – ich weiß es nicht, und es ist mir auch immer gleichgültig gewesen.

Jetzt konnte ich, zusammengekauert auf dem harten, schmalen Sitz, weinen.

Ein Duft, fast wie von Weihrauch, umhüllte mich, und eine schmale, braune, nicht sonderlich saubere, beringte Hand mit langen, eingerissenen purpurroten Nägeln hielt mir ein Zigarettenetui hin. Die Frau sagte auf französisch: »Das beruhigt die Nerven.«

Sie hatte recht, und ich nahm eine Zigarette. Sie zündete sie mit einem Feuerzeug an, das aussah, als wäre es aus Gold, und dabei klapperten die Armreifen an ihrem Handgelenk. »Sie sind unruhig beim Fliegen? Ich nie. Ich bin fatalistisch.« Sie setzte sich auf den gegenüberliegenden Sitz, und dabei rutschte ihr der enge Rock bis zu den Knien hinauf. Sie hatte dünne, behaarte Beine und trug Schlangenledersandalen, aus denen rotlackierte, häßliche Zehen herausschauten. »Es heißt, daß man vom Rauchen gelbe Zähne bekommt, aber mir selbst ist das noch nicht aufgefallen.« Sie lächelte, und ihre Zähne waren tatsächlich, abgesehen von zwei Goldkronen, groß und weiß. »Entspannen Sie sich jetzt einfach ein bißchen. Mehr können wir nicht machen, bis wir El Hait erreichen.«

Sie lehnte sich zurück, inhalierte und atmete den Rauch langsam wieder durch die Nase aus. Sie war klein und schlank, abgesehen von den beiden unerwartet festen Rundungen unter ihrer Jacke. Diese Jacke und der Rock waren aus einer Art Moiré-Stoff, der aussah wie graues Schlangenleder. Das Oberteil hatte zu gerade Schultern, ein Ärmel spannte ein wenig an den Nähten, und das Ganze war verknittert, als hätte die Frau in ihrer Kleidung geschlafen. Ihr Körper und auch ihr Gesicht unter dem schweren Make-up waren gebräunt.

Sie trug hellen Puder auf ihrer imposanten Nase, hatte den Mund purpurrot geschminkt, und ihre Augen glänzten. Eine Mähne trockenen schwarzen Haares mit einer hennafarbenen Strähne hing ihr über die Schultern.

»Sie wollen zu Besuch nach El Hait?« fragte sie nach einer Weile.
»Ich lebe dort.«
»Ah, Sie haben Urlaub gemacht. Das ist gut. Ich mache nie Urlaub. Für mich ist das ganze Leben Arbeit und Spiel gleichzeitig. Wissen Sie, ich bin Künstlerin. Vielleicht haben Sie mich tanzen gesehen?«
»Ich fürchte...«
»Algier, Kairo, Tel Aviv, Tunis, überall – Elvira, die Schlange. Ich bin berühmt. Ich bin Spezialistin für den Tanz der Schlangen, sehr echt, sehr künstlerisch. Ich winde mich und verdrehe die Arme, und auch den Bauch, und sogar den Kopf. Ich habe für Farouk getanzt.«
»Tatsächlich?«
»Ich habe viele Zuschauer, viele wichtige Freunde.«
»Sie wollen in El Hait tanzen?«
Ihr Blick wurde argwöhnisch, und sie warf die Haare hochmütig zurück. »Wer weiß? Das hängt vom Schicksal ab.«
Wir schwiegen und rauchten unsere Zigaretten zu Ende, während das Flugzeug zitternd und dröhnend am leuchtenden, endlosen Himmel entlangglitt. Einmal wurde der Vorhang zum Cockpit zurückgezogen, und ein gebräuntes Gesicht starrte uns einen Augenblick lang an. Die Frau ließ ihre Zigarette auf den Boden fallen und trat sie mit ihrem Absatz aus, dann begann sie, in ihren Koffern herumzuwühlen. Auch sie waren aus Schlangenleder, nur an manchen Stellen waren sie aufgerissen, so daß das Material darunter zu sehen war, und bei einem war der Griff mit einem Stück Seil zusammengebunden. Sie holte einen Korb hervor und nahm eine Flasche und ein paar Orangen heraus.
»Whiskey?« Ich schüttelte den Kopf. »Sie haben doch nichts dagegen?« Sie entkorkte die Flasche, hob sie an den Mund und trank mit gestrecktem Hals. »Das ist gut für die Nerven«, sagte sie und verschloß die Flasche wieder. »Ich habe in letzter Zeit viel durchmachen müssen. Für eine Künstlerin ist das

Leben nie einfach. Man hat Freunde, aber man hat auch Feinde. Kamele!« Sie machte eine obszöne Handbewegung.

»Sie hatten Probleme am Flughafen...?«

»Pah! Wenn mein Freund etwas zu sagen gehabt hätte, hätten sie das nie gewagt! Ich wäre sowieso nicht geblieben, nicht einmal, wenn sie mich auf Knien angebettelt hätten. Sie verdienen es nicht, wahre Kunst zu sehen.«

»Sind Sie dort aufgetreten?«

»Das hatte ich vor. Ich bin von Bizerta gekommen. Und davor war ich in Tanger.«

»Sie reisen ziemlich viel.«

»So ist das Künstlerleben. Ich kenne die Welt. Ich bin sogar schon in Marseille aufgetreten, sie haben mein Bild draußen vor dem Cabaret aufgehängt. Das war natürlich vor Pétain, diesem alten Narren. Ich tanze bereits mein ganzes Leben, seit ich vier Jahre alt war. Meine Mutter hat mir beigebracht, wie man Arme und Kopf bewegt, sie war aus dem Süden, wo alle Leute sich bewegen können. Ich habe immer geübt, gearbeitet und geübt, das war mein Metier, verstehen Sie? Deshalb sage ich, Arbeit und Spiel sind für mich das gleiche. Schon mit dreizehn hatte ich ein Engagement in Casablanca. Kennen Sie Casablanca? Tja, ich war in Casablanca, Oran, Rabat, Tripolis, überall.« Plötzlich wirkte ihr Gesicht grimmig. »Und von allen Löchern dieser Welt stinkt das, das wir gerade verlassen haben, am ekelhaftesten.«

»Es ist besser als El Hait.«

»Für Sie vielleicht. Für Sie hat das Kaff eine besondere Anziehungskraft, ja?« Sie entblößte lächelnd ihre weißen Zähne, und sie musterte mich, wie ein Bauer eine Zuchtsau betrachten würde, mit einem nicht unfreundlichen, aber rein pragmatischen Blick. »Er ist ein netter Junge. Amerikaner?«

»Nein.«

»Die Amerikaner sind die besten. In Oran hatte ich nach der

Landung der Truppen viele amerikanische Freunde. Ich war in Lindy's Dive, das kennen Sie vielleicht, gleich beim Hafen. Sie haben mich johlend und pfeifend auf der Bühne empfangen, und manchmal haben sie auch versucht, mitzumachen. Das hat dann einen interessanten Tanz gegeben, schwierig natürlich, weil sie oft betrunken waren, aber ich hatte viel Erfolg. Jetzt gibt es dort keine Amerikaner mehr. Und Kairo seit Nasser...!« Wieder machte sie die obszöne Geste. »Es gibt nicht viele Orte, an die man als Künstler zurück möchte. Das Loch, das wir gerade verlassen haben, ist genauso schlimm wie alle anderen...«

»Wo lag das Problem?«

»Problem? Es gab kein Problem.« Sie warf die Haare mit einer heftigen Bewegung zurück. »Sie glauben, sie haben mich rausgeworfen, aber ich war sowieso schon weg, mir ist das Ticket gestohlen worden, das kann ich beweisen, ich habe nur das Geld gebraucht. In dem Loch würde ich doch nicht bleiben wollen. Wenn mein Freund dort nicht gerade selber Schwierigkeiten gehabt hätte, hätte die Geschichte anders ausgeschaut, das können Sie mir glauben. Sie haben etwas von Papieren gefaselt, aber meine Papiere sind in Ordnung, ich kann reisen, wohin ich möchte, ich habe viele Behördenstempel, schauen Sie, schauen Sie sich meine Papiere an.«

Sie suchte in ihrer Schlangenlederhandtasche zwischen zerfetzten Taschentüchern, einigen Strümpfen, Lippenstiftstummeln, schmierigen Puderquasten, Zigaretten und zerknitterten Briefen herum und holte ihren Paß hervor. Es war der grüne Ausweis der Staatenlosen, schäbig und abgegriffen.

Sie suchte die entsprechende Seite mit einem langen, schmutzigen Fingernagel und setzte sich seitlich auf die Kante ihres Sitzes, so daß ich den Ausweis sehen konnte. »Sehen Sie? Ist doch gut, nicht wahr? Sehen Sie, viele Stempel, und alle in Ordnung.« Sie verdeckte ihr Geburtsdatum mit dem Daumen, doch ihr abgehärmtes Gesicht starrte uns vom Foto her an. »Das ist natürlich kein gutes Bild, es schmeichelt mir nicht. Ich war krank, es hat viele Probleme gegeben – mein Gott, ich mag nicht daran zurückdenken!« Sie klappte den Ausweis zu. »Für meine Freunde habe ich besondere Postkarten von mir, im Kostüm. Wissen Sie, die Cabarets bieten sie an, und viele Leute kaufen sie, sie sind sehr künstlerisch, und man könnte sie überall vorzeigen. Leider habe ich gerade keine dabei, diese Kamele von Polizisten auf dem Revier haben sie mir gestern abend abgenommen.« Plötzlich spuckte sie auf den Gang, gähnte und lehnte sich in ihren Sitz zurück. »Man muß alles dem Schicksal überlassen. Es gibt auch noch andere Orte auf der Welt.«

Sie schloß die Augen und schlief fast auf der Stelle ein. Ich sah hinaus in den leeren Himmel und hinunter auf unseren Schatten, der über die Einöden, die Steine, die Büsche und auch die Grünflächen kroch. El Hait war nicht viel mehr als diese Einöden, nur daß es dort betonierte Straßen und Maschendraht gab und die Häuser nicht aus Lehm und Dreck gebaut wurden, sondern aus Fertigteilen, die von der Gesellschaft eingeflogen und in genau abgemessenen Abständen errichtet wurden. Auch Bäume wuchsen im Compound, zwar nicht viele und auch nur bestimmte Sorten, aber immerhin Bäume; und die hohen Tiere, die Manager mit den guten Gehältern, verfügten über Rasenflächen, die von den Gärtnerjungen gegossen wurden, solange keine Dürre herrschte. Es gab ein Kino und zwei Clubhäuser, eines für die Höhergestellten und eines für die anderen. Roger und ich gehörten natürlich zur ersten Gruppe. Wir hatten einen Baum in unserem eingezäunten Garten, aber keinen Rasen.

Ich ballte die Fäuste auf den Knien und starrte hinunter zu den Felsen und Büschen und dachte: Es hat keinen Sinn, es ist alles vorbei. Du weißt das doch, sei kein Narr. Laß es so, wie es ist, klammere nicht und bettle nicht. Er war nett zu dir, hat nicht mit dir gestritten. Vielleicht hast du dir die ganze Sache ja eingebildet, und er setzt sich jetzt in den verdunkelten Raum mit den Teppichen und der alten Schreibmaschine und den Lilien, die du erst heute morgen in die Vase gestellt hast, und fängt einen wunderbaren Brief an, vielleicht sogar einen Brief an Roger, in dem er alles erklärt, erklärt, wie es passiert ist, erklärt, daß wir zusammensein müssen ... Sei kein Narr, dachte ich und beobachtete den blinden, kriechenden Schatten, es ist vorbei. Du wirst nie wieder in diesen Raum und in dieses Glück zurückkehren. Du wirst nirgendwo mehr hingehen als zurück zu Roger. Das heißt, wenn er in der Zwischenzeit nicht alles herausgefunden hat.

Als ich die Augen öffnete, herrschte Dämmerung im Flugzeug, und der Himmel erstrahlte in sanften Rosa- und Grüntönen. Die Frau mir gegenüber war wach, starrte aus dem Fenster und rauchte. In dem Dämmerlicht lagen ihre Augen tief in den Höhlen.

Plötzlich sagte sie: »Wir sind fast da, ja?«

»Ja, ich glaube schon.« Ich begann mich frischzumachen, und stellte mit einem Blick in den Spiegel fest, daß meine Augen fast nicht mehr rot waren.

»Wie sind sie dort?«

»Wer?«

»Die Beamten.«

»Am Flughafen? Das weiß ich nicht. Sie kennen mich alle, wissen Sie, sie kennen alle aus dem Compound.«

»Vielleicht gibt es ja einen, der ein bißchen netter ist als die anderen? Jemanden, der die Kunst und schöne Dinge liebt?«

Ich überlegte. »Ich weiß es wirklich nicht. Darüber habe ich mir noch nie Gedanken gemacht.«

Sie sah mich mit hartem Blick an, wie ein Tier, das aus der Dunkelheit in einen Raum starrt. »Nein, natürlich nicht. Schließlich leben Sie ja dort. Tja, wir müssen das alles dem Schicksal überlassen.«

Sie drückte die Zigarette aus und setzte sich auf, dann fuhr sie sich mit ihren langen Fingern durch die Haare, und ihr Schmuck klapperte dabei. Sie öffnete ihre Handtasche und fing an, sich neu zu schminken, so heftig, daß uns beide eine Puderwolke einhüllte. Augenbrauen, Wimpern, Zähne, Haar, Hals – all das wurde aufs genaueste im Spiegel des Kosmetiktäschchens inspiziert.

Der Vorhang zum Cockpit wurde zurückgeschoben, und der Pilot fragte: »Nun, meine Damen, sind Sie soweit? Wir landen in drei Minuten.«

Sie lächelte ihm voller Zuversicht zu. »Ja, mein Freund, wir sind soweit.«

Die Lichter der Rollbahn waren angeschaltet, kümmerlich in der fast völligen Dunkelheit, wie Nachtlichter gruppiert um die beleuchteten Büroschuppen. Das Motorengeräusch veränderte sich, wir spürten, wie die Blechkiste, in der wir saßen, gegen die veränderten Luftverhältnisse ankämpfte.

Sie hatte die Fäuste geballt auf ihrer Schlangenlederhandtasche. »Madame«, sagte sie mit rauher Stimme, »könnten Sie sich für mich einsetzen?«

Ich sah sie mit erstauntem Blick an. »Aber natürlich. Das heißt, wenn es nötig sein sollte. Obwohl ich mir nicht vorstellen kann, was ich sagen könnte...«

»Manchmal kann es von großem Nutzen sein, einen Fürsprecher zu haben. Damit die anderen wissen, daß man auch Freunde hat. Das zählt viel bei den Beamten. Vielleicht können Sie ja sagen, Sie haben mich tanzen gesehen oder Gutes von mir gehört. Vielleicht könnte sich sogar Ihr Mann für mich einsetzen...«

Ich erwiderte schnell: »Natürlich werde ich tun, was ich kann.« Nicht Roger – um Himmels willen, nicht Roger! Am besten wäre es, wenn Roger sie überhaupt nicht zu Gesicht bekommen würde, er machte sich immer so viele Gedanken über die Moral der Eingeborenen und der Junggesellen, die von England hierherkamen.

Wir spürten ein Holpern und einen Ruck, den aufheulenden Motor, dann Stille. Von draußen drangen die Stimmen von Gepäckträgern herein, das Geräusch der Gangway, die von außen angelegt wurde, und Herumtasten an der Tür. Wir standen auf und nahmen unser Gepäck. Sie hob den Kopf, um einen Blick auf den erleuchteten Schuppen zu werfen, und ich sah, daß sie zitterte.

Roger stand unter der Lampe, mit gestrafften Schultern, gepflegt, gutaussehend. Ich lächelte und eilte auf ihn zu. Er nahm meine Tasche und fragte, ob ich eine angenehme Reise gehabt hatte, und seine Stimme und sein kühles Lächeln sagten mir, daß er Bescheid wußte. Jemand hatte es ihm erzählt.

Ich redete hastig und übertrieben lebhaft weiter, und er folgte mir in den Schuppen und kümmerte sich um das restliche Gepäck. Er unterhielt sich mit dem Beamten an der Paßkontrolle, den ich natürlich gut kannte. Heute hatte der Gutaussehende Dienst, seine korrekte Uniform war kaum dunkler als seine Haut. Er war sehr höflich und sagte, er hoffe, ich habe einen schönen Urlaub verlebt, dann ließ er mein Gepäck durch, ohne auch nur einen Blick darauf zu werfen.

»Nun«, sagte ich mit fröhlicher Stimme zu Roger, »wollen wir gehen?«

Als ich mich umdrehte, hörte ich das Klappern von Absätzen hinter mir. Die Tür ging auf, und sie kam herein, die Schlangenlederhandtasche und den Korb mit der Whiskeyflasche fest umklammert. Sie lächelte, hatte den Kopf hoch erhoben, und die Armreifen klimperten, wenn sie sich bewegte. Ein Beamter folgte ihr, ohne zu lächeln, und sagte etwas zu dem Gutaussehenden. Sie mischte sich ein, immer noch lächelnd, aber jetzt nervös von einem zum anderen schauend. Sie sahen sich ihren Paß an und dann sie, und ihr Gesicht bekam einen versteinerten Ausdruck.

»Ach, Hauptmann«, sagte ich, »wenn Sie die Dame hier schnell abfertigen, dann können mein Mann und ich sie in die Stadt mitnehmen.«

Der Gutaussehende wandte sich mir zu. »Machen Sie sich keine Mühe, Madame. Wir müssen erst ein paar Formalitäten erledigen.«

»Wir sind nicht in Eile«, sagte ich, »wir warten. Ich bin sicher, daß es nicht so lange dauern wird.«

Ich spürte, wie hinter mir Rogers Zorn und Verlegenheit wuchsen, und ich sah, wie sie mit hoffnungsvollem Blick von mir zu ihm schaute.

Der Gutaussehende lächelte und ließ ihren Paß geistesabwesend auf seinen Tisch fallen. »Ich fürchte, es wird einige Zeit dauern, Madame. Es kommt immer zu langwierigen Formalitäten, wenn jemand ans Ende seiner Reise gelangt. Ich bin mir sicher, daß diese Dame nicht auf Ihr Warten besteht.«

Ich sah sie an. Sie hielt den Kopf hoch, das trockene schwarze Haar fiel ihr in dichten Wellen auf die Schultern, und ihre Augen leuchteten hell unter dem Mascara. Sie ließ ihre Goldzähne aufblitzen.

»Bitte warten Sie nicht.« Sie fuhr mit klarer Stimme fort: »Diese unbedeutenden Männer müssen sich immer wichtig machen. Ich hoffe, Sie werden mich in einigen Tagen tanzen sehen und Ihre Freunde mitbringen.«

Ich folgte Roger zum Wagen. Mittlerweile war es dunkel geworden, und ich konnte seinen Gesichtsausdruck nicht erkennen.

»Wer, zum Teufel, war denn das?« fragte er.

»Sie ist Tänzerin. Sie hat mich während des Fluges angesprochen. Sie wollten sie in Faqualla nicht, deshalb haben sie sie in das Flugzeug gesetzt.«

»Und hier wollen sie sie auch nicht, wenn ich das richtig sehe«, erwiderte er und stieg ins Auto.

»Aber wohin soll sie denn? Sie muß doch irgendwohin.«

»Nicht, wenn niemand sie will.« Er ließ den Motor an, blieb

jedoch einen Augenblick still sitzen, die Hände auf dem Lenkrad. Im düsteren Schein des Armaturenbrettes sah ich seine Hände und das weiße Sakko. Fast hätte er etwas gesagt, und ich wartete atemlos vor Angst, der Angst des Tieres, daß es nicht mehr in seine Höhle zurück kann. Dann legte er den Gang ein und lenkte den Wagen hinaus auf die Straße.
Als wir an den Schuppen vorbeifuhren, wandte ich den Kopf. Durch das Fenster sah ich die Beamten, zu denen sich jetzt ein Dritter gesellt hatte, wie sie sich über die Papiere beugten, die sie auf dem Tisch ausgebreitet hatten. In der Tür gegenüber stießen sich die Gepäckträger gegenseitig an und kicherten hinter vorgehaltener Hand. Die Frau saß auf ihrem Schlangenlederkoffer, sehr ruhig und sehr gesittet. Der enge Rock gab den Blick auf ihre Knie frei, und ihre unglaublichen Brüste waren rund wie eh und je unter der zerknitterten Seide. Sie rauchte, atmete den Rauch durch die Nase aus, hielt den Kopf arrogant hoch. Ihr Gesicht wirkte gelassen, ihre Augen blickten ins Leere.

Schwarzes Museum

Noch nie habe ich jemanden so gehaßt wie Reggie Tyrrell. Ich muß zugeben, daß er etwas Faszinierendes an sich hatte – die Art Faszination, die nicht nur von einem hohen Maß an Einbildung herrührt, sondern auch von einer Cleverneß, die diese Faszination bis zu einem gewissen Grad rechtfertigt. Er hatte keine körperlichen Vorzüge, auf die er sich etwas hätte einbilden können – obwohl er genau das tat. Er war klein und drahtig; als ich ihn kennenlernte, war er bereits über Vierzig, und die Muskeln, die ihn (so hatte er mir oft genug erzählt) zu Universitätszeiten zu einem guten Sportler gemacht hatten, waren nur noch Sehnen. In der Badehose und sonnengebräunt (die Hälfte des Jahres verbrachte er in einer Villa in Südspanien, oben in den Hügeln über Marbella) sah er aus wie ein Bündel von Lederschnürsenkeln oder eine jener kleinen, unheimlichen Eidechsen, die auf seinen Terrassen herumhuschten und Fliegen fingen. Eine der Fliegen, die er fing, war meine Freundin Pamela, und bei dieser Gelegenheit lernte ich ihn kennen. Sie hatte gerade zusammen mit ihrer Mutter ihren Frühjahrsurlaub in Marbella verbracht, und als sie zurückkamen, lag ein stiller Glanz in ihren Augen. Pamela ist überhaupt ein stiller Mensch. Wir kannten uns noch aus der Schule, wo sie Klassen-, aber nie Schulsprecherin gewesen war. Dann hatte sie als Sekretärin eines der oberen Chefs in einem unpersönlichen Konzern gearbeitet und jahrelang ein Verhältnis mit einem der Direktoren gehabt – er war ein netter Mann, und ich sah ihn oft, aber natürlich war er verheiratet und wollte sich keinesfalls von seiner Frau trennen. Dann starb er eines Tages zu Hause an Herzversagen, und Pamela erfuhr erst am nächsten Morgen im Büro davon. Sie durfte ihre Gefühle nicht zeigen, mußte den Verlust ganz allein verkraften –

ich traf mich damals häufig mit ihr, in der Hoffnung, ihr beistehen zu können. Aber der Kummer zerbrach sie, sie wurde noch stiller als zuvor und ließ sich völlig von ihrer langweiligen Mutter beherrschen.

Meine Ehe zerbrach kurze Zeit danach – aus keinem bestimmten Grund, ich langweilte mich nur einfach zu Tode mit ihm –, also sah ich sie eine ganze Weile nicht; doch wir blieben in Verbindung, und als wir uns dann bald nach ihrem Urlaub trafen, lag, wie schon gesagt, dieser stille Glanz in ihren Augen.

»Hast du jemanden kennengelernt?« fragte ich, denn das fragte ich immer.

»Tja...« Sie hat ziemlich helle Haut, die tatsächlich hin und wieder errötet, was ihr selbst peinlich, aber trotzdem irgendwie reizend ist. »Wir haben Reggie Tyrrell kennengelernt.«

»Wen?«

»Reginald Tyrrell. Du weißt schon, den Schriftsteller.«

»Was, den Krimimenschen? *Den* Tyrrell?«

»Ja. Er hat gesagt, er ruft an, wenn er wieder in England ist, aber eigentlich rechne ich nicht damit, daß er das tut.«

Ich muß zugeben, daß ich beeindruckt war. Alle kannten Reginald Tyrrell durch seine Bücher, seine journalistischen Arbeiten, seine Radio- oder Fernsehsendungen. Er hatte sich einen Ruf als *der* Experte in Sachen Mord erworben; abgesehen von dem unerschöpflichen Strom an Büchern und Artikeln über das Genre Krimi, gab es auch kaum ein Symposium oder eine Diskussion im Fernsehen oder ein Vorwort zu einem Buch, das sich mit Mord befaßte, wo nicht Reginald Tyrrells Name aufgetaucht wäre. Er besaß ein gewaltiges Wissen, nicht nur über die offenkundigeren, sondern auch über die obskureren Fälle, und er war bekannt dafür, daß er sogar noch bei vermeintlich völlig aufgeklärten Morden einen neuen Aspekt, eine neue psychologische Facette, entdeckte. Und irgendwie gelang es ihm auch immer, den Sex in einem Fall aufzuspüren: Selbst eine alte

Dame, die im Jahr 1892 ihres Geldes wegen vergiftet wurde, wurde zum Opfer eines Sexualverbrechens, wenn Reggie darüber schrieb.
»Wie ist er denn?« fragte ich.
»Er ist wirklich nett.«
Nett! Mein Gott!

Er rief sie tatsächlich an, als er im Mai nach London zurückkehrte, und im August heirateten sie. Er war bereits dreimal verheiratet gewesen und ziemlich stolz auf diese Tatsache. Ich hatte den Eindruck, daß Pamela mein Zusammentreffen mit ihm bewußt verhinderte, bis die Angelegenheit sozusagen unter Dach und Fach war – vermutlich wußte sie, daß ich ihren Schritt mißbilligen würde. Also lernte ich ihn erst bei dem Fest anläßlich ihrer Verlobung kennen – nur Claridge's war gut genug für diesen Anlaß; es wurde ausschließlich Champagner getrunken, und Pamela wirkte ein wenig benommen, aber so selbstsicher wie nie zuvor. Alles, was Rang und Namen hatte, fand sich ein – Stars und Sternchen, Verleger, Film- und Fernsehleute, andere bekannte Autoren und dazu mehrere bedeutende Polizeibeamte und ein berühmter Pathologe. Glanz und Glamour gaben sich ein Stelldichein.
Sie standen beide an der Tür und empfingen die Gäste. »Das ist also Dinah«, sagte er, während er meine Hand hielt, »Pamelas Freundin.«
Ich weiß nicht, was ich erwartet hatte. Natürlich kannte ich sein Gesicht von Fotos, aber ich hatte nicht erwartet, daß er so klein und häßlich sein würde. Wie gesagt: Er wirkte sehnig und war nur knapp einssiebzig groß. Seine Haare wurden bereits grau, waren aber dicht und ziemlich borstig und eher zu lang für einen Mann über Dreißig; seine Nase ragte angriffslustig aus seinem Gesicht heraus, und sein Mund war zu breit. Er hatte ausgesprochen große Zähne. Seine Augen, mit denen er mich voller Leiden-

schaft musterte, während er meine Hand festhielt, waren grau. Er gab mir mit seinem Blick gleichzeitig zu verstehen, wie sehr er es zu schätzen wußte, daß ich eine so gute Freundin seiner zukünftigen Ehefrau war und daß er mich als begehrenswerte Frau betrachtete. Die Situation war schrecklich peinlich. Später beobachtete ich ihn dabei, wie er das Hinterteil einer körperlich recht gutentwickelten jungen Kolumnistin liebkoste, die Hand einer aus dem Fernsehen bekannten Schauspielerin und die Wange einer in Gesellschaftskreisen gern gesehenen Dame aus der Werbung küßte. Er verhielt sich nicht so, wie es sich für einen Mann bei einem Fest anläßlich seiner eigenen Verlobung geziemte. Ich verabschiedete mich weder von ihm noch von ihr und kehrte wutentbrannt nach Hause zurück. Die arme, dumme Pamela!

Natürlich mußte ich die Freundschaft mit beiden aufrechterhalten – ich ging sogar zur Hochzeit –, denn nach all den Jahren wollte ich Pamela nicht im Stich lassen. Schließlich war ich mir sicher, daß sie eine Freundin schon bald bitter nötig haben würde, jetzt, wo sie mit diesem eingebildeten Schnösel verheiratet war. Aber, wer hätte es gedacht, die Ehe schien gutzugehen. Wenn wir hin und wieder miteinander zu Abend aßen, verhielt er sich ihr gegenüber fast schon übertrieben galant, während er mir immer noch ab und an einen lüsternen Blick aus seinen leicht blutunterlaufenen Augen zuwarf. Er beherrschte die Kunst der unverbindlichen Konversation, brachte das Thema jedoch über kurz oder lang immer auf sich selbst und seine meisterliche Beherrschung der Kriminologie. Er hatte nicht nur seine eigenen Theorien über Jack the Ripper oder den Mörder von Julia Wallace, sondern ließ sich auch gerne ausführlich über weniger bekannte und im allgemeinen ziemlich delikate Kriminalfälle aus – arme Prostituierte mittleren Alters, die man mit aufgeschlitztem Bauch auf einer Müllhalde gefunden hatte, oder

betrunkene Bauern, vergiftet von ihren schwachsinnigen Ehefrauen. Außerdem nannte er eine große Sammlung von Gegenständen sein eigen, die mit den unterschiedlichsten Fällen in Verbindung standen und auf die er auf schon widerwärtige Weise stolz war. Er hatte sie von weiß Gott welchen Leuten – von Anwälten, Detektiven und Pathologen, die einen großen Teil seines Bekanntenkreises ausmachten. Es bereitete ihm größtes Vergnügen, seine Gäste nach dem Abendessen in sein grausiges kleines Schwarzes Museum zu führen, wo er dann die Bedeutung eines blutbefleckten Tapetenfetzens oder einer gelblichen oberen Zahnreihe erklärte, die man im Kohlbeet eines Mörders gefunden hatte. Man konnte seine Leidenschaft nur als höchst ekelerregend bezeichnen.
Aber natürlich entbehrte sie auch nicht einer gewissen Faszination. Er wußte das sehr wohl; er wußte, wie er diese Faszination nutzen konnte, den Lebenswillen, den die Angst vor dem Tod verstärkt, das Bizarre hinter dem Stumpfsinn, den Superorgasmus im Angesicht des gewaltsamen Todes (es handelt sich um Zitate seiner Aussprüche, das brauche ich wohl nicht eigens zu betonen). Schließlich freut sich jeder über einen guten Mord, und Reggies Morde waren sehr gut, was sein hübsches Haus in St. John's Wood, seine Villa in Spanien, seine drei Exfrauen, sein Bentley, sein Champagner und seine maßgeschneiderten Hemden bewiesen.

Sie verbrachten den Winter in der Villa, und da ich den größten Teil meiner Zeit damals einem neuen Liebhaber widmete (die Affäre war nicht von Dauer), verlor ich sie eine Weile aus den Augen. Pamela schrieb mir, und ich hatte den Eindruck, daß sie glücklich war. Dann rief eines Tages Reggie an. Er war vor Pamela nach London zurückgekehrt, um bei einer Fernsehbearbeitung eines berühmten Gerichtsverfahrens mitzuwirken, und bat mich, ein paar Arbeiten für ihn zu erledigen – die Überprüfung von Daten und Sterbeurkunden –, weil er selbst nicht genügend Zeit und keine Sekretärin hatte. Da ich damals gerade nichts Besseres zu tun hatte, nahm ich sein Angebot an. Als Pamela im April nach London zurückkehrte, arbeitete ich weiterhin für ihn – mir war es recht, nicht in das Korsett eines normalen Angestelltenverhältnisses gezwängt zu sein. Außerdem muß ich gestehen, daß meine Tätigkeit durchaus ihre faszinierenden Seiten hatte.

Pamela sah aus wie das blühende Leben, war aber zurückhaltender denn je. Sie war schon immer recht ruhig gewesen, doch während dies früher mit ihrer Unsicherheit und Schüchternheit zu tun gehabt hatte, strahlte sie nun Selbstsicherheit aus. Als wir uns zum Lunch und einer anschließenden Unterhaltung trafen, war sie ganz Mrs. Reginald Tyrrell; sie verriet nichts über ihn, darüber, wie er wirklich war. Sie sagte lediglich, er sei »sehr nett« und sehr großzügig, er arbeite viel, sie gingen häufig aus und seien sehr glücklich.

»Werden dir die Leichen und das Blut denn nicht zuviel?« fragte ich ein wenig gehässig, denn ihre Große-Dame-Allüren fingen an, mich aufzuregen. Schließlich war sie, verdammt noch mal, nur Pamela!

Sie wandte den Blick einen Moment ab und sah mich dann mit einem gelassenen Lächeln wieder an. »Ach, das fällt mir gar nicht auf. Schließlich ist das doch seine Arbeit, nicht wahr?«

»Aber was ist mit dem Schwarzen Museum? Mit den blutbefleckten Fetzen und den gräßlichen Fotos? Was ist, wenn er nach einer Leichenöffnung frisch gewaschen am Eßtisch erscheint?«

Sie wurde rot. »Sei doch nicht albern, Dinah.«

Natürlich wollte ich eigentlich herausfinden, wie er im Bett war. Aber ich brachte nicht den Mut auf, sie das zu fragen.

Im nächsten Winter fuhr ich zweimal zu ihnen nach Rojas. Ich hatte noch ein paar Nachforschungen für ihn angestellt und nahm das Ergebnis meiner Arbeit mit. Die Zusammenarbeit mit ihm war sehr angenehm und gut organisiert; er schrieb jeden Morgen drei Stunden und nach dem Tee noch einmal zwei, und während dieser Zeit arbeiteten wir meine Materialien ein. Die Villa war wunderschön, lag oben in den Hügeln, und in der Ferne sah man das Meer. Rund um das Haus mit einem Seitenflügel für die Gäste, wo sich eine eigene Terrasse und eine kleine Küche befanden, war ein Garten mit üppigen Bougainvillea und Geranien in riesigen Töpfen und einem Swimmingpool angelegt. Die beiden hatten einen ansehnlichen Freundeskreis dort, denn Reggie war so etwas wie eine kleine Berühmtheit in dieser Gemeinde von Exilbriten. Während er sich in der Gunst seiner Gäste sonnte, die Frauen betatschte und Anekdoten im Stil von »Arsen und Spitzenhäubchen« zum besten gab, kümmerte Pamela sich still und unauffällig um den Haushalt wie eine gute Ehefrau und Gastgeberin und verständigte sich mit den molligen, großäugigen Mädchen aus der Gegend, die kochten und das Haus sauberhielten, in gepflegtem Spanisch. Das war gar kein so schlechtes Leben für meine kleine Schulfreundin, die es nie zur Schulsprecherin oder Direktorengattin gebracht hatte.

Im folgenden März fand im Old Bailey ein großer Mordprozeß statt (drei Rentnerinnen, die man im Garten eines Altenheims verscharrt hatte – das alles wegen ihrer kümmerlichen Rente), und Reggie fuhr deswegen wie immer allein nach London zurück. Mordprozesse hatten für ihn etwa den gleichen Stellenwert wie Aufführungen in der Scala oder in Covent Garden für Opernbegeisterte – man ging hin, um zu sehen und gesehen zu werden. Diesmal wollte er nicht nur, daß ich ihn zu dem Prozeß begleitete, wie ich es schon öfter getan hatte, sondern auch, daß ich mir Notizen machte über einige ekelerregende Einzelheiten, denen er für seine zukünftigen Bücher nachspürte, aber ich weigerte mich. Prozessen beizuwohnen, Daten, Sterbeurkunden und Testamente zu überprüfen, das war die eine Sache, Formaldehyd

und Tatorte waren jedoch eine andere. Dies widerte mich an, und ich war nicht bereit, mich damit zu beschäftigen. Also verpflichtete er eine Sekretärin des Verteidigers und versicherte sich ihrer Dienste – wenn Sie wissen, was ich meine.
Ich konnte es anfangs nicht glauben. Schließlich war die Sache so offensichtlich. Sogar als Pamela ebenfalls wieder in London war, tanzte Tracy mit ihren Armreifen und ihrem Pagenschnitt die ganze Zeit um ihn herum, tippte im Arbeitszimmer von St. John's Wood vor sich hin, trottete wie ein Hündchen hinter ihm her zu Polizeiwachen und Leichenhallen und den Häusern der Hinterbliebenen, den Kugelschreiber gezückt, den Notizblock in der Hand. Früher hatte er seine Texte selbst getippt, doch nun zog er sich stundenlang mit Tracy zurück, um ihr zu diktieren – so lautete jedenfalls die offizielle Version. Am Abend kehrte sie in ihre eigene Wohnung zurück, doch oft brachte er sie mit dem Wagen nach Hause. Ich konnte es einfach nicht glauben.
Pamela ließ sich nichts anmerken. Sie führte den Haushalt, war die perfekte Gastgeberin bei seinen Festen, begleitete ihn genauso ruhig und anspruchslos wie eh und je überallhin. Sie mußte etwas gemerkt haben – nicht einmal sie konnte so blauäugig sein. Manchmal nahm ich ein ziemlich frostiges Glitzern in ihren Augen wahr, wenn sie Tracy während ihrer Arbeitsessen zulächelte, aber ansonsten ließ sie sich nicht das geringste anmerken.
Als sie und Reggie im Oktober wieder zur Villa fuhren, kehrte Tracy in ihr Anwaltsbüro zurück, offenbar war die Affäre zu Ende.
»Wie kommst du denn ohne deine ergebene Sklavin zurecht?« fragte ich boshaft, als ich vor Weihnachten bei ihnen war.
Er sah mich mit trägem Echsenblick an. »Wen meinst du denn – Tracy?« Ich nickte, und er zuckte grinsend mit den Achseln. »Wunderbar. Du weißt ja, daß ich unabhängig bin.«

»Aber Pamela muß sie doch fehlen, wenn sie nicht mehr den ganzen Tag um sie herum ist.«
»Mir?« lächelte Pamela kühl. »Mir ist das egal. Ich habe gar nicht gemerkt, daß sie existiert.«

Nach der Affäre mit Tracy behielt ich Reggie im Auge, sowohl wenn er allein nach London zurückkehrte als auch während meiner Aufenthalte in Rojas. In London hatte ich in dieser Hinsicht nicht viele Möglichkeiten, denn er reiste nur für ein paar Tage an, um einem weiteren Mordprozeß beizuwohnen, und diesmal schlug er nicht vor, daß ich ihn begleiten solle. Abgesehen von einem Abendessen, nach dem er mir mit kaum verhohlener Schadenfreude neue gerichtsmedizinische Fotos zeigte, die er von einem seiner zweifelhaften Kontakte bei der Polizei erhalten hatte, ging er seine eigenen Wege und kehrte schon bald wieder in die Villa zurück. Ich glaube, er merkte, daß ich ihm mißtraute, aber obgleich ihn das zu amüsieren und mein Verhalten seiner Eitelkeit zu schmeicheln schien, ignorierte er mich.
Doch ich stellte noch immer Nachforschungen für ihn an – mir gefiel die Arbeit, die mittlerweile eine gewisse Faszination auf mich ausübte. Die Ergebnisse nahm ich im Winter mit nach Rojas und sah mit wachsendem Zorn und auch mit Bestürzung, daß er hinter einer gewaltigen Schwedin, der Frau eines der zahlreichen Exilskandinavier der Gegend, her war, einer blonden Walküre, die immer halbnackt herumlief und einen guten Kopf größer war als er selbst. Wieder schien Pamela nichts zu bemerken und behandelte Ingrid, oder wie sie auch immer heißen mochte, genauso freundlich und zuvorkommend wie alle anderen Teilnehmer der gesellschaftlichen Zusammenkünfte, die dort das Leben bestimmten. Wie konnte sie nur so wenig Stolz besitzen...!
Als ich im März das zweite Mal nach Rojas fuhr, hatten Ingrid

und ihr Mann den Ort verlassen. Die Gemeinde der dort lebenden Ausländer war ein wenig geschrumpft, das Leben war ziemlich eintönig, und Reggie arbeitete. Er hatte seine eigenen Räumlichkeiten in einem Trakt der Villa – Schlafzimmer, Bad und Arbeitszimmer –, und erschien oft erst zur Cocktailzeit bei Sonnenuntergang. Tagsüber faulenzten Pamela und ich, schwammen im Pool, fuhren in die Hügel oder hinunter nach Malaga. Wir redeten nicht viel; sie war noch nie sonderlich gesprächig gewesen, und jetzt war dieses Schweigen zu einer Art Distanz geworden, jedenfalls mir gegenüber – sie schien über kaum etwas sprechen zu wollen. Und ich brachte es nicht übers Herz, in ihrer Gegenwart das Thema Reggie anzuschneiden.

Das Wetter war herrlich – die Luft war lau, der Himmel blau und das Gras an den Hängen der Hügel noch immer grün und voll winziger Orchideen. Unten an der Küste machte sich der Massentourismus kaum bemerkbar, so daß wir noch immer in aller Ruhe im Zentrum eines ehemaligen Fischerdorfes, das jetzt von Hotelbunkern, Discos, Supermärkten und Andenkenläden umgeben und beherrscht wurde, einkaufen und einen Drink zu uns nehmen konnten. Die schwarzgekleideten Hausfrauen kauften in dunklen, versteckt liegenden Geschäften ein, die Männer saßen auf einen Plausch hinter den klappernden Perlenvorhängen der Bars mit den nackten Fußböden. Der Herzschlag des Dorfes war noch zu hören, noch übertönte ihn die sommerliche Musik aus den Lautsprechern nicht.

Alles war friedlich – vielleicht handelte es sich auch um so etwas wie Stagnation. Das Leben hier beruhigte mich, auch wenn ich irgendwie rastlos war. Ich wußte, daß ich eigentlich nach London zurückkehren und mir eine richtige Arbeitsstelle suchen sollte, statt hier auf Reggies Anweisungen zu warten. Und doch brachte ich es nicht fertig, abzureisen: Die Gegend hier war so schön, und schließlich war Pamela meine älteste Freundin.

Eines Morgens wachte ich kurz nach Tagesanbruch auf. Der

Himmel schimmerte wie Perlmutt, und ich trat hinaus auf die Terrasse, die sich vom Gästeflügel, wo ich schlief, am Haupttrakt vorbei bis zu Reggies Räumen am anderen Ende erstreckte. Pamelas Zimmer befanden sich auf der anderen Seite. Die Luft duftete nach Tau und Gras und Zitronen, und es war kein Geräusch zu hören, bis jemand mit leisen Schritten aus Reggies Räumen herauskam, die Terrassenstufen zum Garten hinunterging und dann verschwand. Im fahlen Licht des Morgengrauens erkannte ich ganz deutlich Paquita, die neue Haushaltshilfe, die so wunderbar Paella zubereitete. Und Reggie, der nur ein Handtuch um seine knochigen Schultern geschlungen hatte, stand auf der Terrasse und warf ihr eine Kußhand zu, während sie davonhuschte.

Zum Glück arbeitete er und erschien deshalb den ganzen Tag nicht. Ich weiß nicht, was ich getan hätte, wenn ich ihn tagsüber gesehen hätte. Ich war schockiert und wütend. Wie konnte er nur! Tracy und Ingrid waren schlimm und vulgär genug gewesen – aber Paquita, eine Bedienstete, und noch dazu nur ein oder zwei Zimmer von der eigenen Frau entfernt! Ein Hausmädchen, das nach Schweiß und Knoblauch stank, das sich zweifelsohne bei den anderen Bediensteten seiner brüstete und mit ihnen tuschelte und kicherte, eine Frau, in deren wissendem Blick auch Verachtung zu lesen sein würde. Wie konnte er nur – wie *konnte* er! Wie ertrug Pamela diese Demütigung? Sie hatte aus ihren eigenen Gründen alle anderen bewußt ignoriert, aber konnte sie auch Paquita ignorieren? Eine Bedienstete in ihrem eigenen Haus?

Irgendwie überstand ich den Tag und auch den Abend und beobachtete beide wie eine Katze. Pamela sah blaß und angespannt aus und gab vor, Kopfschmerzen zu haben; Reggie hingegen wirkte unbekümmert wie immer, hatte ein Tuch um seinen dünnen Hals geschlungen und grinste schamlos und unverfroren wie eh und je. »Ruth Ellis«, sagte er, »mit ihr werde ich mich jetzt beschäftigen. Der Fall hat einfach alles – Sex, Eifersucht, Alkohol, die Todesstrafe. Vielleicht kümmerst du dich um die Zeitungsausschnitte, wenn du zurückfährst, Dinah – natürlich weiß ich sowieso schon alles, schließlich war ich ja bei dem Prozeß, und ich habe Fotokopien von sämtlichen Aussagen. Ich werde alles über diese Frau und über ihre schmierigen Liebhaber herausfinden, ich kriege heraus, warum die alle so scharf auf sie waren. Die Kneipe, wo sie ihn erschossen hat, gibt's immer noch, ich war früher ziemlich oft dort...« Er erzählte weiter, und wir hörten zu. Dann gingen wir ins Bett.

Sex, Eifersucht, vielleicht auch Alkohol – all das lag zerschmettert unterhalb der Terrasse, als der Gärtner Alarm schlug. Diesmal trug Reggie einen Pyjama, und er war tot.

Die spanische Polizei unterscheidet sich von der unseren – ihre Beamten sind sehr zuvorkommend und korrekt, ja fast schon militärisch. Sie warteten, bis Pamela am Vormittag in der Lage war, mit ihnen zu sprechen, als sie aufgehört hatte zu weinen, als das Beruhigungsmittel anfing zu wirken, und als sie angezogen war, noch immer blaß, aber ruhig. Ich saß neben ihr, doch sie ließ es nicht zu, daß ich ihre Hand hielt; sie hatte die Finger zu Fäusten geballt und spielte nervös mit einem Taschentuch herum. Der Beamte erklärte uns, was passiert war: Señor Tyrrell war offenbar (laut Aussage des Polizeiarztes) gegen zwei Uhr morgens an der Brüstung der Terrasse vor seinem Schlafzimmer gestanden. Er hatte ein Glas Whiskey in der Hand (die Scherben lagen um seine Leiche verstreut) und hatte im Verlauf der vorangegangenen Stunden schon eine beträchtliche Menge Alkohol zu sich genommen. Außerdem hatte er möglicherweise eine oder zwei der Schlaf-

tabletten geschluckt, die man neben seinem Bett fand...
»Nahm Señor Tyrrell Schlaftabletten, Señora?«
Pamela nickte. »Manchmal – wenn er gerade an einem Buch arbeitete. Dann fiel es ihm gewöhnlich schwer, abzuschalten.«
»Aha. Also trank er wohl während des Abends ziemlich viel, nahm die Tabletten, ging hinaus auf die Terrasse, weil er vermutlich noch immer nicht schlafen konnte, schluckte vielleicht eine weitere Tablette und trank mit Sicherheit noch mehr Whiskey. Er stand an der Brüstung, es wurde ihm schwindelig vom Alkohol und den Tabletten, und er stürzte. Bei seinem Sturz, so vermute ich, riß er einen der schweren Geranientöpfe mit sich, die auf der Terrasse stehen, welcher dann – bitte verzeihen Sie mir, wenn ich das sage, Señora – den Tod Ihres Mannes verursachte. Der Sturz allein war vermutlich nicht verantwortlich – natürlich hat er dadurch zahlreiche Verletzungen davongetragen, aber sie wären wahrscheinlich nicht tödlich gewesen. Doch der Geranientopf, er war so groß und schwer – ja, es war wohl der Wille Gottes.«
Sie fing an zu weinen. Er betrachtete sie mit sanften, aber doch lebhaften dunklen Augen. »Ich lasse Sie jetzt allein. Es werden natürlich einige Formalitäten zu erledigen sein, aber nichts, was Ihnen allzuviel Kummer bereiten müßte. Mein aufrichtiges Beileid, Señora – er war ein angesehenes Mitglied unserer höchst willkommenen Gemeinde von ausländischen Mitbürgern hier.«
Er erhob sich und zögerte dann. »Nur eine Kleinigkeit wundert mich. Wie kommt es, daß dieser Geranientopf *auf* ihn und nicht *mit* ihm zusammen hinuntergefallen ist? Aber...« Er lächelte, und dabei kam ein erstaunlicher Goldzahn zum Vorschein, »wir werden zweifelsohne herausfinden, daß Wind und Wetter an dem Sockel genagt hatten und daß Señor Tyrrell vermutlich im Fallen versuchte, sich daran festzuhalten. Wir wollen unsere ausländischen Gäste nicht mit solchen Nebensächlichkeiten belästigen. Adios, Señora, verlieren Sie nicht den Mut.«

Nachdem er gegangen war, sagten wir eine Weile nichts. Ich erhob mich und ging hinüber zu der offenen Verandatür, sah hinaus über die Terrasse mit ihren Bougainvillea- und Geranientöpfen, den Hügel hinunter zum entfernten Meer. Ich hörte die Polizeiwagen wegfahren. Pamela hatte aufgehört zu weinen. Ich wandte mich wieder ihr zu.

»Ich verrate nichts«, sagte ich.

Sie hob den Blick. Jetzt war sie wieder völlig gefaßt, nur ihre geröteten feuchten Augen zeugten noch von ihrem Schmerz. Ihre Stimme war ruhig. »Was verrätst du nicht?«

»Schau, Pamela«, dabei setzte ich mich neben sie. »Ich stehe auf deiner Seite. Du hattest recht.«

»Wieso?«

»Daß du es getan hast. Er war ein Stück Scheiße.«

Leichte Röte stieg ihr ins Gesicht. »Das darfst du nicht sagen.«

»Doch. Er war ein Stück Scheiße. Er war eingebildet, selbstsüchtig, ein Frauenheld. Und du weißt es. Er hat uns alle gezwungen, uns für seine gräßlichen Mordgeschichten zu interessieren. Es ist nur recht und billig, daß er das Opfer eines Mordes wurde. Das ist wahrscheinlich so etwas wie Ironie des Schicksals oder höhere Gerechtigkeit.«

»Mord?«

»Die Polizei wird keine weiteren Nachforschungen anstellen. Du hast gehört, was er gesagt hat. Sie wollen keine Skandale unter den Gästen aus dem Ausland, das schadet dem Tourismus. Wir werden nichts mehr von ihnen hören. Aber wenn sie sich tatsächlich noch einmal an dich wenden sollten, sage ich kein Wort. Ich werde abstreiten, daß du irgendein Motiv gehabt haben könntest. Du hattest recht, es zu tun, Pamela, völlig recht.« Ich streckte die Hand aus und legte sie auf die ihre.

Sie sah die beiden Hände einen Moment lang an und zog die ihre dann zurück. Danach betrachtete sie mich mit kühlem Blick. »Warum sollte ich Reggie den Tod wünschen?« fragte sie.

»Warum? Weil er ein Stück Scheiße war. Wegen seiner Frauengeschichten, weil er dich gedemütigt, sich mit seinen Affären gebrüstet hat. Diese Sekretärin und Ingrid und wer weiß, wie viele andere noch. Und jetzt eine Bedienstete...«

Sie sagte leise: »Das hat mir nichts ausgemacht.«

»Aber sicher hat es dir etwas ausgemacht. Es muß dir etwas ausgemacht haben. Das nimmt dir doch keiner ab, daß du einfach ruhig zusehen konntest, wie er dich gedemütigt hat. Du hattest ein Recht auf Rache.«

Sie stand auf und ging weg, dann drehte sie sich um und lehnte sich gegen den Kamin, wo an kühlen Abenden ein Holzfeuer brannte. Sie war völlig ruhig.

»Ich war gern mit Reggie verheiratet«, sagte sie, »ich war gern Mrs. Reginald Tyrrell und ging auf Partys und lernte berühmte Leute kennen und wohnte hier und in London und hatte Geld, ich war gern jemand. Ich liebe ihn jetzt nicht mehr so wie am Anfang – ich weiß, daß er selbstsüchtig und in vielerlei Hinsicht nicht sonderlich nett war, und diese ganzen Kriminal- und Mordgeschichten fand ich oft widerwärtig. Und außerdem mochte ich auch manche der Sachen nicht, die er von mir verlangt hat...« Wieder errötete sie etwas, »... im Bett. Ich war froh, als er sie sich bei anderen Frauen geholt hat. Frauen wie dir.«

»Wie mir?«

»Ich lebe nicht auf dem Mond, Dinah. Ich weiß, daß du mich immer verachtet und mich für naiv gehalten hast. Aber ich bin nicht auf den Kopf gefallen, ich habe es fast sofort gemerkt, als du angefangen hast, mit Reggie zu schlafen. Und als er dir den Laufpaß gegeben hat. Ich habe gesehen, wie wütend du warst, wie verletzt und verärgert, denn du hattest ja nichts von ihm, während ich doch wenigstens seinen Namen trug, an seinem Ruf teilhatte und von seinem Geld leben konnte. Ich wünschte Reggie den Tod nicht, sondern du.«

Wir sahen einander ziemlich lange schweigend an. Dann brachte ich so etwas wie ein Lachen zustande. »Was für ein Blödsinn!« sagte ich. »Als ob ich mir etwas aus ihm gemacht hätte! Ich habe ihn verabscheut, zutiefst verabscheut!«
»Ja«, sagte sie. »Ich weiß.«
Wieder herrschte langes Schweigen. Ich versuchte, Luft zu bekommen, genauso, wie ich es in der vergangenen Nacht draußen vor Reggies Verandatür getan hatte, als ich mich rüstete, hineinzugehen. Ich hatte das Parfüm auf der Haut, das er liebte, trug die Haare offen und war unter meinem Nachthemd nackt. Ich will mich nicht mehr daran erinnern, was ich sagte oder er, aber unter anderem erklärte er mir, daß er in dieser Nacht zu nichts mehr in der Lage sei, egal, wie sehr ich ihn auch anflehe, und außerdem sei er ein wenig beschwipst und habe seine Schlaftabletten genommen, und nicht einmal die schöne Helena oder eine nackte Jungfrau im Bade könnte ihn noch zu irgendeiner Regung veranlassen. Ich weiß noch, daß ich sagte: »Aber ein Hausmädchen vielleicht?« Ich erinnere mich, daß er etwas ganz Entsetzliches zu mir sagte und mich auf die Terrasse hinausdrängte, an den äußersten Rand, und ich weiß, er hatte ein Glas in der Hand, und ich weiß auch noch genau, was ich beschloß zu tun und dann schließlich auch tat.
Aber es war doch Pamela, die ein Motiv hatte, oder nicht?

Also befinden wir uns nun in einer Pattsituation; wir sind noch immer durch eine merkwürdige Art von Freundschaft miteinander verbunden, nur daß Pamela jetzt die besseren Karten in der Hand hat. Sie ist nach wie vor Mrs. Reginald Tyrrell, die attraktive Witwe des bedeutenden Kriminologen, den seine Anhänger sehr vermissen und bewundern wegen seiner profunden Kenntnisse über den Mord und die Motive. Und es geht ihr auch finanziell nicht schlecht dabei, denn Reggie konnte ausgesprochen gut mit Geld umgehen, seine Bücher verkaufen sich

noch immer ausgezeichnet und gelten als Klassiker dieses Genres. Vermutlich zu Recht.
Pamela hat die Villa verkauft, und wir leben nun zusammen in dem Haus in St. John's Wood. Oft rufen Leute an, die das Schwarze Museum sehen möchten. Wir haben nichts dagegen, denn häufig handelt es sich dabei um interessante und manchmal auch attraktive Menschen. Aber normalerweise sagen wir, wir wissen nicht Bescheid über die Herkunft von einigen Gegenständen. Unter diesen Stücken befindet sich auch eine Tonscherbe von einem Blumentopf mit dunklen Flecken darauf, die möglicherweise Blut sein könnten. Pamela hat die Scherbe ins Museum gelegt.

Ein Souvenir

Während Lewis noch immer die Handvoll Lire betrachtete, die er als Trinkgeld geben wollte, durchquerte Betsy das Zimmer, drückte die Fensterläden auf und trat hinaus auf den Balkon.

»Lewis, schau nur. Ist das nicht himmlisch?«

Unter dem Hotel waren die zerrupften Spitzen dunkler Bäume zu sehen, durch die die pastellfarbenen Mauern der Villen schienen, und dahinter das gekräuselte Wasser des Meeres, über das ein Motorboot hüpfte. Am Himmel bildete sich eine kleine Wolke, die angenehm mit der Turmform der Burg auf dem Felsen über dem Ort harmonierte.

»Das ist zu schön, um wahr zu sein! Das Blau ist genauso wie bei diesen Schmetterlingsflügelbroschen, die es früher gegeben hat, weißt du noch?«

Er trat neben sie hinaus auf den Balkon und legte die Hände aufs Geländer. »Hm.«

Sie hakte sich bei ihm ein und drückte seinen Arm. »Bist du jetzt froh, daß wir hergekommen sind? Hat es sich gelohnt, um drei Uhr früh am Flughafen in London zu sein?«

»Es ist ausgesprochen pittoresk hier.«

»Hier ist genau der richtige Ort für deine Skizzen. Und ich kann mich an den Strand legen und so richtig ausspannen.«

»Aber sei vorsichtig mit der Sonne.«

»Ja. Ich werde zuerst alle möglichen Dinge einkaufen – wir dürfen damit nicht bis zur letzten Minute warten.«

Er kicherte. »Du weißt aber, daß du alles verzollen mußt.«

»Unsinn, Liebling – nur ein paar kleine Geschenke für die Kinder und Mami ... und wahrscheinlich müssen wir Mrs. Pratt auch etwas mitbringen. Ich muß ihnen eine Postkarte schreiben, damit sie wissen, daß wir gut angekommen sind.«

Das Geländer lag rauh und warm unter seinen Händen. Die Luft roch nach Blättern und auch ein wenig nach Küchendünsten. Von unten drangen das Klappern von Tellern und Gesprächsfetzen herauf, jedoch zu weit entfernt, um zu stören. Hinter ihm packte Betsy die Koffer aus. Sie tappte über die Fliesen.
»Das Wasser ist wunderbar warm«, rief sie. »Komm und zieh dich um, Schatz, ich kann es gar nicht erwarten, die Gegend zu erkunden.«
Der Ort war rund um die Piazza angelegt, öffnete sich auf der einen Seite zum Meer hin und wurde auf der anderen durch den Dom begrenzt. Die Hotels und der größte Teil der Villen befanden sich auf Terrassen am Hang darüber, eingebettet in Laubwerk und zu erreichen über schmale Gassen mit Kopfsteinpflaster und Stufen. Unterhalb davon lag der Strand, ein Patchwork aus Sonnenschirmen und Gliedmaßen. Auf der Steinmauer der Piazza, von der aus man den Strand sehen konnte, saßen, aufgereiht wie die Stare, die Jungen aus dem Ort, fast goldfarben in ihren ausgeblichenen T-Shirts und Jeans, sahen sich um und gaben ihre Kommentare ab. Drei oder vier offene Kutschen mit Sonnendächern und geschmückten, vor sich hindösenden Pferden standen im Schatten vor den Stufen zum Dom. An beiden Seiten waren Cafés mit hellen Vordächern. Die Hauptstraße verlor sich dunkel an der Vorderseite der Klippe, doch in der Nacht war sie, genau wie die Piazza und die Bäume, mit bunten Lichtern geschmückt.
»Es ist einfach himmlisch! Es ist so warm!« Sie hatten im Hotel zu Abend gegessen und waren noch auf eine Tasse Kaffee zur Piazza hinuntergegangen. »Versuch nur mal, dir vorzustellen, daß wir bei uns zu Hause im September um neun Uhr abends nur mit einem Tuch um die Schultern draußen im Garten sitzen. Wir müssen morgen wirklich die Gegend erkunden. Ich kaufe mir einen von diesen großartigen Strandhüten, und du mußt dir Espadrillen besorgen, Lewis, sie sind einfach spottbillig. Wir

könnten auch noch ein Paar für die Kinder mitnehmen – zu Hosen würden sie sicher lustig aussehen. Ach, schau dir mal die Familie dort an, das Baby hat ein gestärktes Kleidchen mit Rüschen an und schläft schon fast! Könntest du nicht eine Skizze von ihnen machen, Schatz?«

»Vielleicht würden sie das nicht so gern wollen.«

»Ach was!« Die Familie war inzwischen an ihnen vorbeigelaufen, doch dafür bummelten immer wieder andere, entspannt plaudernde Menschen vorüber, die Leute aus dem Ort schlicht gekleidet, die Gäste in leuchtenden Farben, massige, gebräunte Skandinavier, rotgeröstete Deutsche, Engländer mit Halstüchern, Amerikaner mit Bürstenschnitt und die dazugehörigen Frauen mit grellem Lippenstift und Armreifen. Dieser Ort war klein und »in« und vom Pauschaltourismus noch nicht erschlossen. Deshalb legte man hier noch in allen Bereichen Wert auf Qualität. Das hell erleuchtete Geviert der Piazza war erfüllt von Stimmengemurmel, dem Getrippel von Füßen und dem Klang der Radios, die in jedem Café spielten.

Doch auf dem Balkon ihres Schlafzimmers herrschte Stille. Sie standen, nur mit ihrem Nachtgewand bekleidet, draußen und sahen über die schwarzen Bäume hinweg hinaus auf die dunkle See und die sternenübersäte Unendlichkeit des Himmels. In der warmen Dunkelheit schienen Himmel, Sterne, Meer und Bäume zu atmen wie ein riesiges, wachsames Tier.

»Bevor wir wieder abreisen, wird es noch Vollmond geben.«

»Ja.«

»Hol dir keine Erkältung.«

Er folgte ihr ins Zimmer. »Soll ich die Fensterläden schließen?«

»Tja – meinst du, es könnte hier Stechmücken geben?«

»Vielleicht. Durch die Schlitze kann genug Luft herein.«

»Morgen könnten wir um mehr Kissen bitten.«

»Soll ich meinen Morgenmantel zusammenrollen und unter dein Kopfkissen legen?«

»Nein, es geht schon, Schatz, danke. Die Matratze scheint ganz gut zu sein.«

Sie verschob sich, als er ins Bett kletterte. »Möchtest du noch ein bißchen lesen?«

»Nein, ich bin müde. Und du?«

»Nein. Es war ein langer Tag.«

»Hm. Aber himmlisch. Es ist einfach himmlisch hier.«

Er schaltete das Licht aus, und sie lagen auf dem Rücken nebeneinander, das fahle Licht, das durch die Schlitze der Fensterläden drang, und die Stores, die sich leise bewegten, beobachtend. Er nahm ihre Hand und drückte sie.

»Gute Nacht, Lewis. Danke für die Reise.«

»Gute Nacht, Schatz.« Er richtete sich ein wenig auf, um ihre Wange zu küssen, und lehnte sich dann wieder zurück. Nach einer Weile drückten sie einander erneut die Hand und schliefen Rücken an Rücken ein.

»Was wollen wir heute morgen machen, Schatz? Wollen wir an den Strand?«

»Wie du möchtest.« Er fächelte den Rauch seiner ersten köstlichen Pfeife nach dem Frühstück von ihr weg.

»Ach, laß uns das doch machen. Die Sonne ist einfach wunderbar. Auf dem Weg nach unten können wir Strandhüte kaufen.«

Es dauerte länger, als sie erwartet hatten, denn die Auswahl war riesig. Fast jeder Laden an der Hauptstraße verkaufte Strandhüte und Badeschuhe, Hemden, Hemdkleider, Tücher und Sonnenbrillen. »Lewis, schau – wäre eines von diesen Hemden nicht genau das richtige für Tim, oder auch für Caroline? Was für ein himmlisches Rosa! Den Laden müssen wir uns merken – oder schau, da drüben im nächsten Geschäft gibt's auch noch andere Farben. Wieviel sind zwölfhundert Lire, Lewis?«

Endlich waren die Hüte gekauft, eine Art Glockenhut für sie und ein fescher Panamahut für ihn, mit dem er ein wenig unbeholfen

wirkte. Er war zu groß und seine Gesichtszüge zu grob für einen Hut mit einer so schmalen Krempe, aber die Kopfbedeckung war bequem und sorgte dafür, daß ihn die Sonne nicht blendete.
Sie hatten Tickets für den Hotelstrand, wo ihnen ein junger Mann mit einem Lächeln einen Sonnenschirm und Liegestühle aufstellte. »Grazie – grazie tante«, bedankte sich Betsy mit einem Lächeln, das gleichzeitig mädchenhaft und mütterlich wirkte.
»Prego. Ist schöner Tag heute.«
»A si – schön.« Als er sich wieder in seine Strandhütte zurückzog, sagte sie: »Hat er nicht eine wundervolle Hautfarbe, Lewis? Wie dunkler Honig. Hm. Ist das nicht himmlisch?«
Sie zogen ihre Kleider aus, rieben sich mit Sonnenöl ein und legten sich hin. Inmitten all der gebräunten Körper mußten sie sich fast ihrer eigenen blassen Gliedmaßen schämen, auch wenn es außer ihnen noch mehr, genauso bleiche Neuankömmlinge gab. Betsy ging nicht ins Wasser, sondern legte sich, den neuen Hut ins Gesicht gezogen, in die pralle Sonne. Lewis schwamm bis zur entferntesten Schwimmplattform hinaus, auf der sich schon zu viele andere nasse Körper tummelten, als daß er sich auch noch hätte hinaufziehen wollen. Er drehte sich auf den Rücken und ließ sich treiben, betrachtete den Ort, der in die Spalten des Berges hineingekauert lag und von einer Burg überragt wurde. Er sog alles in sich auf; die Queen Victoria Street und das Büro waren vergessen. Zwölf Tage lang würde er ein Künstler sein. Der Ort, die Klippe, die Burg gestalteten sich unter seinem Blick zu Bildern – zu kargen, reduzierten Bildern von Formen, die das Wesen dieses Ortes mit wenigen Linien einfingen. Er schwamm zurück, trocknete sich ab und zog sich mit einem Taschenbuch unter den Sonnenschirm zurück. Betsy lag mittlerweile auf dem Bauch und schien zu schlafen.
Nach dem Mittagessen gingen sie hinauf in ihr Zimmer. Betsy zog ihren Morgenmantel an, legte sich aufs Bett und blätterte die

Zeitschriften durch, die sie am vorigen Tag im Londoner Flughafen gekauft hatte. Dann schob sie sie weg und schloß die Augen. Lewis lag neben ihr und rauchte eine Pfeife. Durch die hin und her wehenden Stores sah er, wie das Licht die Silhouetten der Baumspitzen und die Felsen dahinter zu verändern schien, so daß sie anders als noch am Morgen hervorgehoben wurden oder zurücktraten. Er stand leise vom Bett auf und nahm den Skizzenblock und die Stifte, die auf dem Tisch lagen. Das Meer glitzerte, ferne Geräusche aus dem Ort zerplatzten wie winzige Feuerwerke in der linden Luft. Ja, die Burg sah ganz anders aus in diesem Licht.

»Nimm einen Stuhl mit nach draußen, Schatz.«

»Ich habe gedacht, du schläfst.«

»Nein, ich döse nur.«

»Das Licht verändert alles.« Er trug einen der Holzstühle hinaus auf den Balkon und begann zu zeichnen.

Später trat sie mit einem anderen Kleid, frisch geduscht und mit ein wenig Parfüm auf der Haut, zu ihm hinaus und schaute ihm über die Schulter.

»Hm, das ist gut, Lewis.«

»Nein – ich schaffe es einfach nicht, es einzufangen.« Er riß die Zeichnung vom Block und hätte sie zerknüllt, wenn sie sie ihm nicht aus der Hand genommen hätte.

»Ich finde die Zeichnung wunderbar – die Bäume überall, die Vertikalen und die Schatten, die darauf fallen – man bekommt so richtig ein Gefühl für den Ort hier.«

»Nein. Das ist nur Gekritzel. Es ist schwieriger, als man denkt.«

»Mach dich ein bißchen frisch und laß uns nach unten gehen. Ich hätte gern ein Eis. Außerdem muß ich unbedingt ein paar Postkarten schreiben.«

»Geh du ruhig los, Schatz.«

»Hast du wirklich nichts dagegen?«

»Natürlich nicht. Ich lege mich in die Sonne, und vor dem Mittagessen treffen wir uns auf einen Drink im Café.«

»Ich komme noch mit zum Strand und helfe dir, den Schirm und den Liegestuhl aufzustellen.«

»Sei nicht albern, Lewis, darum kümmert sich der Junge. Es ist doch dumm, zuerst den ganzen Weg zum Strand hinunterzustapfen und sich dann wieder zur Burg hinaufzuquälen.«

»Bist du sicher?«

»Schatz.« Sie tätschelte ihm die Wange. »Du weißt doch, daß ich schon ein großes Mädchen bin. Mit zwei unausstehlichen, fast erwachsenen Kindern. Geh los und mach dir einen schönen Vormittag.«

Am Anfang folgte er der Straße, doch sie wand sich so umständlich um die Klippe herum, daß er schon bald die felsigen Stufen hinaufkletterte, wo sich bei jedem neuen Absatz ein neuer Ausblick auf die Bucht und die Dächer des Ortes eröffnete. In der Ferne meckerten Ziegen, und ein Hund bellte; im Schatten summten Fliegen herum. Es roch intensiv nach dunklen Blättern und Erde.

Auf dem Platz vor der Burg waren keine Autos abgestellt, und der Postkartenstand in ihrem Schatten war nicht besetzt. Eine ältere Frau mit einer Kittelschürze kam aus einem Raum heraus, der aussah wie eine Küche, nahm seine fünfzig Lire, und er betrat den Burghof.

Es war ihm, als schlüpfe er in ein mittelalterliches Gewand aus bernsteinfarbenem Samt, der hier und da ausgeblichen war, so daß man die Struktur des Gewebes durchscheinen sah. Die fleckigen gelben Mauern wurden auf drei Seiten von einem Säulengang begrenzt, der auf der vierten in eine Treppe hinauf zur Galerie im ersten Stock überging. Die Türen in dem Säulengang waren verblaßt und verschlossen; die Fresken waren noch nicht ganz von den Wänden verschwunden – hier war noch ein Heiligenschein zu erkennen und dort eine segnende Hand.

Lewis ging die Treppe hinauf und ließ seine Finger an der warmen, abgegriffenen Brüstung entlanggleiten. Die Räume waren zur Galerie hin offen, die Böden darin bestanden aus staubigen Bohlen, an den Wänden hingen Bilder oder standen Glasvitrinen: Gegenstände aus Elfenbein und Majolika, vergoldete Sakralgefäße, Münzen. Fast alle Bilder waren schrecklich. Die Räume hier waren tot, doch die übrige Burg lebte. Es war unglaublich. Als er von einem leeren Raum zum anderen ging oder die zinnenbewehrten Mauern entlang bis zur abschließenden Loggia, hatte er das Gefühl, als hätten die früheren Bewohner diesen Ort gerade erst durch eine andere Tür verlassen. Die Schießscharten in den Fenstern, die angeschlagenen Schnitzereien, die abbröckelnde Farbe an den Wänden und die reich verzierten Decken waren alle durchdrungen von der Wärme ihrer Gegenwart.

Und wohin man auch sah, es bot sich ein phantastischer Ausblick. Oben waren nur die rotbraunen Fliesen der Burg und der fast transparente Himmel zu sehen, unten und in der Ferne nur die Felsen, die Bäume, das türkis-weiß marmorierte Meer, die winzigen Dächer, ein Hahn, der irgendwo krähte und Antwort erhielt von einem anderen, das Scheppern eines Eimers, das Zusammenspiel von Luft und Haut und Licht und Zeit.

Er lehnte sich eine Weile gegen den warmen Stein der Loggia, wie es wohl alle Angehörigen des Burghaushalts im Verlauf der Jahrhunderte getan hatten. Schließlich begann er zu zeichnen.

Er kam zu spät ins Café, aber sie kam noch später und ließ sich auf den Stuhl neben ihm fallen, den er nur mit Mühe für sie hatte freihalten können, weil alle Cafés um diese Zeit, wo jeder einen Aperitif nahm, voll von Menschen waren. Sie hatte ihre Strandtasche und noch ein paar andere Päckchen dabei: »Lewis, tut mir leid, wartest du schon lange? Ich habe dir einen *Telegraph* mitgebracht.« Sie lächelte den Kellner freundlich an. »Cinzano bianco, per favore, con Eis. Und ich habe die Espadrillen für die Kinder besorgt, rote für Caroline und blaue für Tim. Eigentlich ist das Blödsinn – die richtigen Geschenke kaufen wir später, aber sie sind einfach spottbillig. Wie war's oben in der Burg?«

»Interessant.«

»Viele Leute?«

»Nein, keine Menschenseele.«

»Himmlisch. Am Strand war die Hölle los. Der nette Junge, der für die Sonnenschirme zuständig ist, spricht wunderbar Englisch, wir haben uns fabelhaft unterhalten. Hast du etwas gezeichnet?«

»Nicht viel. Nichts, was ich dir zeigen müßte.«

»Ich wünschte, du würdest Menschen zeichnen. Was man hier für Typen sieht! Schau dir nur mal diese unglaubliche Frau an – rosafarbene Haare und die ganzen Anhänger, die sie um den Hals trägt! Oder dieser absolut himmlische Mann da drüben – er ist sicherlich ein Baron, ein österreichischer Baron!« Durch die Menge schob sich ein ohne Zweifel aus dem hohen Norden stammender Mann, der die anderen nicht nur überragte, sondern sich auch durch seine Haltung abhob. Die Tatsache, daß er bereits mittleren Alters war, wurde durch seine goldbraune Hautfarbe, sein blondes Haar, die glatten, festen Muskeln, das blaue Seidenhemd, die Blue Jeans und ein goldenes Armkettchen kaschiert. Zwei junge Männer, die genauso dunkel waren wie er blond, bahnten sich neben ihm ihren Weg durch die Menschenmenge wie zwei Ruderboote im Gefolge eines Eisberges.

Lewis leerte sein Glas. »Die beiden sind erwachsen, sie müssen schon selbst wissen, was sie tun.«

»Ach, Lewis!« Sie drückte tadelnd seinen Arm. »Glaubst du wirklich, das sind solche? Was für eine Verschwendung!«

Sie schlief am Nachmittag, während Lewis wieder den Hügel hinaufkletterte. Später ging sie hinaus auf die Hotelterrasse, um auf ihn zu warten, schaute zu, wie die schnell hereinbrechende

Abenddämmerung die Bäume und das Meer einhüllte, wie die Lichter im Ort und auf der Pergola der Terrasse angemacht wurden. Aus der Bar drang Musik, unterbrochen von Radiowerbespots, dazu das leise Gemurmel von Stimmen. Andere Gäste traten hinaus auf die Terrasse, herausgeputzt für den Abend, Paare wie Lewis und sie selbst, gutgekleidet, ohne finanzielle Sorgen, mit erwachsenen oder halbwüchsigen Kindern zu Hause in England, Deutschland, Schweden oder den Vereinigten Staaten. Sie sprachen nicht mit ihr, weil sie als Frau allein an einem Tisch saß, und sie sprach auch nicht mit ihnen, weil Lewis und sie nicht nach Santa Felicia gefahren waren, um Menschen kennenzulernen, die so waren wie sie selbst.
Das Meer war nun nicht mehr zu erkennen. Ein einziger klarer Stern leuchtete an dem indigofarbenen Himmel. Sie wartete weiter auf Lewis.

»Geh du ruhig los, Schatz.«
»Hast du wirklich nichts dagegen?«
»Schatz, du legst dich doch sowieso nicht so gern in die Sonne, und ich bin wild entschlossen, diese schreckliche britische Blässe loszuwerden. Ich lasse mich eine Weile bräunen, und dann muß ich versuchen, ein Mitbringsel für Mami zu finden. Bis jetzt habe ich noch nichts Passendes für sie gesehen. Geh du ruhig, ich möchte, daß du losgehst.«
Also ging er, diesmal nicht auf direktem Weg zur Burg, sondern Pfaden am Hang folgend, zwischen den Bäumen und dem glänzenden Meer, wo sich immer wieder neue Ausblicke eröffneten, die er aufs Papier zu bannen versuchte.
Und sie schlenderte hinunter zum Strand, wo Körper und Sonnenschirme bereits auf die Sonne warteten, lächelte Giorgio, dem Strandwächter, zur Begrüßung zu, der später, als sie mit dem Sonnenbaden fertig war und sich wieder in den Schatten zurückgezogen hatte, vorbeikam und sie ansprach.

»Ist wunderbarer Tag heute, Signora.«
»Si, wunderbar. Hier ist jeder Tag wunderbar.«
»Sie mögen Sonne?«
»Ja, gerne.«
»Ihr Mann nicht so gerne, ich glaube.«
»Nein, nicht so sehr. Er hat empfindliche Haut.«
»Also er nicht kommt an Strand.«
»Nein. Außerdem zeichnet er gern – er ist Künstler, wissen Sie, er macht Bilder.«
»Ah, Künstler.«
»Ja. Er ist gerade oben an der Burg und macht Bilder.«
»Er macht Bilder für Geld?«
»Du meine Güte, nein! Wenn er das täte, könnten wir uns den Urlaub hier nicht leisten! Nein, das ist nur ein Hobby für ihn, er macht das zum Spaß.«
»Ah, si.« Er nickte.
»Er ist sehr gut«, sagte sie mit ernster Stimme, »sehr gut. Wir verwenden immer eine seiner Zeichnungen für die Weihnachtskarten.«
»Er macht Bilder von Sie?« fragte er und musterte sie.
»Nein, er macht keine Bilder von Menschen, nur von Orten, Gebäuden, wissen Sie.«
»Ah, si, capisco.«
Sie begann, die Strandtasche einzupacken. »Ich muß los und ein paar Einkäufe erledigen. Vielleicht können Sie mir ja sagen, wo ich am besten Mitbringsel, Souvenirs, kaufen kann.«
»Alessandrini in der Hauptstraße, Signora – sehr gut, sehr billig.«
»Spricht man dort Englisch?«
»Si, si – ist meine Schwester. Sagen Sie, Giorgio Sie schicken, dann machen Spezialpreis.«
»Wunderbar.«
»Permesso, Signora.« Er nahm die Strandtasche, und sie gingen

zwischen den Sonnenhungrigen hindurch in Richtung Umkleidekabine.

»Herzlichen Dank.«

»Prego, Signora.«

»Ciao dann...«

»Ciao.« Sein Lächeln war wie aus einer Zahnpastareklame, und er bewegte sich mit der Anmut einer eingeölten, belebten Statue. Alain Delon, dachte sie, als sie die Stufen hinaufging, oder Tim, als er noch ein kleiner Junge war...

Sie kaufte mehrere Dinge bei Alessandrini, darunter eine Seidenbluse für sich selbst, aber sie konnte noch immer nicht das richtige für ihre Mutter finden. Mrs. Pratt gefiel sicherlich etwas von diesen ziemlich gräßlichen Keramiksachen, eine Vase vielleicht oder ein paar Fliesen als Untersetzer für die Teekanne, aber das konnte man später besorgen. Sie sah süße kleine Ohrringe aus Muscheln, die zwar ungeheuerlich kitschig waren, aber trotzdem ausgesprochen hübsch, also kaufte sie ein Paar für sich und ein Paar für Caroline und legte die ihren gleich an, da Giorgios Schwester sie dazu ermutigte.

Sie war zu früh dran, und Lewis würde wahrscheinlich ohnehin zu spät kommen, also überquerte sie die vor Hitze dampfende Piazza und stützte die Ellbogen auf der Mauer der Strandbalustrade auf. Trotz ihrer Sonnenbrille blendete das Licht sie noch, die kleinen Wellen und Felsen schienen aneinander Funken zu schlagen, die gebräunten halbnackten Menschen glänzten in der Sonne, die Schwimmplattformen bewegten sich zwischen den Schwimmern hin und her, und die Luft hallte wider von Stimmen. Bei der Mauer standen drei oder vier Jungen aus dem Ort herum. Sie musterten sie, tuschelten und kicherten, aber, wie es ihr schien, nicht auf abwertende Art. Sie waren noch Jungen, kaum älter als Timothy, sie interessierten sich nicht für eine Frau, die alt genug war, um ihre Mutter zu sein, und doch waren ihre Stimmen angenehm, obgleich sie froh war, nicht zu verstehen, was sie sagten. Mit ihrer Sonnenbrille, ihrem schlanken Körper und ihren hübschen Ohrringen konnte man sie leicht für jünger halten, als sie tatsächlich war. Doch das war das Wunderbare an den Italienern – sie achteten die Frau an sich, gleichgültig, wie alt sie war. Sie scherten sich nicht um die Lebensjahre oder um den nicht mehr so straffen Körper, sondern sahen die Frau, die reifer, begehrenswerter war als ein Mädchen. Egal, welche Witze sie dort an der Mauer auch rissen, der Blick der jungen Männer steckte auf merkwürdige Weise voller Hochachtung. Genau wie der Giorgios.

Nach dem Mittagessen rief sie Lewis, der draußen auf dem Balkon saß und las, vom Bett aus zu: »Legst du dich nicht ein bißchen hin, Schatz?«

»Ich dachte, du bist eingeschlafen.«

»Nein, ich bin nicht müde. Und du?«

»Nein. Wenn ich am Tag schlafe, bekomme ich immer Kopfweh. Hier draußen geht ein angenehmer Wind.«

Nach kurzem Zögern schwang sie die Füße über die Bettkante. »Was würdest du gern machen?«

Er schloß das Buch und merkte die Seite mit einem Zypressenzweig ein, den er vom Hügel mitgebracht hatte. »Wie wär's mit dem Strand?«

»Da ist es am Nachmittag zu heiß.«

»Wir könnten einen Ausflug machen.«

»Die Busse sind wahrscheinlich schon alle weg. Nimm mich mit hinauf zu deiner Burg.«

»Wenn du möchtest. Aber der Weg ist ganz schön steil.«

»Das macht mir nichts aus. Du sagst doch, daß draußen ein angenehmer Wind geht.«

Sie machten sich auf den Weg. Auf halber Strecke pflückte sie ein paar Bougainvillea und steckte sie ihm ins Knopfloch seines Hemdes, dann riß sie einen Zweig von einem süß duftenden Busch ab und schnupperte an seinen Blättern. Die Wege waren angenehm schattig, doch die Pfade waren steil, und die mit Steinplatten belegten Stufen waren gerade ein bißchen zu weit auseinander, als daß sie sie mit einem normalen Schritt hätte bewältigen können. An manchen Stellen des Weges brannte die Sonne herunter, und im Schatten stürzten sich die Fliegen in Schwärmen auf sie. Als sie bei der Burg herauskamen, standen zwei Ausflugsbusse vor dem Tor, und das Gebäude wimmelte von lärmenden Deutschen.

Er hatte einen schmalen Weg an der Burgmauer gefunden, den er sie nun entlangführte, bis sie an einem Platz anlangten, wo sie sich auf flache Felsen setzen konnten. Er zündete seine Pfeife an, um die Fliegen zu vertreiben, und sagte zwischen zwei Zügen: »Tut mir leid wegen der Ausflugsbusse.«

»Ach – das konntest du doch nicht ahnen.«

»Müde?«

»Ich würde gern etwas trinken.«

»Vielleicht bekommen wir am Kiosk etwas.«

»Ich trinke lieber erst etwas, wenn wir wieder unten sind.«

Er sog noch einmal an seiner Pfeife und sah hinaus aufs Meer.

»Führt dieser Pfad irgendwohin?«

»Vermutlich schon. Hier oben hat alles seinen Sinn, die Wege für die Ziegen und Karren führen zu Bauernhöfen oder in den nächsten Ort.«

»Stell dir das mal im Winter vor!«

Er sah sie an und legte ihr den Arm um die Schulter. »Ich habe dir ja gesagt, daß es ziemlich steil werden würde.«

»Lewis...« Sie schmiegte sich an ihn, hob die Hand und zog seinen Kopf zu sich herunter. Er nahm mit der freien Hand die Pfeife aus dem Mund und küßte Betsy. Sie streichelte seinen Nacken. »Lewis...«

»Liebling.« Er küßte sie noch zweimal. Sie legte den anderen Arm um seinen Körper und lehnte ihren Kopf an seinen Hals. Er steckte die Pfeife wieder in den Mund und streichelte ihren Arm.

Es war alles so friedlich. Die Fliegen summten. Nach einer Weile schliefen ihnen die Beine ein, und sie erhoben sich, um den unbeschwerlicheren Weg nach unten anzutreten.
Als sie an jenem Abend Hand in Hand nebeneinander im Bett lagen, wandte Lewis sich ihr zu und küßte ihre Wange. »Betsy?«
»Ja.«
Er küßte sie noch einmal sanft. »Hast du...?«
»Ja.«
Die Bewegungen waren nicht weniger angenehm, weil sie vertraut waren; sie waren auch nicht weniger angenehm, weil sie in einem italienischen Schlafzimmer stattfanden mit flacheren Kissen als zu Hause, kürzeren Betten oder einer anderen Matratze. Es ereignete sich nichts Fremdes, keine Offenbarung. Wie immer war er still und gab nichts von sich preis. Wie immer merkte sie kaum, wann es anfing und wann es endete. Hinterher küßten sie einander wie kleine Kinder und schliefen, wie immer, Rücken an Rücken, ein.

Betsy ging nicht mehr hinauf zur Burg. Sie scherzten über das »Castello Luigi« und »Betsys Grill«, und jeden Morgen packte er nach dem Frühstück seine Zeichensachen und machte sich auf den Weg zur Burg, während sie ihre Strandtasche nahm und hinunter zum Strand schlenderte. Oft kletterte er nach dem Mittagessen noch einmal hinauf, während sie sich ausruhte, und manchmal unternahmen sie Ausflüge: mit dem Auto die Straße an der Klippe entlang zu benachbarten Städten oder mit dem Motorboot zum anderen Ende der Bucht.
Jeden Morgen, wenn Giorgio sie hinter den Umkleidekabinen die Stufen herunterkommen sah, beeilte er sich, ihr die Tasche abzunehmen und sie zu ihrem Platz zu begleiten, den Schirm zu öffnen, den Liegestuhl aufzustellen und dann für andere Badegäste das gleiche zu tun. Sie schlüpfte aus ihrem Strandkleid, rieb sich mit Sonnenöl ein, setzte ihre Sonnenbrille auf, breitete das

Badetuch aus und legte sich in die Sonne, die jeden Tag wieder in gleicher Pracht erstrahlte. Mit geschlossenen Augen nahm sie die Stimmen und Bewegungen rund um sie herum nur gedämpft wahr, und Gedanken schossen durch ihr Gehirn wie winzige Fische. Sie hatte noch immer kein passendes Geschenk für Mami gefunden, und auch nicht für Lewis... In Gedanken spielte sie immer öfter die Szene mit Giorgio durch: Er streckte sich neben ihr aus: Unsere italienische Sonne macht Signora hübsch – Ja, Giorgio, ich könnte ewig so daliegen – Ich auch, Signora! Dann ein intensiver Blick aus seinen Jungenaugen, sanftes Lächeln. Aber Giorgio, du bist zu jung, um nur in der Sonne zu liegen – Ja, einfach nur liegen, Signora...

Am Tag, nachdem sie oben an der Burg gewesen war, am Tag, nachdem sie mit Lewis geschlafen hatte, wie ein Kreuz in ihrem Tagebuch bezeugte (sie hatte mit dieser Statistik begonnen, als sie noch im gebärfähigen Alter war), hatte sie Giorgio das erste Mal in der Badehose gesehen. Sie hatte Lachen und italienische Stimmen in der Strandhütte gehört und die Augen aufgemacht, als sie schnelle Schritte neben sich wahrnahm, und nun sah sie Giorgio und zwei weitere Jungen hinunter zum Strand laufen, sich ins Wasser stürzen, um die Wette schwimmen, ringen und untertauchen, wieder auftauchen und weiterschwimmen, ihre Körper goldfarben im blauen Wasser, die Köpfe schwarz wie die von Delphinen, schließlich wieder aus dem Meer herauswaten, lachend und tropfend, und den Strand entlangrennen, bis sie in der Ferne verschwanden.

Sie hatte sich hingelegt und die Augen wieder geschlossen, erfüllt von Begierde. Das Gefühl widersprach aller Vernunft: Er war ein Strandjunge, so alt wie ihr Sohn, er hatte kein Interesse an Frauen, die alt genug waren, um seine Mutter zu sein, es mußte viele englische Frauen mittleren Alters geben, die sich Illusionen machten... Die goldfarbene Haut über harten Muskeln... Es war lächerlich, beschämend. Aber was konnte es schon schaden? Niemand außer ihr selbst kannte ihre Gedanken, die ihr so fremd waren. In der Sonne ausgestreckt, gab sie in ihrem Badeanzug gar keine schlechte Figur ab. Sie war eine Frau, die in der vergangenen Nacht mit einem Mann geschlafen hatte... Das Fleisch, die Sonne auf glänzendem dunklem Haar, das nackte Fleisch...

Also lag sie jeden Morgen am Strand und verlängerte, manchmal im Geiste, manchmal in der Realität, ihre Unterhaltung mit Giorgio. Und sein Blick blieb bisweilen an ihrem Körper haften, seine Hand verharrte hin und wieder auf der ihren, wenn er ihr die Tasche abnahm; wenn sie all die kleinen Belanglosigkeiten austauschten, die ihre Unterhaltung ausmachten, nahm seine Stimme einen vertraulichen Klang an, als teilten sie ein Geheimnis, von dem nur die Glut in seinen schönen Augen und das Aufleuchten ihrer eigenen, das sie sich gelegentlich erlaubte, zeugten.

Während der Zeit der Siesta, in der Lewis entweder nicht da war oder draußen auf dem Balkon las, zog sie sich in ihre Phantasie zurück. Es war lächerlich, das wußte sie; es hatte nichts zu sagen, war nicht von Bedeutung. Niemand würde je davon erfahren, sogar sie selbst würde es vergessen, wenn sie diesen sonnigen, sinnlichen Ort wieder verlassen hatten. Die Stunden vergingen, bald würde der Urlaub zu Ende sein. Sie mußte noch immer Dinge einkaufen, hatte noch immer kein passendes Geschenk für Mami oder Tim, sie mußte noch immer Postkarten schreiben und hatte doch nur noch so wenig Zeit. Sie hatte einen Friseurtermin am Tag nach ihrer Rückkehr, und sie mußte Tims Schuhe zum Schuster und seine Hosen zur Reinigung bringen, bevor er nach Keele zurückging. Mrs. Pratt erwartete vermutlich eine Woche bezahlten Urlaub als Belohnung dafür, daß sie die Stellung gehalten hatte. Sie mußte die Wintervorhänge anbringen. Sie mußte sich Gedanken machen, was sie anläßlich der alljährlichen Cocktailparty von Lewis' Partnern tragen würde... Ein

Klopfen an der Tür – Wer ist da? – Ich, Giorgio – Giorgio? – Sie haben Sonnenbrille am Strand vergessen, Signora – Wie nett von Ihnen, sie mir zu bringen – Nicht nett, Signora, ich kann nicht anders, kann nicht anders – Aber Giorgio – Signora, Signora... Hände, Münder, Schenkel...

»Lewis, ich verzweifle bald.«
»Hm?«
»Ich kann einfach nichts für Mami finden. Ich habe in allen Läden geschaut, aber es scheint einfach nicht das Richtige zu geben.«
Er nahm einen Schluck Carpano. »Vielleicht findest du etwas in Porta Fiorita. Wir fahren morgen mit dem Bus hin, wenn du möchtest.«
»Ich habe schon geschaut, als wir dort waren, es gab einfach nichts. Wahrscheinlich könnte ich Tim ja eine schöne Krawatte kaufen, aber Jungen in seinem Alter scheinen nicht so versessen auf Krawatten zu sein.«
»Hast du ihm nicht schon das Sporthemd gekauft?«
»Ja, aber das genügt nicht. Wir müssen ihnen mehr als nur ein Geschenk mitbringen. Wir haben nur noch drei Tage.«
»Wie wär's mit einer Kameenbrosche für deine Mutter?«
»Kameen kann sie nicht ausstehen. Und ich habe hier auch noch keine sonderlich schönen gesehen, es sei denn, du gibst eine Menge Geld aus.«
»Wir sollten lieber reingehen zum Abendessen.«
»Sehr konstruktive Vorschläge bietest du heute aber nicht an.«
»Was soll ich denn machen? Ich habe vorgeschlagen, daß wir wieder nach Porta Fiorita fahren. Du machst immer so ein Theater wegen der Mitbringsel.«
»Na ja, du kümmerst dich ja schließlich nicht darum. Du überläßt alles mir.«
Er folgte ihr ins Hotel. »Dann schauen wir eben heute abend

noch einmal im Ort. Mein Gott, in der Hauptstraße ist ein Andenkenladen am anderen, da muß es doch etwas geben.«
Also durchstreiften sie den Ort aufs neue, schauten sich Dinge an, die sie schon gesehen hatten, und kauften ein paar Kleinigkeiten, die jedoch das Hauptproblem nicht lösten. Später, als sie auf der Piazza saßen, ließ sie den Blick schweifen, um vielleicht Giorgio inmitten der Menge zu entdecken, in der einige Gesichter nun schon recht vertraut geworden waren: die Frau mit den rosafarbenen Haaren und ihren lauten Freunden, ein älteres Ehepaar, das sich nie miteinander unterhielt, der nordische Hüne mit den schönen Jungen, die ihn umschwärmten. Aus allen Cafés drang Musik und vermischte sich in der nach Kaffee duftenden Luft mit den Stimmen und den Schritten der flanierenden Gäste, in deren Mitte die Jungen aus dem Ort mit wachem Blick und frechen Bemerkungen herumspazierten. Aber Giorgio befand sich nicht unter ihnen.
Sie würden am Sonntag abend wieder nach Hause zurückfliegen; am Samstag sollte ein Konzert auf der Piazza stattfinden, und die Burg würde angestrahlt werden. »Sie haben Fackeln im Burghof aufgestellt, hat mir die alte Frau am Tor erzählt. Alles wird zu neuem Leben erwachen.«
»Wie merkwürdig. Seltsam, daß dabei nicht alles in Flammen aufgeht.«
»Die Burg – oder jedenfalls Teile davon – hat schon fast tausend Jahre überdauert.«
»Und du hast sie mit deinen Skizzen unsterblich gemacht.« Ihr Lächeln wirkte zärtlich, doch ihr Tonfall war es nicht. »Wann zeigst du sie mir denn?«
Er klopfte seine erste Pfeife nach dem Frühstück aus, suchte nach seinem Taschenmesser und begann, die Pfeife zu reinigen. »Wenn wir abreisen.«
»So geheimnisvoll bist du doch sonst nicht.«
»Die Atmosphäre dieses Ortes ist viel schwieriger einzufangen

als andere, die ich schon gezeichnet habe. Er hat etwas ganz Besonderes – spürst du es nicht auch?«
»Natürlich weiß ich, was du meinst.« Ihr Blick wanderte hinunter zum Meer, und sie stand auf. »Warum gehst du heute abend nicht hinauf und siehst dir die Fackeln an?«
»Ich kann dich doch nicht einfach allein lassen, schließlich ist das unser letzter Abend.«
»Sei doch nicht albern, Schatz. Wir können gemeinsam zum Konzert gehen, dann bringst du mich zurück ins Hotel, und du kannst zu deiner Traumburg hinaufklettern.«
»Nein, nein...« Aber sein Blick wanderte nach oben, genauso, wie der ihre nach unten, als sie nach drinnen schlenderten, um, wie jeden Morgen, getrennte Wege zu gehen.
»Fast mein letzter Morgen, Giorgio.«
»Ah, che peccato!«
»Wir fahren morgen abend nach Hause.«
»Ist traurig. Viele Leute fahren jetzt nach Hause, ist Ende von Saison.«
»Ja, das Ende der Saison.«
»Sonne wird Ihnen fehlen, Signora.«
»Viele Dinge werden mir fehlen.«
»Mir auch.«
»Es wird mir fehlen, daß ich nicht mehr jeden Morgen auf den Balkon hinaus und auf das Meer hinunter schauen kann.«
»Ist schöner Ausblick. Welches Hotel Sie wohnen?«
Sie kramte in ihrer Strandtasche herum. »Im Miramare. Im zweiten Stock. Sie können den Balkon von hier aus sehen, ganz am Ende, das letzte Zimmer.«
Er hielt die Hand vor die Augen, als er nach oben sah. »A si – wo das gelbe Handtuch hängen?«
»Ja. Mein Mann sitzt gerne auf dem Balkon, wenn er nicht oben am Castello ist. Aber normalerweise ist er dort. Er geht auch heute abend nach dem Konzert wieder hinauf.«

»Ja? Er mag Castello gern?«
»Sehr gern.«
Sie sah ihn an und er sie, mit einem ungezwungenen Lächeln, und die Sonne ließ sein Haar und seine Haut an den Armen erglänzen. Während des Schweigens, das dann eintrat und das sie fast nicht mehr aushielt, wandte sie sich ab und setzte die Sonnenbrille auf, denn sie ertrug weder die Unergründlichkeit seines Blickes noch die Offenkundigkeit ihres eigenen.
»Allora – dann ich sagen arrivederci, Signora.«
»Arrivederci, Giorgio.«
Lewis ging sofort nach dem Mittagessen wieder zur Burg hinauf und hielt sich nicht länger im Schlafzimmer auf als unbedingt nötig, um seine Stifte zu spitzen und einen neuen Skizzenblock mit einer anderen Oberfläche in eine Mappe zu stecken.
»Viel Spaß, Lewis.«
»Ja. Ich komme zur üblichen Zeit wieder zurück.«
Er verließ das Hotel. Er hätte genausogut ins Büro gehen können. Sie schlüpfte aus dem Kleid und dem Unterrock. Darunter trug sie in diesem warmen Land nur einen Büstenhalter und einen Slip. Sie zog ihren rüschenbesetzten, rosafarbenen, höchst unpraktischen Morgenmantel an, schminkte sich das Gesicht neu, bürstete ihre Haare, sprühte ein wenig Parfüm zwischen ihre Brüste, die sich unter dem spitzenbesetzten Büstenhalter wölbten. Sie legte sich aufs Bett. Geräusche aus dem Ort drangen gedämpft durch die mit einem Riegel verschlossenen Fensterläden, und die Musselinvorhänge bewegten sich leicht im Wind. Draußen war es hell; hier drinnen herrschten Dunkelheit und Stille, Duft und schläfrige Schwüle. Sie betrachtete die Vorhänge, und durch die Schlitze der Fensterläden hindurch drang das helle Licht des Nachmittags herein. Sie hörte auf zu denken.

Gegen fünf Uhr stand sie auf und öffnete die Fensterläden. Das grelle Licht war verschwunden; das Meer hatte sich in Seide verwandelt. Vermutlich hatte sie geschlafen. Nachdem sie sich geduscht, umgezogen und frisch gemacht hatte, setzte sie sich auf die Hotelterrasse, um auf Lewis zu warten, drehte das Glas Cinzano in den Fingern hin und her und sah zu, wie im Ort allmählich die Lichter angingen.

»Na, wie war's?«

»So la-la. Irgendwie kann ich nicht... Wenn es dir wirklich nichts ausmacht, Schatz, würde ich heute abend tatsächlich gerne noch einmal hinaufgehen.«

»Mach das doch.«

»Ich kann nicht... Ich würde die Burg gern so sehen, wie sie früher war.«

»Natürlich.« Wieder regte sich ihre Phantasie. »Geh du ruhig. Wahrscheinlich sieht die Burg phantastisch aus.«

»Warum kommst du nicht mit? Wir könnten ein Taxi nehmen.«

»Nein, ich bin dann sicherlich müde. Ich glaube, ich gehe lieber ins Bett.«

Das Konzert begann um neun Uhr. Auf der einen Seite der Piazza hatte man eine Bühne errichtet und mit Papierblumen geschmückt, auf der eine Blaskapelle Rossini, Ausschnitte aus *Turandot* und Beethovens Fünfter Sinfonie spielte. »Das ist fast zu schön, um wahr zu sein!« flüsterte Betsy, aber es war wahr. Sie und Lewis saßen an einem kleinen Tisch mitten auf der Piazza, denn die Cafés hatten den Platz mit ihren Stühlen und Tischen vollgestellt; es war kaum noch Raum, um dazwischen hindurchzugehen. Entlang der kleinen Mauer, auf den Stufen zum Dom und an den ansteigenden Durchfahrten hockten oder standen die Leute aus dem Ort und unterhielten sich, zwar nicht leiser als die Gäste, aber dafür intensiver. Sie klatschten bei jeder kurzen Pause heftig oder riefen »Bravo!« Über der glitzernden Piazza mit den vielen Menschen stand der Halbmond an dem weiten

Himmel, und darüber, so schien es, genauso weit entfernt und golden schimmernd, die angestrahlte Burg, die Mauern und Türme gespenstisch in der Dunkelheit. Durch die Fackeln im Innern des Burghofes schien sie wie eine Fata Morgana hin und her zu schweben.

Der Lärm, die Menschenmassen und die laue Luft pulsierten in Betsy. Überall umarmten sich Menschen, lachten, genossen ihr Beisammensein. Sie hatten sich alle am Nachmittag in den dunklen Räumen hinter den geschlossenen Fensterläden geliebt oder würden es am Abend tun, wenn die Musik noch in ihnen nachklang. In allen Villen und Hotels, in allen Schlafzimmern mit kühlen Böden und Kissen fanden sich Paare, hinter jeder geschlossenen Tür, jeder tapezierten Wand, über jedem Zimmer, Ehemänner und Geliebte, manche schon lange vertraut, andere noch kaum bekannt, Geschöpfe dieses sinnlichen Traumes. Sie hatte Lewis vergessen, wie auch er sie vergessen hatte. Er blickte hinauf zur Burg, die sich fahl und gespenstisch vom Himmel abhob. Das Sonnenlicht war unpersönlich gewesen; am Tag lächelte die Burg, sprach aber nicht. Doch im Licht der Fackeln würde sie sprechen, ihre Schatten würden sich bevölkern. Sie würde atmen unter dem ständigen Flackern der Fackeln, sich seinem Blick völlig neu darbieten. Und er würde sie bezwingen.

Auch Betsy sah hinauf, jedoch zum Hotel, zu den überschatteten Balkonen mit den Fensterläden, die die Bediensteten verschlossen hatten, wo die Decken zurückgeschlagen und die Kissen aufgeschüttelt waren. Und sie sah sich um in der Menge, schaute über die Stufen zum Dom, über die Mauern, die Durchgänge, malte sich aus, wie sie ihre Botschaft nur durch einen Blick vermitteln, diesen Ort verlassen, Lewis loswerden, sich in die dunkle Stille ihres Zimmers zurückziehen würde, bis Giorgio sich zu ihr legte.

Das Konzert endete mit der Walküre, zahlreichen »Bravissimo« und einem Strauß Gladiolen für den Dirigenten. Die Menge

löste sich langsam auf, und die Tische in den Cafés schienen sich ein wenig zu leeren.
»Hast du genug?« Sie nickte und zog ihr Tuch enger um die Schultern. »Dann laß uns gehen.«
Sie erhoben sich.
Als sie sich einen Weg zwischen den Tischen hindurch bahnten, sahen sie den Hünen aus dem hohen Norden. Sein blondes Haar lag glatt wie ein Helm an seinem Kopf, sein gebräuntes Gesicht wirkte ausdruckslos. Er saß an einem Tisch bei den Bäumen, und sein goldenes Kettchen glitzerte an seinem gebräunten Arm, während er gedankenverloren mit dem dunklen Nacken des Jungen neben sich spielte, der sich bei der Berührung ein wenig streckte, lächelte, eine amerikanische Zigarette rauchte.
Es war Giorgio.

Lewis ging an jenem Abend doch nicht zur Burg hinauf. Normalerweise weinte Betsy nicht so schnell, und obgleich sie behauptete, sie habe nur zuviel Sonne abbekommen auf »Betsys Grill«, hatte er doch den Eindruck, daß es um mehr ging. Alles hatte angefangen, als sie ihr Zimmer betreten hatten. Er hatte sie dazu überredet, sich ins Bett zu legen, hatte ihr mit kühlen Tüchern das Gesicht abgetupft, ihre Stirn, auf der sogar bereits Falten gewesen waren, als sie noch ein Mädchen war, ihre Augen, die so oft fröhlich und neckisch dreinschauten, aber jetzt rot und geschwollen waren vom Weinen. Sie lag auf dem Rücken, ruhig, abgesehen von einem gelegentlichen Schluchzen, und er saß neben ihr auf dem Bett, ihre Hand in seinen Händen. Schließlich ließ er sie los. »Ich bringe dir eine Schlaftablette.«
»Meinst du wirklich?«
»Ja.« Er nahm das Glas, schüttelte eine Tablette heraus und holte Wasser. Sie richtete sich ein wenig auf und schluckte die Tablette. »Braves Mädchen.«

»Ich sollte eigentlich packen.«
»Nicht mehr heute abend. Wir machen das morgen früh gemeinsam.«
Sie legte sich wieder hin, während er die Gläser in die Nische zurückstellte und begann, sich auszuziehen. »Ich werde wohl doch eine Kameenbrosche für Mami kaufen müssen.«
»Sie sind ganz hübsch.«
»Und sie sind hier aus der Gegend. Haben wir noch genügend Geld für eine schöne?«
»Ich glaube schon.«
»Und Tim kaufe ich eine Krawatte. Für Caro habe ich alles.«
»Und Mrs. Pratt?«
»Eine scheußliche Vase – genau das richtige für sie.«
Er kicherte und band die Schnur seiner Pyjamahose zu. »Möchtest du noch ein bißchen lesen?«
»Nein. Die Tablette fängt an zu wirken.«
Er ging ans Fenster. »Sollen wir heute abend die Fensterläden offen lassen und riskieren, daß Stechmücken hereinkommen?«
»Ja, es ist unsere letzte Nacht hier.«
»Dann mach zuerst das Licht aus.«
Sie schaltete die Lampe aus.
Er öffnete die Fensterläden und trat hinaus auf den Balkon. Alle Lichter des Ortes, bis auf wenige Hauptlampen, waren ausgeschaltet, und es war kein Geräusch zu hören; man hatte nur eine Ahnung von einer fernen Bewegung, vom aufgewühlten Meer, den Sternen und dem Mond, vom Geruch der Nacht. Als er hinauf zur Burg schaute, konnte er sie nicht sehen, denn sie war nicht mehr erleuchtet.

Sie verbrachten den letzten Vormittag mit Einkaufen – während der Saison hatten die Läden auch am Sonntag geöffnet. Sie kauften die Kameenbrosche und die Krawatte und ein teures Paar Schuhe für Betsy, ein Geschenk von Lewis. Sie hatte ihm bereits eine Brieftasche aus Leder geschenkt mit einem Stadtabzeichen darin, auf dem die Burg in Gelb auf einem stahlblauen Seidenhintergrund mit der Maschine aufgestickt war. Sie nahmen noch einen letzten Drink auf der Piazza und gingen dann zurück ins Hotel, um zu packen.

»Wo ist die Mappe, Lewis?«

»Hier.«

»Sie sieht aber sehr dünn aus.« Betsy schlug die Mappe auf. »Schatz, wo sind sie denn alle?«

»Was?«

»Deine Zeichnungen.«

»Sie haben nicht viel getaugt.«

»Du hast sie doch nicht etwa vernichtet?«

»Sie haben nichts getaugt.«

»Lewis?« Sie drückte die Mappe an sich und starrte ihn entsetzt an. »Wann?«

»Gestern abend, nachdem du eingeschlafen warst.«

»Aber Lewis, wie konntest du nur! Die vielen Stunden, die du darauf verwendet hast – und jetzt soll nichts davon bleiben.«

»Irgendwie habe ich es nicht geschafft. Da war etwas... Die Alten konnten das – es gibt da oben im Museum ein paar kleine Zeichnungen –, die haben das eingefangen.«

»Aber Lewis, ich bin mir sicher, daß deine Zeichnungen gut waren.«

»Nicht gut genug. Wenigstens habe ich das gelernt.«

»Ach, Schatz – und dabei hat es dir soviel Spaß gemacht! Und wir haben kein Weihnachtskartenmotiv!«

»Wird Zeit, daß sich etwas ändert.«

»Aber warte mal...« Sie legte die Mappe weg, ging zum Koffer und holte aus der Innentasche die Skizze, die er am Tag nach ihrer Ankunft gemacht hatte. »Da – ich habe doch noch etwas gerettet! Was für ein Glück!«

»Laß mal sehen.«

Er nahm ihr die Zeichnung aus der Hand. Die zaghaften Striche waren zu schwach, um die Formen aufs Papier zu bannen; in ihrer Genauigkeit lag keine Wahrheit, in den Schattierungen kein Gewicht, in ihren Linien kein Gefühl. Die Skizze sagte nichts aus, enthüllte nichts, außer Detailbesessenheit. Sie war das Werk eines Dilettanten.
Sie nahm ihm die Skizze aus der Hand. »Ich werde sie für die Karte verwenden, sie ist wirklich gut. Außerdem brauchen wir doch ein Souvenir.«

Junos Schwäne

England liegt nun also hinter mir. Aber ich gehöre nicht zu Mr. Ford Madox Browns hohläugigen Schwindsüchtigen, und an meinen Arm klammert sich auch keine bleiche Jungfrau, sozusagen als Personifikation der Mattigkeit und Niederlage. Ich kann nicht leugnen, daß ich mich hier an der Reling des P&O-Dampfschiffes eines eigenartigen Gefühls der Befriedigung erfreue, als ich die düstere Küste meines Heimatlandes allmählich verschwinden sehe. Ich habe mit ihm abgeschlossen, mit ihr und allem, was mich dort hielt. Ich bin ungebunden. Die Zeit an Bord dieses Schiffes werde ich auf so angenehme Weise wie möglich verbringen. Man wird hier mit Sicherheit Whist spielen; ich werde morgens und nachmittags an Deck herumschlendern; ich werde, wenn man mich darum bittet, beim Schiffskonzert einen dramatischen Monolog zum besten geben; ich werde erwachsenen Damen in Begleitung ihrer Ehemänner und jungen Damen in Obhut ihrer Mütter meine Aufwartung machen. Ein intelligenter Mann – und ich möchte behaupten, daß ich alles andere als ein Narr bin – wird den Kopf kaum freiwillig ein zweites Mal in dieselbe Schlinge stecken.

Hier sitze ich also in der Einsamkeit des Schreibraumes und spüre, wie das Schiff sich langsam zu heben und zu senken beginnt, während wir hinaus aufs offene Meer fahren, ich höre die Schritte und Stimmen der anderen Passagiere, wie sie die Gänge hin und her eilen und das gewaltige Ungeheuer erkunden, das nun so viele Wochen lang ihre Heimat und ihr Hafen sein wird, bis wir Bombay erreichen. In einer Stunde oder zwei wird die Essensglocke ertönen. Bis dahin sitze ich hier ungestört und vertraue den dicken Briefpapierbögen des Schiffes, auf die imposante Wimpel und Anker geprägt sind, die denkwürdigen

Ereignisse an, die mich dazu veranlaßt haben, mein Heimatland zu verlassen. Lebe wohl, England! Um Kardinal Wolsey zu zitieren: Ein Lebewohl, ein langes Lebewohl all meinen Schwächen!

Ich lernte Emmeline während einer musikalischen Soiree bei gemeinsamen Freunden am Portman Square kennen. Nach dem Vortrag der Tenöre und Soprane hatte man mich genötigt, Mr. Irvings berühmten Monolog aus »The Bells« zum besten zu geben. Ich muß gestehen, daß ich das sehr gut kann – bei den Theateraufführungen der Universität hatte ich mich immer hervorgetan, und zweifelsohne beeinflußte meine Liebe zur Schauspielkunst meine Entscheidung, Jura zu studieren. Zum Glück jedoch war ich nie gezwungen, mir meinen Lebensunterhalt mit meiner Begabung zu verdienen. Der Anwaltsberuf und die Kanzel sind die einzigen Alternativen, die sich einem Mann mit einer Vorliebe fürs Theater bieten, und nach der Kanzel stand mir nicht der Sinn.

Nachdem ich meinen Vortrag beendet hatte, umschwärmte mich eine Schar Komplimente gurrender Damen: Ach, wie eindringlich, tragisch, fesselnd, grauenerregend! Und als die wogenden Spitzen, Bänder und Rüschen endlich zurückgewichen waren, spürte ich die schmalen, mit Glacéhandschuhen bekleideten Finger eines Mädchens auf meiner Hand. Die junge Frau war blond und bleich wie eine Fee, zierlich wie eine Elfe und starrte mich mit großen, veilchenblauen Augen an. »Ich werde von Ihnen träumen«, sagte sie mit einem Seufzen.

Ein älterer, korpulenter Herr mit purpurfarbenen Wangen trat zu uns. »Großartig! Großartig! Das war besser als das Lyceum, wenn ich Ihnen das sagen darf.«

»Das ist zu liebenswürdig«, erwiderte ich, oder etwas Ähnliches.

»Keineswegs, Sir. Das war ganz großartig!«

Die junge Dame hatte mittlerweile meine Hand losgelassen und spielte mit gesenktem Blick mit ihrem Fächer.

»Ich glaube kaum, daß ich die junge Dame in ihren Träumen belästigen werde«, sagte ich. »Ich habe nicht den Wunsch, zum Schwarzen Mann zu werden.«
»Was? Zum Schwarzen Mann? Unsinn, Sir, Unsinn! Das ist doch absurd. Darf ich vorstellen? Emmeline, meine Tochter, Sir, und ich bin Colonel...« Na ja, es tut nichts zur Sache, wie er hieß. Bereits nach sechs Monaten hatte er das Zeitliche gesegnet. Er erlitt einen Schlaganfall, was angesichts seines Körperumfangs und der Mengen Brandy, die er gewöhnlich zu sich nahm, kaum verwunderte. Trotzdem war er ein anständiger alter Kauz, der mich aus zwei Gründen ins Herz schloß: Erstens hatte er keinen leiblichen Sohn und bedauerte das wie alle Männer vom Militär. Obgleich ich alles andere als bewunderungswürdig für einen solchen Mann sein dürfte (denn ich habe nur Verachtung übrig für den rauhen Soldaten, der eifrig dem Alkohol zuspricht und sich nur über Pferde und Prostituierte zu unterhalten weiß), war ich vermutlich doch das, was er sich als Sohn gewünscht hätte. Ich bin groß, elegant, sehe gut aus – in dieser Hinsicht muß ich mich nicht in falscher Bescheidenheit üben. Ich spreche oder lache nicht laut heraus und habe mich immer unter Kontrolle, auch wenn mein schauspielerisches Talent beweist, daß ich durchaus zu Gefühlen fähig bin.
Der zweite Grund war zweifelsohne, daß er seine Tochter gut verheiraten wollte, und zwar mit jemandem, dem er voll und ganz vertrauen konnte – sie hatte ein ansehnliches Erbe zu erwarten, doch das, so merkte er schon bald, spielte für mich keine Rolle, weil ich selbst über ausreichende Mittel verfüge. Außerdem war sie ziemlich zerbrechlich; ihre Mutter war einige Jahre nach ihrer Geburt gestorben (die sehr wahrscheinlich eine unausweichliche Verschlechterung ihres Zustandes herbeigeführt hatte), und Emmeline hatte eine körperliche Schwäche von ihr geerbt, die sie so zart wie eine Blume und bisweilen auch so schön erscheinen ließ. Ihr Vater, der gute alte Mann, war

darauf bedacht, daß sie nicht irgendeinen grobschlächtigen Mann heiratete, der sie ein ums andere Jahr schwängerte, sondern jemanden, der sie pflegen und behutsam mit ihr umgehen und ihr die Ruhe schenken würde, die sie benötigte.

Und genau dieser Mann war ich. Ich bin nicht über die Maßen heißblütig. Zwar leugne ich nicht, daß ich in meiner Jugend von Zeit zu Zeit den besseren Häusern in Mayfair einen Besuch abstattete oder ein oder zwei Monate lang ein Püppchen in einer verschwiegenen Villa in Kensington aushielt, aber die derberen Freuden von Haymarket interessierten mich nicht, denn ich habe schon immer zu hohe Ansprüche gehabt, als daß ich mich wie meine Kommilitonen in den Schenken und Freudenhäusern der Großstadt herumgetrieben hätte.

Emmeline strahlte etwas aus, das meine Feinfühligkeit ansprach. Sie war klein und zerbrechlich und hatte blondes Haar, das ihr in Locken in die weiße Stirn und die großen, veilchenblauen Augen fiel. Ihre Haut war bleich und gazeartig, wie die Flügelchen, die man fast an ihren Schultern zu sehen glaubte, wenn sie, vorausgesetzt, sie war wohlauf, in ... nennen wir das Anwesen Haylett Hall ... hin und her huschte. Sie war wie eine zarte Blume, die nur allzuleicht dahinwelkt, aber genau wie solche Blumen erholte auch sie sich nach einigen Tagen der Ruhe wieder und erblühte zu neuem Leben. Ihre helle, fast tonlose Stimme klang dann wieder trällernd durch die holzvertäfelten Räume und Flure des Hauses.

Sie weckte in mir eine eigenartige Mischung von Gefühlen: den männlichen Instinkt zu beschützen und zu beherrschen, die Neugier auf das tiefere Wesen ihres Reizes und die Freude des Sammlers an einem seltenen und kostbaren Stück, den Besitzerstolz. Ihre helle, kindliche Schönheit zog mich unwiderstehlich an.

Ich hatte den Colonel zwei Monate, nachdem wir uns kennengelernt hatten, um ihre Hand gebeten. Er hatte mich umarmt, die

Verlobung wurde bekanntgegeben, der Hochzeitstag festgesetzt, und dann starb er. Trotz unserer Trauer beschlossen wir, alles in seinem Sinne weiterzuführen, denn das hatte er sich so gewünscht, und außerdem war von vornherein eine Hochzeit in kleinem Rahmen in der Dorfkirche nahe Haylett Hall geplant gewesen.

Und so geschah es auch. Wir verbrachten kurze Flitterwochen in Broadstairs (ins Ausland wagten wir uns nicht, weil Emmeline Angst vor dem Meer hatte) und kehrten dann nach Haylett Hall zurück, um unser gemeinsames Leben zu beginnen – genau, wie es von Anfang an geplant gewesen war, denn wir hätten als Sohn und Tochter mit dem Colonel zusammengelebt, wenn das Schicksal es besser mit ihm gemeint hätte.

Haylett Hall ist nicht groß, aber geräumig, und es ist wunderschön. Das Haus wurde in der Regierungszeit von Charles II. errichtet und ist, hauptsächlich unter George IV., mehrmals erweitert und ausgeschmückt worden. Es befindet sich seit etwa zweihundert Jahren im Besitz von Emmelines Familie, und während dieser Zeit sind die Gärten und Parks und das merkwürdige wilde Gebiet, das unter dem Namen »The Workings« bekannt ist, vergrößert und verschönert worden. Es ist ein Besitz, auf den man stolz sein kann, und ich war stolz darauf – das Anwesen ist vielleicht das einzige, was ich mit Bedauern zurücklasse.

Wir lebten uns ein. Alles schien perfekt zu sein. Ich bereute es nicht, meinen Anwaltsberuf aufgegeben zu haben, weil ich ihn ohnehin so gut wie nicht ausübte. Wir hatten einen großen Bekanntenkreis in der Nachbarschaft, tüchtige Bedienstete – und Sybil.

Sybil. Ich muß gestehen, daß ich in meiner Erzählung ein wenig innehalten mußte, nachdem ich diesen Namen niedergeschrieben hatte. Sybil. So dunkel, wie Emmeline blond war, fast so groß wie ich, schlank und schnell wie ein Schwert.

Sybil.

Natürlich hatte ich von Sybil gewußt. Ich hatte sie jedesmal getroffen, wenn ich Emmeline in Haylett Hall einen Besuch abstattete, und ich hatte die beiden oft bei ihren Fahrten im Bezirk begleitet. Die beiden Mädchen waren seit ihrer Kindheit befreundet und zusammen unter der Obhut des Colonels aufgewachsen, nachdem Sybils Eltern unter tragischen Umständen in der Nähe von Kabul von Einheimischen ermordet worden waren – die beiden Männer waren Waffenbrüder und Freunde gewesen. Sybil führte den Haushalt, kümmerte sich um Emmeline, wenn sie krank war, und pflegte den alten Mann während seiner letzten Tage. Sie war eine Mischung zwischen einer älteren Schwester und einer Gefährtin und gehörte genauso zum Haus, so begriff ich schon bald, wie die Wandvertäfelungen oder die düsteren Porträts im Treppenhaus; und genau wie diese drängte auch sie sich nicht auf, sondern war immer da, wenn man sie brauchte, oder hielt sich diskret fern, falls Emmeline und ich allein sein wollten, dann wieder spielte sie bei einer Partie Whist mit oder nahm an einem Ausflug aufs Land teil oder stimmte ein, wenn wir am Abend in dem großen Wohnzimmer am Kaminfeuer lachten und fröhliche Lieder sangen. Sie war genauso stark, wie Emmeline schwach war. Sie gehörte als fester Bestandteil zum Leben in Haylett Hall, immer darauf bedacht, für unsere Behaglichkeit zu sorgen, immer ein Lächeln auf den Lippen, die dunklen Augen immer aufmerksam.
Als der alte Mann gestorben war und Emmeline mit tränenüberströmtem Gesicht und schwach vor Kummer in ihrem Zimmer lag, kam Sybil zu mir. Ich saß gerade vor dem Kamin in der Bibliothek und sann über die Endlichkeit des Seins nach. Ihre Augen waren gerötet, aber sie zeigte keinerlei Schwäche. Wie immer ohne Umschweife, sagte sie: »Gerald, ich hoffe, du wirst die Hochzeit nicht verschieben.«
Ich murmelte, daß ich das nicht beabsichtigte.
»Das freut mich«, antwortete sie und faltete ihre langen, schma-

len Hände mit einer so heftigen Bewegung, daß die Chatelaine, die sie an ihrem Gürtel trug, klirrend gegen ihren Rock schwang. »Das ist das beste für Emmeline. Der Tod des Colonels könnte möglicherweise auch zu einem körperlichen Verfall bei ihr führen. Sie braucht einen Mann, der sich um sie kümmert und das Leben für sie in die Hand nimmt. Meine Bemühungen allein reichen nicht aus.«

»Ich schwöre bei Gott, daß ich mich um sie kümmern werde.«

»Ja.« Sie sah mich mit ihren dunklen Augen an. »Ja, das glaube ich dir. Weißt du, es ist nur zu ihrem Besten.« Sie wandte sich ab und verließ den Raum. Danach sprachen wir nie wieder über dieses Thema.

Also wurden Emmeline und ich Mann und Frau. Meine Blume, meine Fee, war nun mein, wir unterhielten uns und aßen, sangen und spielten Karten miteinander, gingen ein wenig spazieren, wenn das Wetter es erlaubte, nicht zu weit und nicht zu schnell, fuhren mit der Kutsche aus, warm in Decken eingehüllt, reisten während der Saison einige Wochen nach London, wenn sie glaubte, dieser Anstrengung gewachsen zu sein, und ließen Sybil zu Hause. Emmeline und ich führten ein gemeinsames Leben, jedoch kein Eheleben.

Ich denke, ich muß nicht allzu viele Umschweife machen. Wer wird diese Geschichte schließlich schon lesen, außer mir selbst? Dieses zerbrechliche Elfenwesen, das meine Sinne so sehr betört hatte, gebärdete sich genausowenig wie eine Frau wie ein Weißfisch im Schaufenster eines Fischhändlers. Dabei bin ich, wie schon gesagt, nicht über die Maßen heißblütig und kann auf die Freuden des Fleisches ohne weiteres verzichten, wenn die Umstände es erfordern. Aber die Ehe bringt nun einmal bestimmte Aktivitäten, bestimmte Rechte mit sich, von denen meine arme Emmeline nicht nur nichts wußte, sondern die sie auch schaudernd verwehrte, sobald sie darüber aufgeklärt war.

Einige Monate lang harrte ich aus, und obwohl ich allmählich ihren Widerstand brach, gelang es mir nie, ihr die Furcht vor diesem doch so natürlichen Akt zu nehmen – zweifelsohne spielte ihre Angst vor einer Schwangerschaft eine große Rolle dabei, das muß man ihr zugute halten. Doch gleichgültig, wo die Ursachen auch zu suchen sein mochten, das Eheleben mit Emmeline wurde zuerst zu einer Farce, dann zu einer Strafe und schließlich fand es nicht mehr statt. Ich zog aus dem ehelichen Schlafzimmer aus, in einen schönen Raum auf der anderen Seite des Hauses und nahm meine ganze Willenskraft zusammen, um mir ein halbwegs erträgliches, eigenständiges Leben aufzubauen, so unabhängig von dem kindischen Dummchen, das ich da geheiratet hatte und das (wohl aufgrund der immer längeren Zeiträume, die Emmeline entweder im Bett oder auf dem Sofa verbrachte, vielleicht, um unbewußt ihren Pflichten aus dem Weg zu gehen) allmählich fett wurde.

Ich werde mich nicht allzulange mit dieser unerfreulichen Zeit in meinem Leben aufhalten. Obgleich ich gewöhnt bin, mich in strenger Selbstdisziplin zu üben, kann ich auch heute noch nur mit Mühe die Verbitterung und den Groll im Zaum halten bei dem Gedanken an jene Tage, in denen mir die Freuden verwehrt wurden, auf die ich einen Anspruch hatte, einschließlich des Rechts auf Kinder. Schließlich wünscht sich jeder Mann einen Sohn. Ich möchte nicht behaupten, daß ich mir viel aus Kindern mit ihrem ständigen Geschrei und ihren Streitereien mache (auf diesem Schiff gibt es hoffentlich nicht allzu viele), aber ich hatte das Recht, meinen Namen, meine Begabungen und meine ansehnliche Gestalt auf die nächsten Generationen weiterzuvererben. Nun...

Ich lebte also, mir selbst genügend, freundlich zu meinen Nachbarn, zuvorkommend zu meiner Frau, kühl hinter einer Maske höflicher Gleichgültigkeit. Doch ich dachte fast nur noch an Sybil.

Ich konnte den Blick nicht von ihr abwenden, wenn sie bei mir war, und meine Gedanken kreisten nur um sie, wenn sie nicht da war. Nach und nach bemächtigte sie sich meiner Tagträume und dann auch meiner Träume in der Nacht – Träume, wie ich sie noch nie im Leben gehabt hatte. In diesen war sie halbnackt; ihr schlanker Körper war auf so schamlose und unanständige Weise durch zerrissene oder offene Gewänder sichtbar, daß es mich schier um den Verstand brachte... In diesen Träumen sprach und bewegte sie sich wie eine Dirne von der Straße. Sie lockte mich an, wild und ekstatisch... und am Morgen sah ich sie dann in ihrer adretten, praktischen Tracht, wie sie den Kaffee eingoß, das Reisgericht herumreichte, Emmelines Decke glattstrich, jenen untätigen Füßen Hausschuhe anzog, Emmeline die Tasse an die Lippen hielt, damit sie besser trinken konnte, ihr sanft die sich kräuselnden Haare aus dem Gesicht bürstete – ich beobachtete sie dabei mit sehnsuchtsvollem Blick. Sie wich diesem Blick nicht aus, wandte sich erst nach einer Weile ab und widmete sich wieder der unförmigen bleichen Schnecke, zu der unsere Fee geworden war.

Manchmal, wenn Emmeline sich kräftig genug fühlte, nach unten zu kommen, ertappte ich Sybil dabei, wie sie mich über das Sofa hinweg, auf dem meine Frau ruhte, anstarrte. Manchmal berührten unsere Hände sich wie zufällig, und sie zog die ihre mit gesenktem Blick weg. Sie verweilte immer häufiger in Emmelines Räumen, doch wenn wir uns begegneten, suchte ihr dunkler, flehender, fragender Blick wieder den meinen. Einmal, als der Arzt nach einem von Emmelines Zusammenbrüchen das Haus verlassen hatte, standen wir zusammen am Fuß der Treppe, sie fast so groß wie ich, ihr bleiches Gesicht mit dem roten Mund von der Lampe erhellt, die Augen leuchtend. Sie legte mir die Hand auf den Arm und sagte mit zitternder Stimme: »Sie leidet, Gerald.«

Ich legte meine Hand auf die ihre und faßte den Mut, zu sagen: »Wir alle leiden hier.«

»Ja. Ja, das stimmt.« Sie zog ihre Hand weg und sah sich nervös nach dem Dienstmädchen um, das den Flur entlanggegangen war, nachdem es den Arzt zur Tür gebracht hatte. So leise, daß ich es kaum verstehen konnte, sagte sie: »Ich kann es nicht mehr ertragen, sie leiden zu sehen.«

Dann wandte sie sich ab und eilte die Treppe hinauf, wieder zurück an Emmelines Seite, die langen Röcke mit einer schmalen Hand raffend, den weißen Nacken gebeugt, der dunkle Haarknoten, der in meinen Träumen gelöst gewesen war, zerzaust. Ich sah ihr nach und sagte zu mir: Liebste, ich werde dafür sorgen, daß wir nicht mehr leiden müssen.

Ich werde mich nicht in allen Einzelheiten über das auslassen, was nun folgte, denn das wäre langwierig und ohne Bedeutung. Es soll hier die Feststellung genügen, daß es ungewöhnlich leicht ist, sich Arsen in ausreichenden Mengen zu verschaffen, um eine ganze Armee auszulöschen, wenn man nur sagt, es handle sich um eine Armee von Ratten, und daß kein Apotheker, der geistesgegenwärtig genug war, mich nach meinem Namen zu fragen, den Namen, den ich ihm daraufhin sagte, nachprüfte, und daß die Wahrscheinlichkeit, später erkannt zu werden, ausgesprochen gering ist, wenn man seine Einkäufe in einem entsprechend großen Gebiet tätigt. Wenn dann noch gutgläubige Bedienstete, die besorgte Miene des Ehemannes, Geduld und gesunder Menschenverstand hinzukommen, wird man verstehen, warum Emmelines Krankheit, zuerst noch nicht allzuschwer nach dem Zusammenbruch, später besorgniserregende Ausmaße annahm und schließlich zum Tod führte.

Sybil erlitt einen Schock. Uns allen erging es so. Die Hausmädchen schlichen mit geröteten Augen und schniefend herum, der Butler und mein persönlicher Diener wirkten ernst wie Bestattungsunternehmer, und die Nachbarn kondolierten schwarzgekleidet. Ich zog mich vierundzwanzig Stunden lang in mein Zimmer zurück, denn ich muß gestehen, daß die Angelegenheit auch von mir ihren Tribut gefordert hatte. Als ich wieder herauskam, war sogar ich erstaunt über mein verhärmtes Aussehen; ich wirkte bleich und vornehm wie die geisterhafte Statue des Commendatore in Don Juan. Ich machte all die traurigen Dinge, die im Zusammenhang mit dem Tod zu erledigen waren, trauerte in der verdunkelten Bibliothek – zusammen mit dem Arzt – mit Madeira und Keksen, nahm seine Entschuldigung an, trotz aller ärztlichen Künste hätte er nicht... und konnte unterdessen an nichts anderes als an Sybil denken. Ihr Dienstmädchen sagte mir, sie liege noch immer im Bett. Der Arzt verschrieb Schlafmittel. Ich lief in dem stillen Haus und den einsamen Gärten auf und ab, voller Ungeduld, jene liebliche Gestalt endlich wiederzusehen, auch wenn sie vermutlich blaß war und tränennasse Augen hatte, denn sie trauerte ja wegen des Todes einer Freundin aus Kindertagen. Aber trotzdem würde sie mich mit diesem klaren Blick ansehen, das dunkle, glänzende Haar und ihre schlanke Gestalt zitternd vor Erwartung...

Trotz meiner würdigen Haltung wurde ich schier wahnsinnig vor Sehnsucht. Meine Träume vermischten sich mit dieser Sehnsucht, bis ich das Gefühl hatte, ich müsse zu ihr eilen, gegen ihre Tür hämmern, mich auf sie stürzen... Ich hielt mich aufrecht, hatte mich der Außenwelt gegenüber stets unter Kontrolle, gab eine tadellose Vorstellung. Ich saß und wartete; ich ging hin und her und wartete. Endlich kam sie heraus.

Ich hielt mich in »The Workings« auf, jener Wildnis aus Wald und Felsen, aus verwachsenen Büschen und trügerischen Pfaden, wo angeblich die alten Briten nach Feuersteinen gesucht hatten, wo jetzt an den steilen Hängen Bäume und Unterholz wuchsen und sich unten an den Stellen, an denen die Männer früher auf die Felsen eingehackt hatten, ein stehendes Gewässer befand. Oben führte ein Pfad entlang, an dem je nach Jahreszeit

Brombeeren und Fingerhut wuchsen und wo an einer Biegung eine Holzbank stand, von der aus man einen wunderbaren Ausblick über den Steinbruch zu den Hügeln hinter dem Dorf und zur anderen Seite des Tals hatte. Es war der Nachmittag vor der Beerdigung, und ich war dem Haus und dem unerträglichen Warten entflohen, hatte einen Spazierstock genommen und mir einen Weg durch die Sträucher zu dem Pfad in »The Workings« und zu der Bank gebahnt, und dort saß Sybil. Sie weinte, den Kopf mit der einfachen Haube in die Hände gestützt, den Schleier zurückgeschlagen. Sie sprang auf, als sie mich kommen sah.

»Gerald!«

»Meine Liebste!« rief ich und breitete die Arme aus. Sie huschte auf mich zu wie ein kleiner Vogel, zitternd und schluchzend. Ich spürte ihren schlanken Körper an meinem, stark und glatt und wunderbar lebendig. Ich nahm ihr sanft die Haube vom Kopf, ließ sie auf die Bank gleiten und strich ihr die Haare aus dem feuchten Gesicht. »Sybil«, flüsterte ich, »Sybil...«

»Ach, Gerald...« Sie hob den Kopf und sah mich mit tränenerfülltem Blick an. »Ach, Gerald, was soll ich nur machen? Wie soll ich das ertragen?«

»Ganz ruhig, meine Liebste, wir werden es gemeinsam tragen. Für mich ist die Last noch viel schwerer als für dich.«

»Nein, für mich ist sie schwerer.« Sie wand sich aus meinen Armen und trat ein paar Schritte zurück. »Du kannst das nicht beurteilen. Was hat mein Leben denn jetzt noch für einen Sinn?«

Ich trat einen Schritt auf sie zu und nahm ihre Hand. »Dein Leben wird an meiner Seite sein, Sybil. Wenn ein angemessener Zeitraum verstrichen ist. An meiner Seite, Sybil, an meiner Seite...« Ich bedeckte ihre Hand mit Küssen.

»Was sagst du da?« Sie starrte mich voller Entsetzen an, trat einen Schritt zurück und zog ihre Hand weg. »Was sagst du da?«

»Daß ich dich liebe, Sybil. Ich möchte das schon seit Monaten, seit Jahren, sagen, laut hinausschreien, es dir ins Ohr flüstern. Ich sehne mich danach, dir das zu sagen und es aus deinem Mund zu hören, nicht nur in deinen funkelnden Augen zu lesen...«

»Du bist verrückt!« rief sie.

»Vor Liebe und Verlangen, Sybil!« Wieder ergriff ich ihre Hand und wollte sie zu mir heranziehen, um endlich diesen süßen, roten Mund zu küssen.

Mit fast übermenschlicher Kraft stieß sie mich zurück. »Du bist verrückt!« wiederholte sie. »Verrückt! Was ist das für ein Hirngespinst?«

»Das ist kein Hirngespinst, sondern ein Traum, den wir beide träumen. Ich habe es in deiner Stimme gehört, in deinen Augen gelesen. Als sie noch am Leben war, haben diese Augen nicht gesprochen, aber jetzt... Meine Liebste, meine einzige leidenschaftliche Liebe...«

Mit aller Kraft schlug sie mir ins Gesicht. Sie atmete schwer, ihre Augen funkelten, und ihre Stimme klang schrill. »Du Narr!« rief sie aus. »Du verrückter Narr! Ich habe dich nie geliebt, ich könnte dich nie lieben! Ich habe sie geliebt, sie, sie, meine silberne Blume, meine sanfte, zärtliche Frau – nur sie, sie...« Wieder begann sie zu weinen.

Ich starrte sie an. »Du hast meine Frau geliebt?«

»Ja, ja, schon immer! Nur sie...«

»Du hast sie geliebt – wie ich dich liebe?«

»Mehr, viel mehr. Was wissen Männer schon von der Liebe...«

Ich versetzte ihr einen Schlag. Sie stand am Rande des Abgrunds und verlor das Gleichgewicht.

Nach einer Weile regten sich die Büsche und das Wasser nicht mehr. Ich warf die Haube hinterher.

Tja, so war das also. Ich kehrte zum Haus zurück. Schließlich fand man sie, und Weinen und Wehklagen begannen. Nachdem die Suchmannschaft den Pfad entlanggetrampelt war, wimmelte es dort nur so von Fußspuren. Und zum Glück wurden die Spuren, die ihre Ohrfeige in meinem Gesicht hinterlassen hatte, von meinem Bart verdeckt.

Es hätte sich in Anbetracht der Umstände nicht geziemt, eine Doppelbestattung abzuhalten, und ich sorgte dafür, daß die beiden in unterschiedlichen Teilen des Friedhofs begraben wurden. Niemand sollte bei meiner Sybil liegen. Ich sorgte dafür, daß sie, anders als Junos Schwäne, nicht unzertrennlich wurden.

Ach, da höre ich die Essensglocke. Wie gut doch das Abfassen dieser Geschichte auf das Leben an Bord abgestimmt war. Es hat mir gutgetan, die Geschichte niederzuschreiben – beichten tut der Seele wohl, heißt es, aber mir war es wichtiger, die Fakten zu Papier zu bringen, um zu zeigen, welche wirren Empfindungen das Herz bisweilen gefangennehmen können. Ich muß, wie Sybil sagte, verrückt gewesen sein.

Aber das bin ich jetzt nicht mehr. Ich habe mich wieder fest im Griff und werde auch dafür sorgen, daß sich das nicht mehr ändert. Ich werde zum Heck des Schiffes gehen und diesen Bericht Seite für Seite dem aufgewühlten Kielwasser überantworten. Danach werde ich in den Speisesaal hinuntergehen und zu Abend essen. Am ersten Abend auf See zieht man sich zum Essen nicht eigens um.

Die Gottesanbeterin

Heute, wo so viele Panzer die lebhaften Farben Budapests zu einem stoischen Grau zermahlen und mit so viel Blut durchtränkt haben, kann man kaum noch glauben, daß diese Stadt vor dem Krieg einmal eine der elegantesten Hauptstädte Europas gewesen war. Boulevards, Boutiquen, beschwingte Zigeunermusik über Cafétischen – was für ein atemberaubender Ort.

Marjories englischem Phlegma, geschult am höflichen Mißtrauen des gesellschaftlichen Umgangs im hohen Norden, mußten der Charme und die grenzenlose Gastfreundschaft der Budapester ein wenig übertrieben erscheinen. Wenn man einen Ungarn kannte, kannte man fünfzig. Mit atemberaubender Geschwindigkeit wurde man von einer Familie zur anderen weitergereicht, bis vierundzwanzig Stunden am Tag nicht mehr genügten, um all die Freunde und Freundesfreunde seiner Freunde zu besuchen, und plötzlich tauchten an einem Ort, an dem sich bis dahin nur ein Laszlo oder eine Ilona befunden hatten, Dutzende auf, alle reizend und gutaussehend.

Genau wie seine Bürger, war auch Budapest chic und voller Leben und wunderbar bunt, wie Figuren aus der *Chauve-Souris**. Wahrscheinlich, so dachte sie, erinnert mich der Schnee an die *Chauve-Souris*, und die Sonne, die auf die Kuppeln des Parlaments scheint und der leuchtend blaue Himmel und die farbigen Steine der St.-Stefans-Kirche hoch oben auf den Bastionen, alles wie auf einer Weihnachtskarte. Und was Mr. Hunjady anbelangte: Kein junger Mann, der nicht aus Ungarn stammte, konnte genauso schmal, genial oder reizend sein wie er, und auch kein junger Mann sonst konnte so darauf versessen sein, ein

* Französischer Titel der *Fledermaus*. (Anm. d. Ü.)

englisches Mädchen, das er erst vor zehn Minuten kennengelernt hatte, zu einer Teegesellschaft bei seiner Mutter mitzunehmen.

Aber natürlich nahm sie seine Einladung an, weil Mr. Hunjady sich das so sehr wünschte, und außerdem war Stefan, der sich ein wenig um Marjorie kümmerte, während sie sich in Budapest aufhielt, einer seiner ältesten Freunde.

»Das großartigste Mutter-Sohn-Gespann in ganz Europa«, erklärte Stefan und lenkte seinen Wagen mit dem Elan eines Kavallerieführers durch die verschneiten Straßen. »Eines Tages, wenn du vier Kinder hast und in Tunbridge Wells lebst, wirst du von dem großen Miklas Hunjady lesen und auch einen freundlichen Gedanken für mich erübrigen, weil ich ihn dir vorgestellt habe. Miklas ist revolutionär. Er wird einmal der größte Chirurg der Welt. Du wirst schon sehen. Und all das – all das verdankt er seiner wunderbaren Mutter.«

Marjorie hatte nach einer Weile festgestellt, daß sie in Budapest nur mit einer gewissen geistigen Zurückhaltung überleben konnte. Trotzdem mußte sie gestehen, daß an den Hunjadys tatsächlich etwas höchst Bemerkenswertes war, an Mutter und Sohn gleichermaßen. Ein gewisser Glanz umgab sie, als seien sie beide mit zu Staub zerstoßenen Diamanten bedeckt. Ihr blendender Charme hypnotisierte den Betrachter wie ein wirbelndes Licht.

Und das, was Stefan über Miklas gesagt hatte, stimmte wirklich. Bereits im Alter von zweiunddreißig Jahren wurde er als das Wunderkind der Chirurgie gefeiert. Man sagte, daß seine sensiblen Finger kranke Zellen mit der gleichen Leichtigkeit aus dem Gehirn operierten, wie sie schwarze Flecken aus Kartoffeln schnitten. Es ist völlig unmöglich, dachte Marjorie ziemlich hilflos, während sie in Mrs. Hunjadys herrlichem Salon Tokajer aus einem winzigen Glas trank, es ist völlig unmöglich, daß jemand anders als ein Ungar genial, jung, schlank, auf so typisch ungarische Weise elegant, gutaussehend, unverheiratet, charmant und obendrein noch seiner Mutter treu ergeben sein konnte. Für einen Angelsachsen war das alles zu perfekt, um wahr zu sein. Doch Mrs. Hunjady war perfekt.

Sie war eine kleine, temperamentvolle Frau mit meisterhaft frisiertem, silbernem Haar und einem Teint wie wertvolles Porzellan. Sie huschte hin und her, saß still, sie plapperte und sie schwieg unvermittelt wieder – wie ein kleiner, zerbrechlicher Kolibri. Sie war geistreich, sie war sanft, sie war chic; sie beherrschte den Raum mit ihrem zauberhaften Charme; und hin und wieder ruhte der Blick ihrer großen, funkelnden Augen liebevoll auf ihrem Sohn.

Sie könnte, dachte Marjorie ohne rechte Überzeugung, aus Frankreich sein. Oder nein, sie konnte nichts anderes sein als Ungarin. In ihrem Inneren regte sich eine Wildheit, die nicht aus Frankreich stammen konnte; sie erhellte ihr lebhaftes, porzellanfarbenes Gesicht und verlieh ihrem winzigen Körper, der mit Sicherheit schon mehr als sechzig Jahre hinter sich hatte, eine atemberaubende Vitalität.

Marjorie bewunderte sie zutiefst. Statt wie die meisten Ungarn zu fragen, ob sie Budapest nicht auch für die wunderbarste Stadt der Welt hielte, erklärte diese Frau, daß sie einzig und allein in England zur Ruhe kommen könne. »Diese Ruhe, das weiche Gras und all die süßen, sanftmütigen Kühe auf den Wiesen«, sagte sie mit leiser Stimme. »Hier in Ungarn, meine Liebe, gibt es folgendes Sprichwort: ›Am besten schläft man am Busen der Mutter.‹ Und für mich ist seit jeher England diese Mutter gewesen.« Marjorie, die in Worcestershire lebte, spürte, wie ihre Zurückhaltung verflog und sie sich Mrs. Hunjady anvertraute wie einem Anästhesisten.

»Tja«, sagte Stefan, als sie zusammen wegfuhren, »du mußt zugeben, daß ich dieses Mal wirklich nicht übertrieben habe. Und sie sind nicht nur deshalb so erstaunlich, weil sie so sind, wie sie heute sind, sondern auch, weil sie eine fast schon epische Familiengeschichte haben.«

Während er jetzt, wo der Schnee in der Dämmerung herumwirbelte, noch flotter dahinfuhr als vorher, erzählte er ihr:

Im Jahre 1906 beschloß Mr. Hunjady, ein Arzt, der genug Geld besaß, seine medizinischen Kenntnisse im Ausland zu erweitern, statt sich mit den Erfahrungen zufriedenzugeben, die er tagtäglich in seiner Praxis sammeln konnte, Südamerika zu verlassen, wo er und seine junge Frau ein oder zwei Jahre lang gelebt hatten, und wegen der Geburt ihres Kindes über die Südsee und Indien nach Ungarn zurückzureisen. Kaum eine andere Frau in vergleichbaren Umständen hätte wohl diese Route gewählt, aber Gitta Hunjady hatte nicht nur eine starke Konstitution, sondern auch einen starken Willen, denn in ihren Adern floß ein wenig slawisches Blut, das ihren ungarischen Mut mit Wildheit anreicherte, und sie ließ sich nicht im geringsten von der langen Reise einschüchtern, die vor ihr lag. Das würde ihrem Sohn Mut verleihen, sagte sie – denn sie war sich sicher, daß ihr Kind ein Junge werden würde. Das hatte sie sich in den Kopf gesetzt, und wie manche Frauen lebte sie nur durch den Gedanken an diesen Sohn.

An einem strahlenden Tag im Juni hißten sie die Segel in Valparaiso, und etwa zehn Tage lang verlief die Reise mit den anderen drei Passagieren an Bord ohne Zwischenfälle. Dann setzte Windstille ein, eine feuchte, angespannte Stille, die das Meer in träge auf und ab wogendes Öl verwandelte, und danach brach der Orkan über sie herein. Das Schiff flatterte dahin wie ein verängstigtes Huhn, halb zerquetscht zwischen bleiernem Himmel und bleierner See, und in dem tosenden Sturm und der Aufregung kam es vom Kurs ab und zerschellte in einem Gewirr von Riffen. Es gab nur zwei Rettungsboote. In eines davon kletterten die Hunjadys, ein weiterer Passagier und zu viele Besatzungsmitglieder und ruderten gerade noch rechtzeitig weg,

um das Schiff auseinanderbrechen und das andere Boot mit seinen Insassen mit sich reißen zu sehen.
Das Boot der Hunjadys war zu schwer beladen, und als zwei der Besatzungsmitglieder sich deswegen in die Haare gerieten, wurden sie ohne viel Aufhebens über Bord gestoßen. Die Zurückgebliebenen wußten nicht sonderlich gut Bescheid über die Navigation, hatten keine Ahnung, wo sie sich befanden, und Nahrungsmittel für lediglich eine Woche.
Fünf Tage lang trieb das Boot dahin. Ein Besatzungsmitglied, das bei dem Schiffbruch Verletzungen davongetragen hatte, starb und wurde dem Meer übergeben. Als sie eines Tages am fernen Horizont ein Schiff entdeckten, sprangen zwei von den anderen in ihrer Verzweiflung ins Wasser, um diesem Schiff hinterherzuschwimmen, und ertranken. Schließlich strandete das Boot, mit einem Unterrock von Mrs. Hunjady als Segel und vier Überlebenden, auf einem winzigen sandigen Eiland.
Die Vorräte waren nahezu aufgebraucht, und auf der Insel gab es nichts anderes zu essen als ein paar Beeren, von denen ihnen übel wurde, und die Fische, die sie fangen konnten. Sie hatten kein Feuer, und es gab, außer unter den grauen Büschen, keinen Schutz vor der unerbittlichen Sonne. Zum Glück fand sich wenigstens ein Rinnsal mit frischem Wasser, denn sonst wären vermutlich alle bereits nach kurzer Zeit gestorben. Trotzdem waren sie natürlich sehr geschwächt, und Mr. Hunjady, ein kleiner, schmaler Mann, konnte sich kaum noch auf den Beinen halten.
Sie beschlossen, das, was noch an Nahrungsmitteln übrig war, zu teilen, das Boot zu reparieren, so gut es ging, und dann segelten zwei Besatzungsmitglieder los, um Land zu finden und Hilfe zu den Hunjadys zu schicken.
Doch das Boot erreichte nie das Festland, und von den beiden Insassen hörte man nie wieder etwas. Währenddessen versuchten die Hunjadys auf ihrer winzigen Insel, den Nahrungsmittel-

vorrat zu strecken, bis nichts mehr übrig war. Danach lebten sie sechs Tage lang von den Wurzeln der Büsche, von Blättern und winzigen Insekten. Und dann war überhaupt nichts Eßbares mehr zu finden.

Viele Tage später entdeckte ein Schiff, das bei den weniger bekannten Inseln nach Handelsmöglichkeiten Ausschau hielt, das zerfetzte Segel, das in dem heißen Wind hin und her flatterte. Die Männer, die mit einem Boot auf der Insel anlegten, fanden dort eine Frau mit verfilzten Haaren und wirrem Blick vor, die, abgesehen von dem Bauch, den sie mit ihren Armen verdeckte, als wolle sie ihn – schweigend, wild – noch immer mit ungebrochenem Willen vor dem Tod schützen, bis auf die Knochen abgemagert war. Ihr Mann, so erzählte sie, sei ertrunken, als er versucht habe, draußen am äußersten Ende des Riffs Fische zu fangen, weil er zu schwach zum Schwimmen gewesen war.

Sie brachten sie nach Hause, und zäh, mit unglaublicher Kraft, brachte sie auch das Kind ins Leben zurück. Ihr Wille hatte den Tod besiegt. Leiden und Schrecken hatten sie nicht geschwächt, sondern in ihr einen primitiven, animalischen Widerstand geweckt.

»Warum sie als einzige überlebte, obwohl alle Männer gestorben sind, wird auf ewig ein Rätsel und ein Wunder bleiben«, erklärte Stefan in dramatischem Tonfall. »Doch das ist aus und vorbei. Sie spricht nie davon. Heute ist sie fröhlich, charmant, kultiviert, als hätte sich das alles nie ereignet. Aber glaube mir, Miklas würde sie noch immer mit Zähnen und Klauen verteidigen. Es gibt nichts, was sie nicht für ihn tun würde. Sie hat für ihn schon einmal gegen den Tod angekämpft, und sie würde es wieder tun.«

Marjorie nickte stumm. So eine Geschichte konnte man nur einem Ungarn glauben.

Während der nächsten Wochen traf sie sich häufig mit

Mrs. Hunjady. Miklas war zu ihr zwar charmant wie immer, schickte sich aber nicht an, ihr Avancen zu machen, und vermutlich aus diesem Grund erkor Mrs. Hunjady Marjorie zu ihrer Vertrauten. Schon bald wußte Marjorie um all die leidenschaftlichen Kämpfe und Hoffnungen Mrs. Hunjadys für ihren Sohn, um die einnehmende, kaum stillbare Liebe, die ihn erhalten und geformt und zu einem Genie gemacht hatte. Denn er war tatsächlich ein Genie, das mußte Marjorie zugeben, deren Geist ein wenig umnebelt war von der atemberaubenden Freundschaft Mrs. Hunjadys. Er lohnte alle Kämpfe, die sie für ihn ausgefochten hatte.

Am Weihnachtsabend veranstalteten die Hunjadys eine Abendgesellschaft. In dem eleganten Haus mit den riesigen Öfen und den Doppelfenstern, die den eisigen Wind von der Ebene abhielten, wimmelte es von reizenden, geschminkten Damen und hochgewachsenen, eleganten Herren, und die behaglich warme Luft war erfüllt von sanft gemurmelten ungarischen Worten. Die Hunjadys bewegten sich zwischen den Gästen wie funkelnde Diamanten, und für Marjorie verschmolzen das üppige Essen, der Wein und die vielsprachige Fröhlichkeit zu einem Nebel der Unwirklichkeit.

Gespräche und Lachen wechselten sich ab, und überall schossen Komplimente aus dem Boden wie zarte Blumen. Sie hörte, wie der Mann, der zwischen ihr und Mrs. Hunjady saß, meinte, er könne sich gar nicht vorstellen, wie eine so kleine Hand in der Lage sein könne, einen so beeindruckenden Siegelring zu tragen, und dann sah sie, wie Mrs. Hunjady ihre winzige Hand mit den spitzen, lackierten Fingernägeln und dem Ring ausstreckte und glockenhell lachte.

»Gefällt er Ihnen? Er ist uns Hunjadys lieb und wert. Er wird immer vom Oberhaupt unserer Familie getragen und erst abgenommen, wenn wir sterben. Sobald ich die Augen geschlossen habe, wird Miklas ihn von meinem Finger nehmen und tragen bis zu seinem eigenen Tod. Das ist eine alte Familientradition, die seit Hunderten von Jahren weitergeführt wird. Ja, das war der Ring meines Mannes.«

Unwirklich wie Flitter verflog der Abend. Erst als Marjorie schon im Bett lag und fast eingeschlafen war, schnappte sie entsetzt nach Luft. Denn wenn Mr. Hunjady beim Fischen vom Riff gefallen und ertrunken war, wieso befand sich dann sein Ring an Mrs. Hunjadys Finger?

Und ein kaltes, schweres Gefühl breitete sich in ihren Eingeweiden aus, als sie sich daran erinnerte, daß Mrs. Hunjady niemals Fleisch aß.

Es gibt viele solcher Männer. Sehr zum Bedauern der Frauen. Und sie heiraten immer. Deshalb sollte eine Frau mit Verstand es sich genau überlegen, bevor sie sich auf so einen Mann einläßt. Man wird vorsichtig. Ich bin mir sicher, daß Frauen nach Erfahrungen mit solchen Männern in New York, London oder auch Timbuktu vorsichtiger geworden sind.

Das Exemplar, von dem ich nun erzählen möchte, lebte in Paris – und tut es immer noch. Sein Name war Aristide Monnet, und er und seine Frau hatten damals das Appartement neben dem meinen. Eigentlich handelte es sich um eine große Wohnung, doch sie war aufgeteilt worden, drei Zimmer für die beiden, zwei für mich. Wir hatten nicht viel miteinander zu tun, er und ich. Aber die Wände waren dünn, und er gehörte nicht zu den Menschen, die besonders leise sprechen, wenn sie schon einmal den Mund aufmachen. Diese Wohnung war eine bescheidene Unterkunft, denn der Franc ist nicht mehr das, was er früher gewesen war, und man muß so gut leben, wie man kann. Sie befand sich auf halber Höhe des Hügels von Sacré Cœur, in einem jener hohen, grauen Häuser mit schäbigen Fensterläden, und frische Luft bekommt man dort im Sommer nur, wenn man sich mit einem Stuhl hinaus auf den Gehsteig setzt, wie es alle tun.

Aber die Wohnung lag günstig, für mich wie für ihn. Er war Kellner und arbeitete in einem der Künstlerlokale oben auf dem Hügel, wo die englischen Touristen Champagner trinken und die Wände mit den Kleckereien der örtlichen Künstler zugepflastert werden. »Les Cloîtres Gastronomiques« hieß das Lokal. Dort erntete man schiefe Blicke, wenn man einen *vin ordinaire* bestellte, obwohl dieser Wein recht ordentlich war. Ja, ja, ich bin schon ein paarmal in dieses Lokal eingeladen worden, schließlich kommt man herum in der Welt...

Monsieur Aristide war ein großer, dunkelhaariger Mann mit einem Schnurrbart, so um die Vierzig, würde ich meinen, und nicht unbedingt ein Typ, auf den alle Frauen wild gewesen wären. Ich verstehe ohnehin nicht so recht, welche Männer Ehefrauen finden. Manche Frauen würden jeden heiraten, nur damit man »Madame« zu ihnen sagt. Ich bleibe lieber unabhängig. Sie dürfen mich nicht mißverstehen, er war kein schlechter Mensch, dieser Aristide, er war nur einfach ziemlich düster. Ein großer, dunkelhaariger, düsterer Typ, der einem durch seinen bloßen Anblick schlechte Laune machte. Und schweigsam – wenn man ihm sechs Worte hintereinander entlockte, konnte man sich glücklich schätzen.

Doch Hortense war anders. Nach einer Weile freundeten wir uns an. An den meisten Tagen war er von mittags bis mitternachts nicht zu Hause, so daß sie und ich uns schon bald angewöhnten, am Nachmittag ein Schwätzchen zu halten, wenn ich mich angezogen und eine Kleinigkeit gegessen hatte. Was sie mir nicht alles erzählte – nein, eigentlich waren es die Dinge, die sie mir nicht erzählen mußte.

Sie war klein und dünn, ein paar Jahre jünger als er und hatte keine besonderen körperlichen Vorzüge. Aber wenn sie nur ein bißchen mehr Mühe auf ihr Äußeres verwendet hätte, das konnte man sehen, wäre sie gar nicht so unscheinbar gewesen. Mit ein wenig Make-up, einer ordentlichen Frisur und einem fröhlichen Lächeln hätte sich so mancher Mann nach ihr umgedreht. Doch so, wie die Dinge standen, war sie eben unscheinbar. Sie war lediglich eine kleine, graue Hausfrau, die niemanden hatte, mit dem sie sich unterhalten konnte. Und da betrat ich die Bildfläche. Ich hörte alles, auch wenn es nicht allzuviel zu hören gab.

Sie waren seit neun Jahren verheiratet, und er war von Anfang an Kellner. Sie hatten siebentägige Flitterwochen in Boulogne verbracht, und seitdem war sie praktisch jeden Tag von Mittag bis Mitternacht allein gewesen. An seinen freien Tagen ging er zum Angeln an die Seine. Sie hatten keine Kinder. Wenn sie davon erzählte, fing sie immer zu weinen an. »Er sagt, ein Kind würde ihn stören«, erzählte sie, »und natürlich hat er recht. Wissen Sie, er arbeitet so hart, er muß einfach morgens schlafen. Und auch in der Nacht, wenn er nach Hause kommt. Das würde natürlich nicht gehen«, und sie fing bitterlich zu weinen an. Ich hörte immer, wenn er nach Hause kam – *mon Dieu,* das war einer der Gründe, warum wir uns nicht allzugut vertrugen. Die meiste Zeit machte mir das nichts aus, weil ich selbst meist noch sehr spät unterwegs bin. Aber wenn ich zurückkomme, merken die anderen nichts davon, denn ich weiß, daß meine Mitbewohner tief und fest schlafen. Aber bei Monsieur Aristide war das anders. Polternd die Treppe hinauf, kratz, kratz am Schlüsselloch, dann die Türe zugeschlagen. Polternd in die Küche, und dann »Hortense!« »Ja, Aristide«, und ich hörte die Matratze quietschen, wenn sie aus dem Bett sprang, ihren Morgenmantel anzog und in die Küche trippelte, um sein Essen zuzubereiten. Er konnte das nicht selbst machen, und sie konnte es auch nicht für ihn warmstellen. »Wissen Sie, er ist immer so müde«, sagte sie zu mir, »und es wäre doch einfach nicht rechtens, wenn er den ganzen Tag andere Leute bedienen und sich dann auch noch selbst sein Essen machen müßte.« Als sie noch nicht lange verheiratet waren, hatte sie, sozusagen im Scherz, angefangen, für ihn zu kochen, hatte eine lange Schürze angezogen und ein Tuch über den Arm gehängt und so getan, als zeige sie ihm die Speisekarte. »Ach, damals hat er darüber gelacht«, erzählte sie. »Er hat mir einen Kuß gegeben und...« dabei betrachtete sie mich mit schüchternem Blick, »...und mich seine *maîtresse d'hotel* genannt. Aber irgendwie ist während der Jahre die Albernheit verlorengegangen.« Und dann seufzte sie, lächelte ein

wenig, und man konnte sehen, daß sie noch immer voller Zärtlichkeit an den Bräutigam zurückdachte, der mittlerweile verschwunden war.
Man muß gerecht sein. Ich bin kein Narr, und obwohl ich ihn nicht leiden konnte, muß ich doch gerecht sein. Er war nicht gewalttätig, eigentlich wollte er nichts anderes, als ein guter Ehemann sein. Doch wie so viele Männer hatte er vergessen, daß zu einer Beziehung auch Kommunikation gehört. Er hatte sich einmal angestrengt, seine Hortense errungen und danach aufgehört, sich weiter anzustrengen. Seine Frau und seine Hausschuhe – sie waren inzwischen so ziemlich dasselbe. Er teilte seinen Hausschuhen seine Gedanken nicht mit, und er erwartete auch nicht, daß sie mit ihm sprachen. Das passiert ziemlich oft bei egoistischen Männern. Deshalb muß eine Frau sich vorsehen, wenn ein Mann ihr einen Heiratsantrag macht. Sie sollte in sich gehen und überlegen, wie hoch die Wahrscheinlichkeit ist, daß in der Zukunft eine unüberwindliche Barriere zwischen ihrer Seele und der des Mannes entstehen wird, der jetzt noch, *eh bien*, ein so hohes Maß an Leidenschaft und Beredtheit besitzt! O ja, es spricht eine ganze Menge dafür, hin und wieder für Abwechslung zu sorgen.
Eines Tages nun ereignete sich folgendes, von dem ich manches hörte und manches erahnte – doch ich bin eine realistische Frau, deshalb dürfen Sie dem, was ich Ihnen nun erzähle, ruhig Glauben schenken:
Eines Nachts nun kam unser Monsieur Aristide von »Les Cloîtres Gastronomiques« nach Hause zurück, polternd die Treppe hinauf. Er betrat die Wohnung, ging in die Küche, rief nach seiner Frau. Wie immer antwortete sie ihm, hastete aus dem Bett und beeilte sich, ihm das Essen auf den Tisch zu stellen. Er beugte sich über einen Stuhl, auf den er den einen Fuß gestellt hatte, um seine Stiefel auszuziehen, denn seine Füße taten ihm weh. Schon lange würdigte er seine Frau keines Blickes mehr und

begrüßte sie auch nicht so, daß eine Frau sich darüber hätte freuen können. Er zog seine Stiefel aus, massierte seine Zehen, griff nach den Hausschuhen unter dem Tisch und schlüpfte hinein. Dann lehnte er sich auf seinem Stuhl zurück, nahm die Zeitung aus der Tasche, streckte die Hand nach dem Glas Wein aus, das seine Frau ihm auf den Tisch gestellt hatte, und las. Unvermittelt beschlich ihn eine Ahnung, daß nicht alles so war wie immer. Unsicherheit machte sich breit. Er konnte sich nicht mehr konzentrieren. Er blickte hoch. Seine Frau stand am Herd wie immer, mit dem Rücken zu ihm. Aber dieser Rücken hatte sich verändert. Dieser Rücken war nicht wie immer mit einem Morgenmantel aus pflaumenfarbener Wolle bekleidet, der so formlos, schäbig und farblich so abstoßend war, daß man sich fragen mußte, wer sich so etwas ausgedacht hatte, sondern mit einem Kleidungsstück aus pfirsichfarbenem Satin, zwar schon getragen, aber so geschnitten, daß es genau dort die Formen betonte, wo es sollte, und sie verhüllte, wo es nötig war, und an Hals und Busen mit neckischen Rüschen aus pfirsichfarbener Rohseide verziert.

Einen Moment lang starrte er sie an, weil er seinen Augen nicht zu glauben traute. Aber er sagte nichts, denn das war nicht seine Art. Nein, er starrte sie einfach nur an und wandte dann den Blick zu der Uhr, die oben auf dem Küchenschrank vor sich hintickte. Alles war ganz normal. Er war nicht früher nach Hause gekommen als sonst, es war kurz nach Mitternacht. Die pfirsichfarbenen Hüften erzitterten, als Madame das pikante Gericht im Topf umrührte. Sie bemerkte ihn gar nicht. Er starrte sie wieder an, und plötzlich wurde sein grobgeschnittenes Gesicht mit dem Schnurrbart mißtrauisch und gleichzeitig ungläubig. Er erhob sich, noch immer ohne ein Wort zu sagen, um – mit beschleunigtem Schritt, wie ich mir denke – ins Schlafzimmer zu gehen. Es schien wie immer leer zu sein, doch unser Freund schaute trotzdem sicherheitshalber in die Schränke und unters

Bett. Er rüttelte sogar an der Klinke der Tür, die meine Zimmer von den ihren abtrennte, aber sie war natürlich verschlossen. Alles war wie immer. Er kehrte an den Tisch zurück, setzte sich und nahm zögernd die Zeitung wieder in die Hand. Über den Rand der Zeitung hinweg beobachtete er sie. Doch er sagte nichts. Und auch sie sagte nichts, denn sie hatte gelernt zu schweigen.

Am nächsten Tag, bevor er zur Arbeit ging und während sie die Einkäufe erledigte, durchsuchte er den kärglichen Inhalt ihrer Frisierkommode und ihre zweite Handtasche. Ich weiß das, denn er ließ dabei die Tür offen, und ich kam vorbei und konnte ihn beobachten. Er fand offenbar nichts, denn er wirkte höchst erstaunt. In jener Nacht weckte er niemanden auf, als er nach Hause zurückkam, sondern schlich die Treppe so leise wie eine Katze herauf und stieß unvermittelt die Tür zum Schlafzimmer auf. Hortense fuhr mit einem Schrei im Bett hoch.

»Aristide! Du bist das. *Mon Dieu,* was ist denn passiert?«

»Nichts.«

»Du siehst so merkwürdig aus. Bist du krank? Gütiger Himmel, es ist erst halb zwölf!«

»Mach mir mein Abendessen.«

»Aber natürlich.«

Die Matratze quietschte, und ich hörte, wie sie den Morgenmantel anzog. Als sie an ihm vorbeiging, packte er sie am Arm. Sie schrie auf. »Aristide! Was ist denn los? Du tust mir weh!« Er ließ sie los, und, noch ein wenig wimmernd, kochte sie ihm sein Essen.

Aber er sagte noch immer nichts.

Von nun an ließ die Eifersucht Aristide Monnet nicht mehr los. Er ging so spät wie möglich zur Arbeit und kam so früh wie möglich nach Hause. Wenn am Nachmittag weniger Gäste im Restaurant zu bedienen waren, hastete er den Hügel hinunter, um zu sehen, was seine Frau trieb. Er hörte mit dem Angeln auf.

Und jeden Tag durchsuchte er sorgfältig die Sachen seiner Frau. Sein Geist, in dem sich normalerweise nicht allzuviel regte, erwachte zu neuem Leben, versuchte, dieses Rätsels Herr zu werden. Warum trug seine Frau plötzlich einen verführerischen pfirsichfarbenen Morgenmantel? Seine sonst so trüben Augen glänzten nun vor Leidenschaft. Seine Bewegungen, die bisher immer träge gewesen waren, wurden energisch. Er hatte sich nicht verändert. Nein, er war noch immer derselbe Mann, in dem jedoch die Qualen, die er litt, ungeahnte Kräfte freisetzten. Hortense war verwirrt. Sie vertraute mir immer neue Details aus ihrem Eheleben an. »Er folgt mir«, sagte sie, und dabei erhellte ein dümmlicher, aber unendlich zärtlicher Blick ihr mittlerweile schon sehr viel rosigeres Gesicht. »Er läßt mich kaum noch aus den Augen. Wenn er zur Arbeit geht – küßt er mich leidenschaftlich. Und wenn er nach Hause kommt...«

»Aber er sagt nichts?« fragte ich.

»Nein, er sagt kein Wort. Aber ich habe das Gefühl, daß er etwas auf dem Herzen hat«, antwortete sie. Dann seufzte sie, jedoch alles andere als melancholisch gestimmt. »Wenn er nur etwas sagen würde, dann wäre alles fast wieder so wie damals am Anfang unserer Ehe.«

Ich hatte damals gerade einen Freund – Sie müssen verstehen, normalerweise würde ich meine eigenen Angelegenheiten aus dem Spiel lassen, aber in diesem Fall sind sie wesentlich zum Verständnis der Geschichte der Monnets. Dieser Freund – er nannte sich selbst Toto – war, wie soll ich es sagen, ein rechter Gauner. Er war gewitzt und jung, hatte seine Finger in vielerlei Geschäften, gehörte nicht unbedingt zur ehrlichen Sorte und auch nicht gerade zur angenehmen, und doch hatte er etwas, was mich für ihn einnahm. Ich bin eine praktisch denkende Frau, und so schnell macht mir keiner etwas vor, aber ich muß zugeben, daß dieser Toto etwas hatte – und außerdem sah er hinreißend gut aus.

Eines Abends, zu einer Zeit, als unser Monsieur Aristide normalerweise noch kaum die zahlreichen überhöhten Trinkgelder zählte, die die völlig verschüchterten englischen Touristen ihm überlassen hatten, wurde ich durch einen schrecklichen Lärm aufgeschreckt. Plötzlich hallte das Treppenhaus von Rufen, Ächzen und Fluchen wider. Die Wohnungstür schlug mit unglaublicher Heftigkeit auf, und die verschreckte Hortense und ich – wir waren beide an unsere jeweiligen Zimmertüren geeilt – warfen uns zu Boden, als ein Gewirr aus miteinander kämpfenden männlichen Gliedmaßen hereinwirbelte. Obenauf erkannten wir den heftig atmenden und um sich schlagenden Aristide, das Gesicht wutverzerrt, und aus seinem Mund strömten Worte, die allen, die sie hörten, Furcht und Schrecken einjagten. Unter ihm wand sich, das schöne Haar in Unordnung geraten und die Nase blutig geschlagen, wie eine Schlange der arme Toto. Auch er drückte sich in dieser Situation nicht gerade gewählt aus, doch weil Aristide abwechselnd seinen Kopf auf den Boden schlug und ihn dann wieder würgte, war nicht allzuviel zu verstehen von dem, was er sagte.
Hortense stürzte sich schreiend auf sie: »Mord! Hilfe, Hilfe! Polizei! Mord!« Dabei versuchte sie, Aristide aus dem Gewirr von Armen und Beinen zu befreien und gleichzeitig Toto eine Ohrfeige zu geben. Sie trug den pfirsichfarbenen Morgenmantel, und da er in dem allgemeinen Durcheinander nicht nur selbst in Gefahr geriet, sondern auch eine Gefahr für Hortense darstellte, mischte ich mich ein und versetzte Monsieur Aristide einen Tritt in die Rippen. Ächzend rollte er seitlich weg und direkt in Hortenses Arme, so daß ich den armen Toto befreien konnte. Er sah so komisch aus, daß ich lachen mußte. Er hatte sich die Nase blutig geschlagen, als er mit Aristide auf dem Rücken durch die Wohnungstür und auf den Boden gefallen war, hatte sich dort die Lippe aufgeschnitten und sich, vermutlich von Hortense, auch noch ein blaues Auge eingehandelt. Zu allem Unglück spuckte

er nun einen Zahn aus, und sein Anzug – ein ausgesprochen amerikanisches Modell – befand sich in einem Zustand, der jeder Beschreibung spottete.

»Schwein, Räuber, Hurensohn!« rief Aristide.

»Mörder! Dieb! Aristide, mein Held, mein Löwe!« stimmte Hortense mit schriller Stimme ein.

»Und du, du . . .!« wandte Aristide sich an sie. »Wenigstens habe ich ihm das Gesicht blutig geschlagen. Jetzt sieht er gar nicht mehr so gut aus, dein kleiner hübscher Monsieur, was . . .?«

Aber ich will die Geschichte nicht unnötig verlängern.

Sobald Toto wieder gehen konnte, borgte er sich von mir fünfhundert Francs für einen neuen Anzug und verschwand auf Nimmerwiedersehen. Nun ja, so etwas passiert schon einmal, es lohnt sich nicht, deswegen Tränen zu vergießen. Und nachdem Monsieur Aristide mir ein paar Worte über meine Freunde und noch ein paar andere Dinge gesagt hatte, bevor die Nacht zu Ende war, und nachdem ich mir meinerseits einiges von der Seele geredet hatte, was mich schon seit dem Einzug störte, packte ich natürlich am nächsten Tag meine Siebensachen und zog aus. Seitdem habe ich ihn nie wieder gesehen.

Sie allerdings habe ich gesehen – sie und das Baby. Ein süßes kleines Ding, auch wenn es mit dem Reden nicht so recht klappen will. Und Hortense – tja, bei soviel Freude würde man am liebsten lachen oder weinen. Sie sagt, Monsieur Aristide verbringe jetzt alle seine freien Tage mit ihr und komme immer früh nach Hause. Und manchmal, so erzählt sie stolz, durchsuche er plötzlich aus einer Laune heraus ihre Sachen.

Aber er hat nie etwas gesagt. Nicht einmal, als ihr eigenes Morgenmantelungetüm aus der Reinigung wiederkam und sie mir mein pfirsichfarbenes Negligé zurückgab.

Nun ja, es gibt viele solche Männer auf der Welt, wissen Sie – aber auch sie haben die Fähigkeit, Glück zu schenken.

Die komische Seite

Wie an jedem Tag seiner bisher etwas mehr als dreißig Berufsjahre kaufte Mr. Frederick Peebles an der Waterloo Station eine Abendzeitung.

Und nachdem er sich einen Sitzplatz erkämpft hatte, machte er sich mit noch größerer Befriedigung als sonst daran, sich die Geschehnisse des Tages zu Gemüte zu führen. Es war nicht nur ein unangenehm feuchter Novemberabend, an dem er nach geleisteter Arbeit müde und abgespannt mit der Aussicht auf einen Bericht über das Spiel Manchester City gegen Yorkshire Wanderers nach Hause fuhr, nein, auf Seite eins seiner Zeitung befand sich auch ein zweispaltiger Artikel über den neuesten, noch nicht gelösten Mordfall. Und Mr. Peebles, der sanfte kleine Hauptbuchhalter von St. Mary Axe mit seinem glänzenden, kahlen Kopf, hatte etwas übrig für gute Morde.

Eingezwängt zwischen seine Sitznachbarn, begann Mr. Peebles in dem hin und her schaukelnden, nur trübe beleuchteten Abteil zu lesen:

»Neue Erkenntnisse im Burton-Park-Estate-Mordfall, die, so hofft die Polizei, zur Identifikation der Frau führen könnten, deren übel zugerichtete Leiche am Mittwoch auf einem brachliegenden Grundstück im Burton Park Estate gefunden wurde, werden erwartet. Bisher sind alle Versuche, die Identität der Frau festzustellen, fehlgeschlagen.«

Mr. Peebles legte die Zeitung einen Augenblick zur Seite, um sich eine Pfeife anzuzünden. Sein Nachbar warf ihm einen Blick zu und bemerkte im Plauderton: »Entsetzlich, dieser Mord.«

»Ja, entsetzlich!« erwiderte Mr. Peebles.

»Nicht einmal das nackte Leben ist heutzutage noch sicher«, fuhr sein Nachbar fort.

»Da haben Sie recht«, antwortete Mr. Peebles, »und die Polizei scheint völlig hilflos zu sein.«
Nun war es an seinem Nachbarn, mit dem Kopf zu nicken. »Da haben Sie recht. Auf nichts ist mehr Verlaß heutzutage. Es ist wirklich entsetzlich.«
»Da haben Sie recht«, sagte Mr. Peebles, und nach kurzem, nachdenklichem Schweigen widmeten sich die beiden Herren wieder ihren Zeitungen.
Auf den ersten Blick erschien dieser Mordfall ganz einfach. Eine Frau mittleren Alters wird tot in den Büschen aufgefunden, die Tatwaffe – eine Eisenstange von einer nahegelegenen Baustelle – liegt direkt neben ihr, und es finden sich Fußspuren in ausreichender Zahl... Alle diese Dinge liegen ziemlich klar auf der Hand. Doch niemand kannte die Frau. Dutzende von Menschen waren von der Szenerie des Schreckens fasziniert gewesen, aber nicht in der Lage, sie zu identifizieren. Niemand hatte in jener Nacht in Burton Park etwas Ungewöhnliches gehört oder gesehen, und außerdem war es nebelig gewesen.
»Die Polizei hofft, ihre Nachforschungen leichter vorantreiben zu können, sobald die Identität des Mordopfers festgestellt ist. Im Augenblick jedoch liegt noch kein Hinweis auf Bekannte oder Lebensweise des Opfers vor, der eine Erklärung für das Motiv dieses Mordes geben könnte.«
Mord...
Mr. Peebles schaute hinaus zu den schnell vorbeihuschenden Lichtern der High Streets in den Vororten.
Ja, er hatte sich schon immer für Morde interessiert. Und für diesen interessierte er sich besonders, weil er selbst ihn begangen hatte.

Eigentlich war alles lächerlich einfach gewesen. Nachdem er den ersten Schock über Maisies unvermutetes Auftauchen vor seiner Wohnungstür überwunden hatte, war er ziemlich überlegt vorgegangen. Schließlich sagte er ja dem kleinen Fred auch immer, daß man kühlen Kopf bewahren müsse, wenn man Erfolg haben wolle. »Verliere nie den Kopf. Nur so bringst du es zu etwas im Leben.« Und nun sah er selbst, wie sich sein Ratschlag bewahrheitete.

Natürlich hatte es das Glück auch gut mit ihm gemeint, denn Dora und Freddie waren nicht zu Hause, es herrschte Nebel, und die Eisenstange lag sozusagen griffbereit auf dem Boden...

Er hatte am vergangenen Mittwoch abend zu Hause gesessen und Radio gehört. Dora war mit Freddie zum Arzt gegangen, um sein entzündetes Nagelbett aufschneiden zu lassen. Und tapfer war er gewesen, der Kleine. Da hatte es plötzlich an der Tür geklopft, und als er aufgemacht hatte, stand Maisie vor ihm.

Er erkannte sie sofort, obwohl mehr als vierzehn Jahre verstrichen waren, seit er sie zum letzten Mal gesehen hatte.

»Hallo«, sagte sie mit fröhlicher Stimme.

Er stand hemdsärmelig und in Pantoffeln in der Tür und starrte sie mit offenem Munde an.

»Tja, ich warte nicht, bis du mich hereinbittest«, sagte sie und ging an ihm vorbei in den Flur.

»Du kannst hier nicht herein«, erwiderte er und packte sie am Arm.

»Unsinn, Liebling«, erwiderte sie. »Dies ist mein Haus, und du bist mein Mann.«

Und das stimmte. Eines Tages vor vierzehn Jahren war sie verschwunden und nicht mehr zurückgekommen. Sie hatte lediglich einen Zettel zurückgelassen: »Lieber Fred, ich habe genug. Du brauchst mich nicht zu bitten, daß ich zurückkomme, denn mein Entschluß steht fest. Bitte schicke meine Sachen ins Fundbüro von Charing Cross, wo ich sie vielleicht abholen werde. Das Geld für die Reinigung liegt auf dem Kaminsims in der Küche. Alles Liebe, Maisie.«

Das war das letzte, was er von ihr gehört hatte. Zwei Jahre lang hatte er ein Leben als Junggeselle geführt und es anfangs sogar genossen. Dies war nach Maisie eine angenehme Abwechslung gewesen. Dann lernte er Dora kennen. Lange Zeit zögerte er, doch wurden seine Einsamkeit und seine Sehnsucht nach ihr zu stark. Er heiratete sie und verließ sich einfach darauf, daß Maisie nie mehr wieder auftauchen würde.

Er war ein Narr gewesen, Dora zu heiraten, das sah er jetzt ein. Aber die Chancen, daß Maisie ihn nach all den Jahren wiederfinden würde, standen hundert zu eins. Doch hier war sie nun in seiner Küche, und Dora war erst seit einer halben Stunde aus dem Haus.

»Du mußt gehen«, sagte er.

»Wohin?«

»Dahin, wo du hergekommen bist.«

Sie lachte. Sie hatte seit damals Gewicht zugelegt und war ruhiger geworden. »Meine Nomadenzeit ist vorbei«, sagte sie. »Ich bin nach Hause zurückgekommen, Fred.«

»Aber das geht nicht. Ich habe wieder geheiratet.«

Sie starrte ihn einen Augenblick mit offenem Mund an. »Na, du bist mir schon einer. Das ist doch Bigamie, Fred.«

»Das weiß ich«, antwortete er mit gereizter Stimme. Das war typisch Maisie: Kaum war sie fünf Minuten zurück, schon stellte sie ihn wieder als Narren hin. Er zog seinen Mantel an.

»Hör mal, Maisie, hier können wir uns nicht unterhalten. Dora und der Junge können jede Minute zurückkommen. Wir müssen darüber sprechen, das sehe ich auch so. Aber hier können wir nicht bleiben.«

Das hatte sie eingesehen, und obwohl das Wetter alles andere als angenehm war, hatte sie sich bereit erklärt, die Angelegenheit bei einem Spaziergang zu besprechen.

Und als sie die nebeligen, erst halb fertiggestellten Straßen zum äußeren Rand der Siedlung entlanggingen, erklärte sie ihm noch einmal, daß sie nach Hause zurückgekommen sei. Von dieser

Aussage ließ sie sich auch nicht abbringen. Sie komme allmählich in die Jahre, sagte sie, und vielleicht hätte sie ihn nie verlassen sollen. Die Sache mit Dora und dem Jungen war schon ein Jammer – aber schließlich war sie zuerst dagewesen, und außerdem hatte sie keinen Pfennig Geld.
»Schwamm drüber, Fred«, sagte sie und legte ihm zärtlich die Hand auf den Arm. Er konnte ihr nicht begreiflich machen, daß er sie nicht zurückwollte, daß er glücklich war mit Dora und dem kleinen Fred. Sie redete nur immer weiter mit liebevoller Stimme auf ihn ein und zeigte lediglich für ihre eigenen Belange Interesse. »Und«, sagte sie, »du mußt die Geschichte mal von meiner Position aus sehen. Schließlich muß ich auch leben.«
Plötzlich schoß ihm folgende Frage durch den Kopf: Warum eigentlich?

Der Zug fuhr in den Bahnhof ein, und Mr. Peebles erhob sich.
»Auf Wiedersehen dann«, sagte er zu seinem Nachbarn.
»Auf Wiedersehen. Hoffentlich haben sie ihn bis morgen erwischt.«
»Ja«, antwortete Mr. Peebles und stieg aus.

Erst nach zwei Tagen berichteten die Zeitungen, Maisie sei identifiziert worden, und zwar von einer Pensionswirtin, bei der sie eine Nacht untergekommen war. Sie hatte der Frau erzählt, sie sei gerade aus Neuseeland zurückgekommen, was stimmte, aber aus irgendeinem Grunde hatte sie ihren Namen als Mrs. Fletcher angegeben. Die Zeitungen hatten keine Fotos von ihr, die sie hätten veröffentlichen können, und außerdem hatte sie mit Sicherheit nicht mehr viele Freunde in England, die sie erkennen würden. Für die Öffentlichkeit war sie lediglich eine Frau mittleren Alters, die niemand kannte oder vermißte.
Wirklich traurig, dachte Mr. Peebles.
Er las die Zeitung jeden Tag mit großem Interesse. Dabei kam

ihm nie in den Sinn, daß man ihn fassen könnte. Während der ersten Tage hatte er ein paar Mal ein unangenehmes Gefühl gehabt, als es in den Zeitungen immer wieder hieß, die Verhaftung stehe bevor; aber inzwischen wußte er, daß die Polizei nur ihr Gesicht wahren wollte. In Wirklichkeit wußte sie überhaupt nichts.

Und trotz einer verständlichen Voreingenommenheit für seine eigene Sache war er der Meinung, daß die Angelegenheit ein einziger großer Skandal sei. Schließlich sollte die Polizei doch in der Lage sein, den Mörder zu fassen. Und sie sollte in der Lage sein, herauszufinden, wer Maisie wirklich war. Sobald diese Punkte geklärt waren, könnten sie sich auf die Suche nach einem Motiv begeben. Mr. Peebles mußte natürlich gestehen, daß Bigamie ein sehr gutes Motiv war, das direkt auf ihn verwies. Doch selbst wenn man diesen persönlichen Aspekt beiseite ließ, hätte die Polizei eigentlich mehr zustande bringen müssen.

»Das ist das System«, erklärte er Dora beim Abendessen. »Sie haben nicht das richtige System, sie packen das ganz falsch an.«

»Wahrscheinlich ist das auch ziemlich schwierig«, erwiderte Dora.

»Natürlich ist das schwierig. Schließlich sind Mörder Männer mit Verstand. Sie würden sich wohl genausowenig gern erwischen lassen wie ich. Aber, weißt du, es ist doch die Aufgabe der Polizei, schlauer zu sein als die Mörder. Dafür bezahlen wir sie.«

Mr. Peebles' Verachtung wuchs von Tag zu Tag, bis schließlich Entrüstung daraus wurde. Nach allem, was er in der Zeitung las, beachtete die Polizei wichtige Hinweise nicht und jagte statt dessen Belanglosigkeiten hinterher, die nicht das geringste mit Maisie zu tun hatten. Mr. Peebles konnte seine Ungeduld kaum noch zügeln, wenn er Berichte wie den folgenden las: »Die Polizei sucht verzweifelt nach einem Mann, der in der Mordnacht von South Burton nach Tooting gefahren ist.« Gütiger Himmel, er war noch nie in seinem Leben in Tooting gewesen!

Oder: »Die Polizei hält Hinweise auf eine laute Auseinandersetzung, die am 20. November auf der südlichen Seite der Siedlung stattgefunden hat, für wesentlich.« Es hatte keine Auseinandersetzung gegeben. Maisie hatte seine Absichten gar nicht bemerkt.

Aus den Tagen wurden Wochen, und aus Mr. Peebles' Verachtung wurde Spott. Besessen von dem Thema, ließ er sich wortgewandt und leidenschaftlich bei jedem darüber aus, der bereit war, ihm zuzuhören. Die Angelegenheit beschäftigte ihn so sehr, daß er sich an seinen Vorgesetzten Mr. Glossop wandte.

»Die Polizei weiß, was sie tut«, sagte Mr. Glossop majestätisch, »und ich würde es mir nicht erlauben, abschätzige Bemerkungen über ihre Arbeit zu machen. Haben Sie sich schon einmal Gedanken über die Schwierigkeiten gemacht, mit denen sie zu kämpfen hat? Über die Tausende von Hinweisen und Aussagen und die gutgemeinten Ratschläge, ganz zu schweigen von den Beschimpfungen von Leuten wie Sie, Mr. Peebles. Wenn ich Sie wäre, würde ich meine Kritik auf Themen beschränken, von denen ich etwas verstehe«, sagte er mit einem süffisanten Lächeln.

Dieses unausstehliche alte Ekel, zürnte Mr. Peebles über seinen Büchern. Dieser aufgeblasene Angeber. Er und seine Polizei – er glaubte wohl, die Polizei und er wüßten alles! Tja, da täuschte er sich wohl, denn Mr. Peebles wußte mehr. Das alte Ekel! Ihn auch noch vor den Untergebenen zu maßregeln. Am liebsten hätte er den alten Glossop dazu gezwungen, das, was er gesagt hatte, zurückzunehmen – hätte ihn dazu gebracht, sich zu entschuldigen, zuzugeben, daß er im Unrecht war.

Doch obwohl Mr. Peebles das nicht tun konnte, rächte er sich doch an Mr. Glossop, denn schon bald folgte er ihm abends nach Hause und ließ einen Papierbeschwerer, den er in ein Taschentuch gewickelt hatte, auf seinen fetten Hinterkopf heruntersausen.

Am nächsten Morgen stand es in allen Zeitungen: ANGESTELLTER STERBEND AUF DER STRASSE GEFUNDEN – TASCHENTUCH KÖNNTE HINWEIS GEBEN. Mr. Glossop starb, ohne das Bewußtsein wiederzuerlangen, und die Polizei hatte einen zweiten Mord aufzuklären.

»Und wird sie das schaffen? Nein!« rief Mr. Peebles an jenem Abend im »Walrus Arms« aus. »Warum? Weil das System falsch ist. Ein Mann wird am Abend vor seinem Haus durch einen Schlag auf den Kopf getötet, und die Polizei ist nicht einmal in der Lage, herauszufinden, warum. Dabei hat sie einen Hinweis! Sie hat ein Taschentuch!«

»Aber es sind keine Spuren dran«, sagte jemand. »Es ist ein einfaches weißes Taschentuch, so wie Sie oder ich es haben könnten.«

»Aber sie hat zumindest einen Hinweis!« beharrte Mr. Peebles, und die Schweißperlen traten ihm vor Ungeduld auf die kahle Stirn. »Natürlich ist der Mörder kein Narr! Aber die Polizei würde ihn doch nicht einmal erwischen, wenn er seinen Namen und seine Adresse auf das Taschentuch geschrieben hätte.«

Er schickte Leserbriefe an die Zeitungen, in denen er schrieb, es sei ein Skandal, daß wertvolle Steuergelder für Schutzmaßnahmen hinausgeworfen würden, die nichts fruchteten. Er schrieb so oft, daß die Zeitungen seine Briefe nicht mehr entgegennahmen. Und noch immer las er Tag für Tag Berichte wie den folgenden: »Die Polizei hält die Aussage eines Botenjungen für wesentlich, der in der Nacht des Mordes einen verdächtig wirkenden Mann in einer schwarzen Limousine in der Nähe der Willoughby Road gesehen haben will.«

»Wieder ein Schuß ins Blaue«, schnaubte Mr. Peebles voller Verachtung. »So werden unsere Steuergelder verschwendet. Was für eine Schande!«

Maisies Fall schien mittlerweile als unlösbar zu den Akten gelegt worden zu sein.

Als eine Frau aussagte, sie sei an einem Mann vorbeigegangen, der Mr. Glossop zu folgen schien (sie hatte recht, Mr. Peebles erinnerte sich an sie), und als sich am nächsten Tag ein völlig Unbeteiligter meldete, sagte, er sei der Mann, und von der Frau identifiziert wurde, dann aber völlig zu Recht als unschuldig nach Hause geschickt wurde, begann Mr. Peebles, die komische Seite der Geschichte zu sehen.

Denn, so erkannte er nun, den Narreteien seiner Mitmenschen waren offenbar keine Grenzen gesetzt. Es gab immer jemanden, der bezeugte, einen Schrei gehört oder einen Mann gesehen zu haben. Und das Schöne daran war: Obwohl Mr. Peebles genau wußte, daß all diese Aussagen an den Haaren herbeigezogen waren, glaubte die Öffentlichkeit sie doch alle, und allen wurde mit größter Sorgfalt nachgegangen.

Plötzlich nahm das Leben eine nie gekannte Vielfalt für Mr. Peebles an. Maisie lebte nicht mehr, Mr. Glossop hatte das Zeitliche gesegnet, und sein Nachfolger war ein hochanständiger Kerl. Er hatte Dora und den kleinen Fred und seine Arbeit und – das war das beste – sein wunderbares komisches Geheimnis. In ganz England zerbrach sich die Polizei den Kopf darüber, wie man *ihn* finden könnte. Frederick Peebles aus Burton Park. Die besten Kriminalbeamten aus ganz Europa verbrachten ihre Zeit damit, vom einen Ende Englands zum anderen zu fahren, um Hinweisen nachzujagen. Alle Zeitungen lechzten nach einer Festnahme. Und er tat wie immer seine Arbeit, war ein guter Ehemann für Dora und ein guter Vater für seinen Sohn und hatte obendrein noch die Macht, der Polizei Streiche zu spielen – und der Öffentlichkeit und den Zeitungen –, die ihr noch jahrelang Kopfzerbrechen bereiten würden.

In besonders launiger Stimmung schrieb er sogar einen Brief an Scotland Yard. »Die Polizei ist dumm«, stand darin. »Ihr System ist falsch. Warum sieht sie sich nicht in der Nähe um und spart wertvolle Steuergelder? Ich könnte ihr weiterhelfen, denn ich habe beide Morde verübt.« Er machte sich nicht einmal die Mühe, seine Handschrift sehr zu verstellen, obgleich er den Brief in der Stadt aufgab, um es der Polizei ein wenig schwerer zu machen.

Dora konnte in jenen Tagen nicht verstehen, was in ihm vorging, denn er kicherte die ganze Zeit vor sich hin.

Doch als er Wochen später folgende Stellungnahme las, hatte er das Gefühl, daß nun auch die Grenzen des Komischen erreicht waren. »Nach eingehenden Untersuchungen, in deren Verlauf die Spitzenkräfte von Scotland Yard fast tausend Hinweisen und freiwilligen Aussagen nachgegangen sind, geht man davon aus, daß die Polizei die Identität der Mörder von Mrs. Maisie Fletcher, deren Leiche aufgefunden wurde, ... und von Mr. Alfred Bradbury Glossop, der seinen Verletzungen erlag, ... kennt. Sie will nur noch die Sichtung der Beweise abschließen, bevor die Mörder verhaftet werden.«

Mr. Peebles lachte schallend. »Da, Dora«, rief er aus, »schau dir das mal an.«

Dora sah es sich an. »Ich verstehe nicht, was daran so komisch sein soll«, sagte sie.

Er schlug sich mit der Hand aufs Knie und lachte weiter schallend. »Sie glauben zu wissen, wer der Mörder ist!« rief er. »Aber das ist ein einziger großer Bluff, meine Liebe, ein einziger großer Bluff! Sie wissen auch nicht mehr als du. Und sie werden auch nie mehr herausfinden.«

»Hör damit auf, Fred«, sagte Dora besorgt. »Du bist in letzter Zeit so merkwürdig, ich weiß gar nicht, was in dich gefahren ist«, und damit ging sie in die Küche zurück, um weiterzubügeln.

Das Geheimnis nahm in Mr. Peebles ein solches Ausmaß an Komik an, daß er sich schließlich gar nicht mehr vorstellen konnte, warum nicht die ganze Welt mitlachte. Als er eines Abends kurz vor Weihnachten nach Hause kam, wußte er, daß er der

Welt noch einmal einen Streich spielen, noch einmal zum Drahtzieher dieser großen Komödie werden mußte.
Er konnte es kaum erwarten, aus dem Zug auszusteigen, drängte sich, irre lachend, an dem Fahrkartenkontrolleur vorbei und hüpfte die kalten Straßen in kleinen Sprüngen nach Hause. Diesmal würde er seinen eigenen Feuerhaken verwenden. Oder, noch besser, Doras eigenes Bügeleisen. Dann würde sie verstehen – dann würde sie zu würdigen wissen, wie köstlich dieser Spaß war. Es war höchste Zeit, daß er sie einweihte – wie sie lachen, wie sie diesen wundervollen Scherz bewundern würde. Dora würde alles verstehen, auch wenn sie tot wäre. Sie würde die komische Seite sehen und nicht mehr aufhören, mit ihm zu lachen...
Er lachte so sehr, daß er mit dem Schlüssel kaum in das Schloß fand.
Er hätte sich nicht die Mühe machen müssen, denn zwei Polizisten in Zivil öffneten ihm die Tür.

Mieter

Ich muß jemandem davon erzählen. Aber wem? Die Leute würden mich ja für verrückt halten. Oder Nicky... Ich habe Angst, schreckliche Angst. Eigentlich bin ich sonst überhaupt nicht so ängstlich. Die Leute sagen, ich bin tüchtig und immer ausgeglichen. Und das stimmt auch. Deshalb ist jetzt auch... Wenn ich das alles aufschreibe, gelingt es mir vielleicht, einzusehen, daß ich es mir nur eingebildet habe, daß es gar nicht...

Nicky und ich wurden vor ungefähr zwei Jahren ein Liebespaar. Ich wohnte mit zwei jungen Frauen zusammen, und er lebte in einer gräßlichen Kommune, also war es gar nicht so leicht für uns, zusammenzusein. Ich kann einfach keine intimen Dinge tun, wenn andere Leute im Zimmer daneben sind oder in einer halben Stunde wieder zurückkommen. Auch Nicky könnte das nicht, obwohl er so tut, als könne er es. Das liegt daran, daß wir beide aus einem »ordentlichen« Elternhaus kommen. Er hat sich zwar völlig abgenabelt (er ist kurz vor dem Abitur von Marlborough abgegangen und hat dann auch seine Wirtschaftsausbildung aufgehört, weil er ein phantastisches Angebot bekam, beim Aufbau von einer Art Pop-Kunst-Magazin mitzuarbeiten, aber es ist nur ein Heft erschienen), doch mir ist das nie gelungen, wenn ich ehrlich bin. Natürlich bin ich zu Hause ausgezogen und habe mir eine Arbeitsstelle gesucht, und ich habe auch die unterschiedlichsten Phasen durchlaufen, aber eigentlich ist es mir lieber, wenn alles ordentlich und organisiert ist, und deshalb habe ich wahrscheinlich auch so einen guten Job, der mich wirklich interessiert und der mir eine Menge Geld einbringt.

Und wenn ich ganz ehrlich bin, würde ich gern heiraten. Ich weiß, daß das albern ist und daß das heutzutage keiner mehr macht, es sei denn, es ist ein Baby unterwegs oder so, aber ich

werde diesen Wunsch einfach nicht los. Meine Eltern haben mich so erzogen, und ich würde wirklich gerne Nickys Ehefrau sein. Natürlich habe ich das nie gesagt, ja nicht einmal angedeutet. Aber wahrscheinlich hat er das sowieso gemerkt.
Denn ich liebe ihn wirklich. Ich finde ihn nicht nur schön – er ist schmächtig und wirkt irgendwie vergeistigt, fast als wäre seine Haut durchsichtig, obwohl er stark ist wie ein Pferd –, sondern ich liebe sogar seine Fehler. Er kann schreckliche Launen haben und ist ziemlich empfindlich, besonders wenn es mit seiner Arbeit nicht vorangeht. Dann verfällt er einfach in Schweigen und zieht sich zurück. Das ist furchtbar für mich, aber ich liebe ihn trotzdem, und ich muß ihm helfen, wieder zu mir zurückzufinden. Normalerweise gelingt mir das – oder besser gesagt: gelang.
Um also wieder zu dem zurückzukommen, was ich vorher erzählt habe: Ich beschloß – wir beschlossen, daß wir uns unsere eigene Wohnung suchen wollten. Er war anfangs nicht so sehr überzeugt von dem Gedanken, aber nachdem wir eine Weile darüber gesprochen hatten, stimmte er zu.
Tja. Also suchte ich und suchte. Sie würden nicht glauben, was für grausige Löcher einem die Leute andrehen wollen. Keller, in denen man Pilze züchten könnte. Speicher, in die es hereinregnet, scheußliche Möbel, schmutzige alte Gasherde. Ich suchte und suchte, und wenn ich etwas halbwegs Vernünftiges gefunden hatte, war es bereits vermietet, wenn ich mich vorstellte. Ich war schon ziemlich verzweifelt. Sie wissen ja, wie das ist, wenn man sich endlich zu etwas durchgerungen hat und man das dann nicht sofort machen kann. Nicky sagte, ich solle die Sache ruhen lassen, wir würden es später noch einmal versuchen, aber mir war es wirklich wichtig, mit ihm allein zu sein. Außerdem war er krank gewesen. Er hatte eine Bronchitis gehabt oder so etwas Ähnliches, und er sah immer durchsichtiger aus. Ich sehnte mich danach, ihn zu pflegen und zu verwöhnen und dafür zu

sorgen, daß er wieder ein bißchen Fleisch auf die Knochen bekam – und danach, ihn zu lieben. Denn ich liebe ihn wirklich.

Dann fand ich die Wohnung. Sie befand sich im ersten Stock eines dieser schrecklichen gelben viktorianischen Ziegelhäuser im Norden Londons, und davor war ein geschmückter Portikus mit Mülltonnen, dahinter ein verwildeter Garten. Die Wohnung hatte zwei ordentliche Zimmer und eine Badewanne, die man zudecken konnte, in der Küche und ein paar nicht allzu gräßliche Möbelstücke. Die Straße war ziemlich düster, aber gegenüber hatte man eine neue Schule gebaut, ganz aus Glas und mit einem Flachdach, so daß wir von unserem Fenster aus den Himmel sehen konnten und nicht nur wieder andere häßliche Häuser, und überall rannten Schülerlotsen herum. Irgendwie gelang es mir, als erste dort zu sein, und ich mußte mich sofort entscheiden, was ich auch tat. Ich nahm die Wohnung, bezahlte sechs Monate Miete im voraus, und bereits in der nächsten Woche zogen wir ein.

Nick verhielt sich ziemlich merkwürdig. Er strich herum wie eine Katze, versuchte sozusagen, die besondere Atmosphäre der Wohnung in sich aufzusaugen. »Es ist was Komisches an dieser Wohnung«, sagte er, »ich weiß nicht, so etwas wie ein Echo.«

»Schwingungen vielleicht?« fragte ich ihn scherzhaft.

»Ja – vielleicht. Es ist irgendwie – kalt.«

»Natürlich ist die Wohnung kalt, schließlich war sie leer. Und eine leere Wohnung ist immer kalt.«

Wir strichen die Wände neu und stellten unsere eigenen Möbel auf. Nick hatte nicht sonderlich viel, aber ich hatte – oder kaufte jedenfalls schon bald – ein paar Teppiche, und ich nähte Vorhänge, und wir besorgten uns große Kissen, auf denen wir sitzen konnten, und einen Küchentisch. Ich hatte eine Menge Töpfe und Geschirr, weil ich gern koche, und Mama und Papa schenkten uns ein Bett – was wirklich nett von ihnen war, weil

ihnen die Angelegenheit wahrscheinlich nicht recht war, auch wenn sie nie ein Wort sagten.
Ach, es war himmlisch! Ich stand früh auf und putzte, bevor Nicky aufwachte, und machte mir Gedanken darüber, was ich kochen würde. Wenn er aufwachte, brachte ich ihm Kaffee und einen Apfel (mehr mag er morgens nie), ging zur Arbeit und sehnte mich schon wieder danach, nach Hause zu kommen. Am Abend eilte ich dann mit leckeren Häppchen zum Essen und hübschen Sachen zum Nähen oder Basteln nach Hause, wo er schon auf mich wartete. Manchmal hatte er schlechte Laune, und ich wußte gleich, daß er einen schlechten Tag gehabt hatte, aber manchmal fielen wir uns auch einfach nur in die Arme und verschwanden sofort im Bett und aßen später. Und fast in jeder Nacht liebten wir uns – liebten wir uns wie ein Ehepaar. Was für ein schönes Wort: Ehe. So solide und sicher. Wie bei meinen Eltern.
Und er schien wirklich zufrieden zu sein. Legte sich hin und ließ sich fallen, als könne er diesem Lebensstil doch etwas abgewinnen. Es war einfach himmlisch. Eine Weile.
Er hatte schon immer seine Launen gehabt, das wußte ich. Ich hoffte, daß sie seltener werden würden, wenn wir zusammenlebten, denn er war genauso glücklich wie ich. Aber sie wurden nicht seltener. Nach einer Woche oder zwei waren sie wieder da. Nun ja, ich war den ganzen Tag unterwegs, und er war allein zu Hause, und wenn ich zurückkam, war er angespannt, und das ließ er dann an mir aus. Manchmal schwieg er einfach nur. Das war schrecklich für mich. Er brummte nur, wenn ich etwas sagte, ließ sich auf die Kissen fallen, las nicht, zog sich nur irgendwie zurück. Doch manchmal war er auch rastlos, ging in der Wohnung herum und lauschte, auch wenn er nicht auf das hörte, was *ich* sagte. Diese Rastlosigkeit war neu; früher war er immer passiv gewesen, versunken in seine Stimmungen.

Wir wohnten seit ungefähr einem Monat dort, als er eines Tages plötzlich sagte: »Ich hasse diese Wohnung.«

Ich benutzte gerade den Mixer, verstand nicht so richtig, was er sagte, und rief: »Was?«

Er brüllte zurück: »Ich hasse diese Wohnung. Ich hasse diese verdammte Wohnung!«

Ich schaltete den Mixer aus. »Nicky – das stimmt doch nicht! Die Wohnung ist wunderbar, sie ist einfach perfekt...«

»Sie ist ein Gefängnis. Ich komme mir vor wie eingesperrt hier drin. Du warst hier noch nie den ganzen Tag allein und hast gelauscht und dich gefragt...«

»Dich gefragt? Dich was gefragt?«

»Alles. Was wir hier machen, was die Leute früher hier gemacht haben. Was los ist.«

»Hier sind nur wir. Das ist unsere Wohnung.«

»Tatsächlich?« Er sah mich mit einem merkwürdigen Blick an. »Es ist vielleicht deine Wohnung, aber nicht meine. Ich hasse diese verdammte Wohnung.« Dann schwieg er und sagte lange Zeit nichts mehr.

Ich glaubte zu wissen, was ihn beschäftigte. Er hatte recht, denn es war tatsächlich eher meine Wohnung als seine, weil ich mehr verdiente als er. Na ja, eigentlich verdiente ich das ganze Geld, weil ich diesen tollen Job hatte, der mich interessierte und mir eine Menge Geld einbrachte, und Nicky verdiente überhaupt nichts. Er ist Schriftsteller – die Sache mit dem Magazin war nur der Anfang, denn er arbeitete an zwei Projekten, an einem Roman über einen Studenten, der aussteigt und sich selbst findet, und an einer Fernsehserie, Stücke, in denen die unterschiedlichsten philosophischen Konzepte als Szenen aus der modernen Wirtschaft durchgespielt werden. Nicky hoffte, daß BBC 2 die Serie annehmen würde, aber das dauerte Ewigkeiten, weil alles so schrecklich tiefsinnig war und er niemanden kannte beim Fernsehen, der ihm hätte weiterhelfen können.

Natürlich konnte er neben seiner Schriftstellerei nicht arbeiten, deshalb zahlte ich alles, und das war auch in Ordnung so – ich meine, es ist doch gleichgültig, wer zahlt, schließlich ging es doch um uns, und viele Männer leben auf Kosten ihrer Frauen – das klingt schrecklich, aber so ist das nicht bei uns. Ich meine, ich verdiente und hatte das Geld, sollte er da von der Sozialhilfe leben? Ich liebte ihn, und mir war es recht, daß ich ihm helfen konnte.

In der Theorie stimmte er mir zu – aber mit Eltern und einer Ausbildung, wie wir sie erhalten hatten, kann man sich nicht so leicht freischwimmen. Ich meine, das sieht man doch schon an mir und meinem Wunsch zu heiraten. Was macht es denn schon für einen Unterschied, ob wir verheiratet sind oder nicht? Das ist doch albern. Aber wahrscheinlich hatte Nicky tief in seinem Inneren ganz ähnliche Schwierigkeiten, weil ich das Geld nach Hause brachte. Vermutlich war das der Grund.

Wir hatten viele Freunde, denen die Wohnung gefiel und die sagten, was wir doch für ein Glück gehabt hätten und so. Wir wohnten seit etwa sechs Wochen dort, und Ben, den ich bereits Ewigkeiten kenne, und ein Freund von Nicky waren bei uns und tranken Kaffee. Es war schon spät, nach Mitternacht, aber Nicky mag nie ins Bett gehen (jedenfalls nicht zum Schlafen), und Dicky ist da ganz ähnlich. Das ist ein Spitzname – er ist Nickys ältester Freund, so wie Ben mein ältester Freund ist. Sie sind zusammen in die Schule gegangen und haben dann später zusammen die Wirtschaftsausbildung gemacht, nur daß Dicky sie auch abgeschlossen hat, und man nannte sie Nicky und Dicky (eigentlich heißt er Derek), weil sie immer zusammensteckten. Er sieht sehr gut aus, wie der Blonde aus »Starsky und Hutch« – sehr männlich, was komisch ist, weil ich mir sicher bin, daß er absolut schwul ist. Ich habe mich nie getraut, Nicky das zu sagen, weil er fuchsteufelswild werden würde. Dicky ist amüsant und locker und bringt die Leute immer zum Lachen, aber er hat auch etwas Gehässiges, besonders mir gegenüber. Das habe ich allerdings nie gesagt, weil ich es mir ja vielleicht nur einbilde, und außerdem wäre Nicky dann sicherlich außer sich. Aber ich merke, wie Dicky ihn manchmal ansieht und wie er dann mich ansieht, und er sagt immer »die perfekte Hausfrau« oder »die Karrierefrau« zu mir, und das mag Nicky überhaupt nicht.

Wir saßen also an jenem Abend alle beisammen und tranken Kaffee, und Ben sagte, er wolle heimgehen, und Dicky meinte, es falle ihm schwer, »dieses gemütliche kleine Nest« zu verlassen, und dann: »Du hast wirklich fast ein kleines Wunder vollbracht. Man merkt überhaupt nichts mehr. Und euch stört das nicht?«

»Was stört uns nicht?« fragte ich.

»Na ja – was früher passiert ist.« Dann schwieg er und sah sich mit gespielt besorgter Miene um. »Ihr wollt doch nicht etwa sagen, daß ihr nichts davon wißt?«

»Wovon?« fragte Ben.

»Tja...« Wieder schwieg Dicky. »Hier ist ein Mord geschehen. Vor ein paar Jahren.«

»Ein Mord?« Ben war der einzige, der etwas sagte.

»Ja, ein grauenvoller Mord. Ihr wollt doch nicht etwa sagen, daß ihr nichts davon gewußt habt?« Er wußte genau, daß wir keine Ahnung gehabt hatten. »Ein Kerl hat hier seine Frau erwürgt und dann in den Schrank gesteckt – wahrscheinlich in den da drüben.« Er deutete auf unseren Schrank. »Er hat weiterhin hier gewohnt, ist jeden Tag zur Arbeit gegangen und hat sich dann schließlich selbst umgebracht. Die Nachbarn haben ihn gefunden, und die Polizei die Frau. Ihr erinnert euch sicher dran, das war die heißeste Geschichte seit Christie – der Mord in der Denville Road.«

Ben war tiefrot angelaufen und schrie nun: »Du verdammter

Idiot, warum hast du das erzählt?« Aber mir fehlten die Worte, und Nicky saß einfach nur da mit halboffenem Mund und starrte Dicky mit gräßlich trübem Blick an.

Nun, danach begann der Alptraum. Und ich hatte tatsächlich Alpträume. Ich hatte im Traum versucht zu schreien, hatte aber nur ein Murmeln und Zuckungen zustande gebracht, und als ich es schließlich schaffte, richtig aufzuwachen, sah ich ihn mit offenen Augen neben mir liegen, hellwach und doch nicht anwesend. Und morgens tat er manchmal so, als schlafe er, wenn ich ging.

Wir sprachen nie über das, was Dicky erzählt hatte. Ich konnte es nicht. Ich konnte nicht einmal daran denken, obwohl sich meine Gedanken nur darum drehten, wenn ich nicht in der Arbeit war. Ich dachte an die Wut und den Schrecken dieser Tat, aber mehr noch dachte ich an die Tage und Nächte danach, als jener Mann allein in dieser Wohnung lebte, der Außenwelt etwas vorspielte, sich immer wieder mit dieser Hölle hier drin auseinandersetzen mußte, allmählich wahnsinnig wurde...

Ich verdrängte diese Gedanken und arbeitete daran, die Wohnung zu unserer Wohnung zu machen, hell und sauber und neu, und ich hüllte Nicky mit all meiner Liebe ein, um auch seine düsteren Gedanken zu verscheuchen. Ich dachte daran, auszuziehen, und schaute die Anzeigen in Zeitungen und an Schwarzen Brettern durch – ich schaute mir sogar eine oder zwei Wohnungen an, ohne Nicky etwas davon zu sagen, denn ich wollte ihm nicht zeigen, wie sehr mich die Geschichte beschäftigte. Mein einziger Wunsch war es, ihn zu beruhigen, so zu tun, als wäre das nicht passiert, als hätten wir nie davon erfahren, als gäbe es nichts zu wissen. Aber mittlerweile war die Wohnungssituation noch schlechter geworden. Und außerdem war die Miete bereits für weitere vier Monate bezahlt. Wie konnten wir da einfach ausziehen? Aber wir würden es tun, und zwar sobald wie

möglich. Ich würde weitersuchen. Aber ich würde Nicky nichts davon sagen, damit er nicht merkte, wie entsetzt ich über die Reaktion war, die Dickys Worte bei ihm ausgelöst hatten.
Er war sehr schweigsam, noch viel schweigsamer als früher. Oder er war übertrieben fröhlich, fast schon zwanghaft fröhlich. Wenn er in dieser Stimmung war, hatte er sich vermutlich vorher mit Dicky getroffen – ich weiß nicht, was er den ganzen Tag machte, wenn ich in der Arbeit war, jedenfalls schrieb er nicht. Wenn ich ihn danach fragte, sah er mich nur merkwürdig an und sagte: »Ich kann jetzt nicht schreiben, ich bin ein anderer Mensch.«
Eines Abends kam ich nach Hause, und er saß im Dunkeln. Er begrüßte mich nicht und sagte kein Wort, saß einfach nur da und sah mich mit einem Grinsen an, als amüsiere er sich über einen Scherz, der – ich weiß nicht – irgendwie gemein war.
Er beobachtete mich eine Weile und sagte dann: »Sie waren nicht verheiratet, weißt du. Sie haben nur zusammengelebt – so wie wir.«
»Wer?« Aber ich wußte es genau.
»Ted Frensham und seine Freundin. Unsere Vormieter.« Er grinste. »Sie war schwanger.«
Ich platzte heraus: »Ich bin nicht schwanger.«
»Na toll. Aber sie. Ich habe das alles im Archiv der Bibliothek nachgelesen. Sie hat ständig auf ihn eingeredet, daß er sie heiraten soll.«
»Ich will das nicht hören.« Ich hantierte, so laut ich nur konnte, mit den Töpfen und Pfannen herum. Er saß nur da und grinste.
»Er hat einen Abschiedsbrief geschrieben, bevor er sich umgebracht hat, und hat ihn – vermute ich – da drüben auf den Kaminsims gelegt.« Er deutete auf unseren Sims. »Er schrieb, er fühle sich eingeengt und eingesperrt. Das kann ich verstehen.«
»Ich nicht. Er hätte doch gehen können.«

»Vielleicht wollte er das nicht.« Dann stand er auf, trat zu mir und legte die Arme um mich, und kurze Zeit war er wieder der Nicky, den ich immer geliebt hatte.
Aber das war das letzte Mal. Es war, als falle ein Schatten auf uns – er lag in seinen Augen, wenn er wieder einmal schwieg, und er befand sich irgendwo hinter mir, so daß ich ihn nicht sehen konnte – ein Schatten, eine Form, ein Gefühl. Ich wußte, daß ich mir das alles nur einbildete. Dicky hatte das absichtlich getan, um Nicky und mich auseinanderzubringen. Er wußte, wie leicht zu beeinflussen Nicky war, selbst wenn die Geschichte nicht gestimmt hätte. Aber sie stimmte, und er hatte dafür gesorgt, daß Nicky in die Bibliothek ging und sie nachprüfte. Ted Frensham hatte seine Freundin vor sieben Jahren in der Denville Road ermordet, wie sollten wir da glauben, daß da nicht etwas nachhallte?
»Ihr seid ein phantastisches Paar«, sagte Dicky. »Das Land bräuchte mehr solche Leute, wie ihr es seid. Aus dem Gruselkabinett wird durch eine Handbewegung der Zauberfee ein Liebesnest. Kein gespenstisches Klopfen oder Ächzen, keine mysteriösen Schreie in der Nacht. Keine bösen Geister – die Liebe ist stärker als der Tod.«
»Halt die Klappe«, sagte Ben. Er regte sich schrecklich über die Sache auf und versuchte jedesmal, wenn sie beide bei uns waren, Dicky zum Schweigen zu bringen, doch Dicky stichelte weiter, so wie er es immer tat. »Wenn jemand tot ist, dann ist er tot, dann ist es aus und vorbei.«
»Du glaubst also nicht an Geister? An ›Schwingungen‹, die nach Gewalttaten bleiben?«
»Nein, das tue ich, verdammt noch mal, nicht.«
»Aber Nicky glaubt daran.« Dicky lächelte. »Denn Nicky ist sensibel. Er weiß, daß gewisse Dinge zurückbleiben nach einem Mord...«
Ben schlug nach Dicky. Der Schlag war nicht sonderlich fest,

weil sie beide saßen, aber immerhin verletzte er Dicky an der Lippe. Nicky wurde leichenblaß und blieb schweigend sitzen, aber Dicky sagte mit gehässigem Grinsen: »Seht ihr – da ist doch noch was in dieser Wohnung.«

Es fällt mir schwer, die nächste Zeit zu beschreiben, denn es ging jetzt nicht mehr nur um Nick, sondern auch um mich. Die Wohnung gehörte nicht mehr uns, es war, als halte sich immer jemand im Nebenzimmer auf und lausche mit angehaltenem Atem. Lausche auf den lauschenden Nick. Manchmal spürte ich das nicht – ich war den ganzen Tag unterwegs, ich war fröhlich und suchte mir Beschäftigung, wenn ich nach Hause kam, wir hörten Platten, luden Freunde ein oder gingen aus. Aber wenn wir allein waren, wenn wir nichts sagten, begann das Lauschen wieder im Nebenzimmer oder draußen auf dem Flur. Dann stand ich auf und ging mit lauten Schritten in das Nebenzimmer oder auf den Flur, voller Angst, aber entschlossen, mich dem zu stellen, was dort wartete. Das Zimmer war immer leer und ruhig. Doch schon bald begann das Lauschen wieder an einer anderen Stelle, und der Schatten wuchs weiter.

Das ist das einzige, was ich jemals hörte – das Lauschen. Aber Nick sah und hörte mehr. Er sagte mir das nicht, aber ich wußte es. Ich bemerkte, daß er sich von mir zurückzog, nur dasaß mit wachsamem, flackerndem Blick, als versuche er, etwas zu entdecken, etwas zu hören. Wenn ich versuchte, in seine Nähe zu kommen, knurrte er mich an. Er aß nichts von dem, was ich ihm mitbrachte. Wenn wir uns liebten, was nur noch sehr selten passierte, ging er dabei überhaupt nicht auf mich ein, es verlief schnell und brutal, als hasse er mich. Ein veränderter Nicky sah mich mit haßerfülltem Blick an.

Schließlich sagte ich: »Nick, laß uns eine Weile weg von hier. Wir können auch in ein Hotel, ich zahle es.«

»Das denke ich mir«, sagte er, und sein Gesicht und seine

Stimme machten mir angst. »Ich sitze ja in deinem Spinnennetz, du Großverdienerin, du Erfolgsfrau. Warum bitten wir nicht Daddy, daß er uns eine hübsche kleine Doppelhaushälfte mit genug Platz für einen Kinderwagen im Innenhof schenkt? Geh du ruhig, wenn du willst. Verschwinde, wenn du willst.« Ich fing an zu weinen. Er starrte mich einfach nur an. »Genau«, sagte er, und seine Stimme war völlig verändert und rauh. »Du weinst die ganze Zeit, du Kuh. So hast du mich auch eingefangen. So kriegst du mich immer wieder dran...« Dann rannte er aus dem Zimmer und schlug die Tür hinter sich zu.

Das Lauschen hüllte mich ein wie ein Nebel, der von Kichern durchbrochen zu werden schien.

Ich hätte gehen sollen. Aber ich liebte ihn. Wie konnte ich ihn allein lassen an jenem Ort mit diesem Etwas, das ihm nachschlich, sich seiner bemächtigte? Ich war stärker als er, robuster. Wahrscheinlich nahm er mir das übel, wie er mir all die Dinge übelnahm, die ich hatte und er nicht, wie den Erfolg und das viele Geld und die Fähigkeit zuzupacken und die Ausgeglichenheit und, ja, sogar meine Bürgerlichkeit, die sich immerhin noch ein bißchen von der meiner Eltern unterschied. Aber mittlerweile ging es um mehr. Er veränderte sich. Er war zwar immer noch Nicky, überempfindlich und unsicher, aber er war auch jemand anders, jemand, der bösartig und rachsüchtig war, dessen Gewalttätigkeit in den leeren Räumen lauerte, hinter geschlossenen Türen, unter den Böden, die lauschte, flüsterte, sich daranmachte, die Macht zu übernehmen...

Ich wurde befördert. Man gab mir eine eigene kleine Abteilung. Das bedeutete mehr Geld, und so suchte ich uns, ohne Nicky etwas davon zu sagen, eine wunderbare Zweizimmerwohnung mit Küche und Bad in einem modernen unpersönlichen Wohnblock ohne Geister, und ich hinterließ eine Monatsmiete als Sicherheit. Wir würden wieder frei sein. Ted Frensham konnte uns dorthin nicht folgen. Nichts konnte uns dorthin folgen, wir würden wieder allein sein wie vorher, und Nick würde wieder anfangen, zu schreiben und mich zu lieben, und alles wäre wieder in Ordnung. Es waren immer noch zwei Monate Miete für die andere Wohnung bezahlt, aber das war mir gleichgültig.

Ich ging nach Hause und erzählte es Nicky.

Er saß wie üblich im Dunkeln – eigentlich war es eher so etwas wie eine Dämmerung, weil die Tage inzwischen länger wurden und die Vögel noch in den Bäumen draußen vor dem Fenster zwitscherten. Ich trug die Einkaufstüte in die Küche und kam zurück, um meinen Mantel auszuziehen. »Am Wochenende packen wir unsere Siebensachen, und am Sonntag sind wir hier raus. Wir können Bens Wagen haben, ihm macht es nichts aus, hin und her zu fahren. Wir können die Möbel, für die wir keinen Platz haben, hier zurücklassen, bis wir etwas Größeres gefunden haben und dort neu anfangen.«

Er erhob sich ganz langsam. »Du Hexe«, sagte er. »Du herrschsüchtige, arrogante, eigenmächtige Hexe.« Er kam auf mich zu. »Glaubst du denn, daß ich mich weiterhin von dir aushalten lasse? Glaubst du, du kannst mich einpacken und wegkarren wie ein Möbelstück? Glaubst du, daß ich bis zum Ende meiner Tage dich und ein quäkendes kleines Monster auf dem Hals haben will? Ich habe genug, hast du verstanden, ich habe, verdammt noch mal, genug!«

Er packte mich am Hals und fing an zuzudrücken. Ich konnte nicht schreien und zerrte an seinen Fingern, aber sie waren wie ein Draht, der in meinen Hals schnitt, und sein ganzer Körper zitterte, als durchfließe ihn elektrischer Strom. Er drückte und drückte, und sein Gesicht schwebte undeutlich über mir, als die Beine unter mir nachgaben, doch ich konnte nicht fallen, weil diese zitternden, drahtigen Arme mich festhielten. Er hatte die Zähne entblößt wie ein knurrender Hund, ein Hund, der unbedingt einen Knochen möchte, der nichts anderes mehr sieht als diesen Knochen, ganz wild darauf und...

Das Telefon klingelte. Einen Augenblick verharrten wir so, er und ich, wie erstarrt – ich auf den Knien, an seinen Händen zerrend, er über mich gebeugt, mit eisernem Griff meinen Hals umklammernd. Seine Augen wurden glasig, und er ließ mich los. Ich fiel zu Boden, würgend und schluchzend. Er starrte das Telefon an, das klingelte und klingelte. Dann ging er hinüber und hob ab. Ich hörte eine Stimme quäken.

»Ja«, sagte Nick mit belegter Stimme. »Ja. Du hast was?« Er sah mich an, und Entsetzen breitete sich auf seinem Gesicht aus. »Weg? Ich verstehe, Ja, danke... Ja, sicher, ich sage es ihr. Ich sage es ihr.«

Er legte auf, obwohl die Stimme immer noch aus dem Hörer quäkte, stand nur da und starrte mich an, und dabei schien sich sein Gesicht aufzulösen wie etwas, das schon lange unter Wasser lag.

»Das war Ben«, sagte er und setzte sich langsam. »Er hat im Grundbuchamt nachgesehen. Das Haus, in dem Ted Frensham und seine Freundin gewohnt haben, liegt gegenüber. Wo die Schule ist.«

Ich hatte mich inzwischen wieder auf die Knie hochgerappelt. »Die Schule...?«

»Das Haus ist abgerissen worden. Es ist weg. Er hat nie hier gewohnt.«

Ich krächzte: »Er hat nie hier gelebt? Kein Mord? Nichts...?«

Wir starrten einander an. Es war dunkel geworden, aber das Licht der Straßenlaterne fiel herein. Er war eine schwarze, bewegungslose Silhouette vor dem Fenster.

Er sagte mit dumpfer Stimme. »Er hat nie hier gewohnt. Er ist nie hier gewesen. Hier in dieser Wohnung waren nur wir.«

Gute Investitionen

Eunice Christine Hilda Bradshaw wuchs bei Florence, ihrer Tante mütterlicherseits, in der sauberen, steinigen Küstenstadt Seaham auf, weil ihr Vater in Erfüllung seiner Pflicht für das Vaterland im Jahr 1944 gefallen und ihre Mutter zwei Jahre später an Herzversagen gestorben war. Eunice war damals fast zwanzig Jahre alt und bereitete sich an der Technischen Hochschule auf ihren späteren Beruf vor. Sie und Tante Florence kannten einander gut, denn die Schwestern hatten nahe beieinander gewohnt, und der Wechsel vom einen Reihenhaus in das andere verlief problemlos. Tante Florence war Schneiderin, eine füllige, eher laute Frau, die nie geheiratet hatte, und sie liebte Eunice abgöttisch – was für ein kluges, fähiges, gläubiges Mädchen. Und alles stimmte.

Eunice erlernte mehrere Berufe, einen besser als den anderen. Während der letzten siebenundzwanzig Jahre hatte sie die für die Hinterbliebenenrente zuständige Abteilung der Seahamer Filiale einer überregionalen Wohltätigkeitsorganisation geleitet. Mittlerweile war sie zu einer adretten, kultivierten Frau herangewachsen, die weder besonders dick noch besonders dünn war, dezentes Make-up trug (nichts so Gewöhnliches wie Lidschatten, sondern nur Puder, rosafarbenen Lippenstift, und an ihren freien Tagen vielleicht einmal ein wenig Rouge) und das Haar an der Seite gescheitelt hatte, das nach jedem vierzehntägigen Friseurbesuch immer ein wenig brauner wirkte als vorher. Sie leitete ihre Abteilung untadelig und hatte immer ein Lächeln und ein Wort des Lobes übrig, wo es angemessen war. Auch Tante Florences Haushalt führte sie vorbildlich, besonders als die Tante älter und dicker und schwächer wurde und Eunice einen immer größeren Teil der Arbeit überlassen mußte, dabei aber nie zu betonen vergaß, was für ein Schatz sie doch war. Und das war sie auch.

Sie liebte kleine, feine Dinge. Rüschenvorhänge, Kissen und Schürzen; geblümte Bettwäsche, Topfpflanzen in hübschen Übertöpfen auf Spitzendeckchen; bestickte Küchenhandtücher und Nachthemden. Sie bereitete köstliche Kuchen, Teegebäck und Nachspeisen zu und machte sogar ihr eigenes Fondant. Sie versuchte sich an Rezepten aus Zeitschriften, zum Beispiel an Osterhasen aus Rührteig, an Baumkuchenspitzen oder an Brandyschnitten. Spritzer in der Küche verschwanden so schnell wie sie entstanden waren, der Herd war fast so sauber wie an dem Tag, an dem er geliefert worden war, die Geschirrtücher wurden sofort ausgewaschen und zum Trocknen aufgehängt, und sie und die Tante saßen zusammen vor dem Fernseher und aßen kleine, feine Dinge von Tabletts, die hübsch mit bestickten Tüchern und passendem geblümtem Geschirr gedeckt waren.

»Was bist du doch für ein fleißiges Mädchen!« keuchte die Tante und ließ es sich schmecken. »Was für ein Schatz!«

»Ach, sei doch nicht albern, Tante!« murmelte Eunice dann voller Nachsicht, »das macht mir doch Spaß.«

Und das tat es auch.

Als die Tante dann starb, war dies ein wirklicher Verlust für sie. Die Menschen waren sehr, sehr nett zu ihr, und natürlich konnte sie auf die Unterstützung der Kirche vertrauen, wo sie viele Freunde hatte. Die Tante hatte ihr das Haus und ein paar Tausend Pfund auf dem Konto hinterlassen. Eunice würde im nächsten Jahr, nach ihrem sechzigsten Geburtstag, in Rente gehen. Das Ruhegeld würde nicht allzu hoch ausfallen, aber sie hatte ein kleines Guthaben bei der Bausparkasse, sie würde schon zurechtkommen.

Aber sie vermißte die Tante. Sie vermißte ihr Keuchen, ihre Liebesbezeigungen und ihr Lob. Sie vermißte den Applaus des Publikums für ihre hervorragenden Leistungen; Rosinenkuchen und Pfefferminzschnitten für den Kirchenbasar zu machen, das war einfach nicht das gleiche, auch wenn sie froh war, das tun zu können, um unmittelbare Anerkennung zu erhalten. Sie brauchte jemanden, dem sie tagtäglich ihre Vorzüge demonstrieren konnte.

Sie hatte veranlaßt, daß in dem Krematoriumsgarten ein Rosenbusch für die Tante gepflanzt wurde, und als sie diesen an einem windigen Novembersonntag zurechtstutzte (sie kam alle zwei Wochen in den Garten, um sich selbst um den Rosenbusch zu kümmern, wie ihre Tante es sich gewünscht hätte), ergab sich zufällig ein Gespräch mit einem Herrn, der ein oder zwei Büsche entfernt die gleiche Tätigkeit verrichtete. Sein Busch war um etliche Monate jünger als der ihre; seine Frau war erst vor kurzem verstorben; er trug noch immer Trauer und hatte so gut wie keine Ahnung, wie man mit einer Gartenschere umging.

Eunice zeigte es ihm; sie stutzte erbarmungslos zurück, denn sie wußte, daß der Busch dann im Sommer eine Fülle kleiner, feiner Blüten treiben würde. Mr. Stafford – Stanley Stafford, pensionierter Stadtwerksangestellter – war voll der Bewunderung. Es ging ein eisiger Wind, die Nase lief ihm ein wenig, und er schlug vor, zusammen noch eine Tasse Tee zu trinken.

Eunice hatte nie ans Heiraten gedacht. Sie kannte die Männer nur auf gesellschaftlicher Ebene (Ehemänner oder fast zölibatär lebende, aktive Gemeindemitglieder) oder geschäftlich (sie waren oft anmaßend oder unvernünftig, ließen überall Zigarettenasche fallen und machten sich auch nicht allzuviel daraus, in welchem Zustand sie wieder aus der Toilette kamen). Als Fernsehzuschauerin und Benutzerin der Leihbibliothek mußte sie sich zwangsläufig mit verschiedenen Aspekten männlichen Verhaltens auseinandersetzen, aber Fernsehgeräte ließen sich ausschalten, und obwohl es immer schwieriger wurde, Romane zu finden, in denen sich keine anstößige Sprache fand, hatten die Bibliothekarinnen mittlerweile doch gelernt, Texte zu empfehlen, die keinen Anstoß erregen würden, und schließlich gab es ja immer noch Reiseberichte und Biographien – obgleich auch darauf heutzutage kein Verlaß mehr war (man denke nur an all diese Fruchtbarkeitsriten und an bisher unveröffentlichte Tagebücher).

Nein, Männer hatten sie nie interessiert. Im großen und ganzen erschienen sie ihr selbstsüchtig und ungepflegt. Aber sie vermißte die Tante. Der arme Mr. Stafford war bedauernswert mit seinen traurigen Augen und seiner roten Nase, wenn er versuchte, in der Mietswohnung, die er mit seiner verstorbenen Ehefrau geteilt hatte und für die der Vertrag bald auslief, allein zurechtzukommen. Und hier war sie, die sich in dem großen Haus der Tante sehr einsam fühlte.

Als Untermieter vielleicht? Das schickte sich wohl nicht, die Leute würden reden...

Im Frühjahr heirateten sie im kleinen Kreis. Eunice trug ein marineblaues Kleid mit weißem Muster, und Mr. Stafford trug eine Rose von dem Busch, der an seine Frau erinnerte, im Knopfloch. Eunice hatte gleich zu Beginn klargestellt, daß er sich »darauf« keinerlei Hoffnungen zu machen brauchte, und Mr. Stafford hatte dankbar zugestimmt. Er war vierundsiebzig und hatte ohnehin nie sonderlich Gefallen »daran« gefunden. Er zog in das Schlafzimmer der Tante, und sie blieb in ihrem, und sie sahen sich immer erst, wenn sie vollständig bekleidet waren. Aber er lobte sie für ihre Tugenden und Fähigkeiten (seine verstorbene Frau hatte den Haushalt mehr schlecht als recht geführt), genoß das fröhliche Gespräch mit ihr und ihre adrette Gestalt neben sich in der Kirchenbank oder vor dem Fernseher sowie die köstlichen Mahlzeiten, die sie auf den Tisch brachte.

Er war an diese Mahlzeiten nicht gewöhnt, und schon weniger

als ein Jahr nach der Hochzeit erlitt er einen Herzinfarkt und starb in der Intensivstation.

Eunice war schockiert. Das Arrangement hatte doch so wunderbar funktioniert. Stanley hatte ihr nie Mühe bereitet, war dankbar gewesen für alles, was sie für ihn tat, hatte seine schmutzige Kleidung immer selbst zur Wäscherei gebracht, so daß sie nie damit in Berührung kam, hatte das Rauchen aufgegeben, damit er keinen Schmutz machte und die Luft nicht nach Rauch roch. Er hatte sie gelobt und ihre Fähigkeiten auf positive (und für beide Seiten geschmackvolle) Weise mit denen seiner verstorbenen Frau verglichen. Er war fast so gut wie die Tante gewesen.

In einer Hinsicht sogar besser als die Tante, denn er hatte ihr neuntausend Pfund und seine Lebensversicherung hinterlassen. Überraschenderweise hatte er sich als gute Investition erwiesen. Sie vermißte ihn. Vielleicht nicht ihn als Person, aber die Anerkennung, die er ihr, genau wie die Tante, geschenkt hatte. Außerdem war sie jetzt im Ruhestand (sie hatte anläßlich ihrer Hochzeit zu arbeiten aufgehört, aber angesichts ihrer siebenundzwanzig Berufsjahre hatte die Organisation ihre Rente nicht herabgesetzt) und hatte nicht sehr viel zu tun. Sie war bereit – natürlich zu den gleichen Bedingungen –, einen anderen Mann zu heiraten. Außerdem schien sich damit auch Geld verdienen zu lassen...

Der Krematoriumsgarten war weiß Gott schön, und Eunice besuchte ihn genauso regelmäßig wie zuvor, denn nun hatte sie drei Rosenbüsche zu versorgen – den von Tante, den von Stanley und den von Stanleys verstorbener Frau (das war ihrer Meinung nach nur recht und billig). Sie beobachtete unauffällig die anderen Besucher, und wenn eine Beisetzung stattfand, informierte sie sich über die verstorbene Person. Falls es sich dabei um einen Mann handelte, unternahm sie nichts mehr. Wenn diese

Person jedoch eine Frau war, schlüpfte sie in eine Bank am hinteren Ende der Kapelle und nahm an den Trauerfeierlichkeiten teil. Danach mischte sie sich unter die Trauergäste, um einen genaueren Blick auf die Blumen und Kränze werfen zu können, und einige Monate nach Stanleys Tod kondolierte sie dann einem Witwer und murmelte: »Ich war eine Freundin Ihrer Frau.«

»O ja – danke«, sagte der kleine, kahlköpfige Mann mit dem gutgeschnittenen Anzug und den wohlhabend aussehenden Verwandten benommen.

»Darf ich bei Ihnen vorbeischauen, wenn Sie sich ein wenig erholt haben? Uns verbinden so viele glückliche Erinnerungen...«

»Danke. Sehr liebenswürdig.«

Sie drückte seine Hand und ging weiter. Von den Beileidskarten wußte sie, wer er war, und seine Adresse würde sich sicherlich im örtlichen Telefonbuch finden.

Diesmal dauerte es länger, ungefähr achtzehn Monate; und diesmal verkaufte sie das Haus der Tante und zog zu Kenneth Gratton in seine hübsche Doppelhaushälfte an der Cliff Road. Es galt das gleiche Arrangement wie beim letzten Mal: getrennte Schlafzimmer und keine Vertraulichkeiten. Aber ansonsten war Kenneth ganz anders als der arme Stanley. Er hatte eine Baugesellschaft geleitet und war es gewöhnt, Anweisungen zu geben und seinen Willen durchzusetzen. Obwohl er klein war und unter Bronchitis litt, war er störrisch wie ein Esel, trank am Abend Whiskey und weigerte sich, das Pfeifenrauchen aufzugeben, so daß nicht nur das ganze Haus abscheulich stank, sondern auch in jedem kleinen Aschenbecher und sogar auf dem Boden Aschehäufchen herumlagen. Er erwartete von ihr, daß sie sich mit ihm zusammen die Sportsendungen anschaute, und selbst vor dem Ringen schreckte er nicht zurück. Er wollte keine neuen Rezepte ausprobieren und haßte

alle kleinen, feinen Dinge; dafür mochte er gebratene Zwiebeln, Pickles und Starkbier.
Es fiel Eunice alles andere als schwer, ihm die eine oder andere Schlaftablette in seinen allabendlichen Whiskey zu schmuggeln und ihm, als er laut und vernehmlich schnarchte, ein Kissen aufs Gesicht zu drücken.

Kenneth hinterließ ihr sein Haus nicht (er vererbte es seinem Sohn, der in Newcastle lebte und mit dem Leben seines Vaters nichts zu tun hatte), aber er vermachte ihr eine ansehnliche Summe – nicht so viel, wie sie erwartet hatte, doch ihr war mittlerweile klar, daß sie sich in Kenneth in vielerlei Hinsicht getäuscht hatte, daß er eigentlich eine einzige Enttäuschung gewesen war. Aber die Zukunft bot zahlreiche Möglichkeiten, und als sie im folgenden Herbst erneut einem Witwer das Jawort gab, hatte sie das Gefühl, daß sie sich diesmal auf ihren Instinkt verlassen konnte.
Gilbert Phelps war blaß, kränklich und asthmatisch und fast schon auf unschickliche Art darauf aus, jemanden zu finden, der sich weiterhin um ihn kümmerte. Er aß wenig, machte sich ständig Sorgen um seine Gesundheit und war letztlich ein sehr schlechter Gesellschafter, obwohl er einige sichere Vermögenswerte und ein Haus im besten Teil von Seaham besaß, das sie mit gutem Gewinn verkaufte, sobald der Erbschein ausgestellt war. Gilbert Phelps' Ableben war für alle Beteiligten die beste Lösung.
Jetzt hielt sie es für ratsam, von Seaham wegzuziehen und an einem anderen Ort von vorn anzufangen. Sie bewegte sich entlang der Küste und quartierte sich in einem feinen Hotel ein, suchte den Krematoriumsgarten des Ortes auf und fand dort einen vernachlässigten Rosenbusch vor, und schon nach kurzer Zeit wurde sie Mrs. Reginald Crocker mit einer hübschen Wohnung im ersten Stock, von der aus sie die Strandpromenade

sehen konnte, und einem Ehemann, der vierundachtzig Jahre alt war.
Es überraschte niemanden, als er offenbar friedlich entschlummerte.

Als Mrs. Christine Crocker heiratete Eunice im folgenden Jahr Wilfred Jessop, einen Anwalt im Ruhestand, der ihr einige profitable Wertpapiere hinterließ und ein Grundstück in Cornwall. Dieses Grundstück verkaufte sie und erwarb mit dem Erlös einen Luxusbungalow (groß genug für zwei Personen) in Redcliff-on-Sea, wo sie als Christine Jessop die Frau von Bernard Barnes, einem Unternehmensleiter und Diabetiker wurde, welchen sie liebevoll hegte und pflegte, bis auch er nach nicht allzulanger Zeit eines Nachts friedlich verschied.
Der Anteil der älteren Generation an der Bevölkerung von Redcliff-on-Sea war ziemlich hoch, und schon bald heiratete sie als Hilda Barnes Major Desmond Heath. Sie hatte ihn kennengelernt, als er mit betretenem Gesicht unter der Pergola des Krematoriumsgartens in ein großes Taschentuch hineinweinte, und genau wie damals den harmlosen Stanley, tröstete sie auch ihn und trank eine Tasse Tee mit ihm.
Der Major war klein und drahtig, er hatte unter Monty in Alamein gedient und erzählte gerne, wie man ihn auf den ersten Blick manchmal mit diesem großen Mann verwechselte, wenn er aufrecht in seinem Jeep stand und die kampferfahrenen Soldaten ihm zujubelten.
»Das waren große Zeiten, wundervolle Zeiten!« sagte er dann, nahm sein Taschentuch heraus und putzte sich die Nase.
Er und seine verstorbene Frau hatten in einem der teureren Hotels von Redcliff gewohnt. »Wir haben nirgends Wurzeln geschlagen«, sagte er. »Leute in der Armee sind immer unterwegs. Eleanor –« er schluckte, wie er es anfangs immer tat, wenn er von seiner verstorbenen Frau sprach. »Eleanor hatte nichts

dagegen, mit einem Soldaten verheiratet zu sein – Schlachtenbummler habe ich sie im Scherz genannt. Aber wir haben uns beide manchmal nach einem richtigen Zuhause gesehnt. – Der Soldat kehrt heim. – Wir haben angefangen, uns umzusehen, aber es war schon zu spät.«

Er stimmte Eunices Bedingungen voll und ganz zu. »Kameradschaft, das suchen wir doch beide, nicht wahr, Hilda? Zusammen alt werden. Und, um dir die Wahrheit zu sagen, die Verletzung, die ich in Mersah Matruh abbekommen habe ...« Er hüstelte ein wenig verlegen, und Eunice sprach von etwas anderem.

Der Major zog bei ihr ein und richtete sich auf eine Weise mit ihr ein, die Eunice sehr vertraut anmutete. Als Armeeangehöriger, der es gewöhnt war, immer unterwegs zu sein, hatte er nicht allzu viele Habseligkeiten, die er selbst in Ordnung hielt. Er rauchte nicht, trank nur einen Gin-Tonic vor dem Abendessen, arbeitete gern im Garten und liebte die gleichen Fernsehsendungen wie sie. Seine verstorbene Frau hatte ihm eine ansehnliche Summe hinterlassen, und auch Eunice hatte über die Jahre ein ausgesprochen beruhigendes finanzielles Polster angesammelt. Der Major aß gern Süßes und wußte ihre Koch- und Backkünste zu schätzen. Er machte ihr kleine Komplimente, was keiner der anderen seit Stanley getan hatte. Doch es handelte sich dabei um höfliche und galante Komplimente ohne anzüglichen Unterton.

Sie begann, den Major ins Herz zu schließen. Er war ein perfekter Gentleman. Wenn eine Ehe so aussah, konnte sie verstehen, warum so viele Leute sich wünschten, verheiratet zu sein: Kameradschaft, Anerkennung, keine schmutzigen oder unangenehmen Dinge, Respekt vor dem Privatbereich des anderen, nichts, worüber man sich hätte beklagen müssen. Sie hatte wirklich das Gefühl, als könne sie sich an diesen Ehemann gewöhnen; eine Ehe mit dem Major, an seiner Seite alt werden, keine Besuche mit unsicherem Ausgang bei Trauerfeierlichkeiten, keine geschäftlichen Überlegungen mehr, denn die

beiden hatten zusammen genug Geld, um bis ans Ende ihrer Tage ohne Sorgen miteinander leben zu können.
Sie war deshalb sehr überrascht, als sie einige Monate nach ihrer Heirat mitten in der Nacht aufwachte, weil ihre Schlafzimmertür geöffnet wurde und nackte Füße auf sie zugetappt kamen.
»Desmond? Bist du das? Was, um Himmels willen...?«
Aber er gab keine Antwort. Und selbst, wenn er etwas gesagt hätte, hätte sie nichts gehört, denn das Kissen, das er ihr aufs Gesicht drückte, löschte für immer alle Sinne aus, und es blieben nur noch Angst und Schrecken und ungläubiger Zorn.

Was soll denn aus den Kätzchen werden?

»Danke, gern. Ich nehme einen kleinen Gin-Tonic, und meine Freundin nimmt sicherlich das gleiche, so wie ich sie kenne. Das ist meine Freundin Mrs. Martin, und ich bin Mrs. Binns. Wir kommen immer am Dienstag auf ein Gläschen hierher. Wissen Sie, da bekommen wir immer die Rente, und da gönnen wir uns was, solange wir noch Geld in der Tasche haben. Uns und den Kätzchen.

Sie wissen nicht Bescheid über die Kätzchen? Ach, du lieber Himmel, hier in der Gegend weiß doch jeder Bescheid über unsere Kätzchen – drüben auf dem Baugelände, das war jahrelang ungenutzt, nachdem sie den Schutt aus dem Krieg weggeräumt hatten. Und die armen kleinen streunenden Kätzchen, sie haben sich dort eingewöhnt, in den alten Kellern und Büschen und so. Ich weiß nicht, wovon sie gelebt haben, bis ich und Amy sie entdeckt haben – es ist schon eine Schande, was Leute mit ihren Tieren machen, man sollte sie aufhängen. Halb verhungert waren sie, und trotzdem haben sie tapfer immer weiter Junge bekommen, und sie haben sich die Seele aus dem Leib miaut, und wild waren sie . . . ! Man durfte ihnen nicht zu nahe kommen, sonst sind sie gleich weggelaufen, schnell wie der Blitz, zwischen den Schutt und den Abfall, und von dort aus haben sie einen beobachtet mit ihren kleinen Augen, wie Minitiger, stimmt's, Amy? Mein Gott, waren die süß!

Das Baugelände? Ja, genau. Da soll wohl mal irgendein Verwaltungsgebäude von der Stadt hin. Aber Amy und ich würden gern wissen, was aus den Kätzchen werden soll. Wissen Sie, die Leute denken einfach nicht nach. Es gibt jetzt schon weniger Kätzchen dort als vor der Bauerei, früher haben sie immer alle auf uns gewartet, die lieben Kleinen. Wissen Sie, sie haben uns gekannt, weil wir doch jeden Tag hingegangen sind. Wir waren sehr vorsichtig bei den Büschen und dem Unkraut – man mußte schon aufpassen, wo man hintrat, sonst konnte man übel hinfallen –, und dann haben wir gerufen: Miez, miez, miez, miez, miez! Und dann hat Zeitungspapier geraschelt, und schon waren sie alle da. Waren plötzlich einfach alle da. Manche sind natürlich nie ganz nah herangekommen, sie waren zu wild und hatten zuviel Angst. Sie saßen einfach nur zusammengekauert da und beobachteten uns, und wenn wir ihnen ihr Fressen hingelegt haben, sind sie mit dem Bauch nah am Boden herangeschlichen, ganz vorsichtig, haben sich das Futter geschnappt und sind damit weggerannt. So war es am Anfang, stimmt's, Amy? Nach einer Weile blieben sie da und fraßen alles an Ort und Stelle, aber ganz, ganz vorsichtig, mit wachsamem Blick und zitternder Schwanzspitze, und die ganze Zeit schnurrten sie warnend... Ach, was war das für ein Bild!

Das waren die Wilden. Wenn sie noch nicht so lange dort gelebt hatten, waren sie noch zahmer. Sie sind auf uns zugerannt gekommen, stimmt's, Amy, den Schwanz senkrecht hochgereckt, miauend und schnurrend, und haben sich gegen unsere Beine gedrückt – tja, die haben schon gewußt, wer's gut mit ihnen meint, die lieben kleinen Kätzchen! Manchmal waren zehn oder zwölf um uns herum, und die anderen saßen ein Stück entfernt und beobachteten uns. Dann haben wir für jedes eine Portion auf einem Stück Zeitungspapier auf den Boden gelegt und gesagt: Da, Kätzchen, das da ist für dich, und das für dich, und wir haben alles hübsch verteilt, damit jedes sein eigenes Plätzchen hatte. Ich glaube, ich kann ganz ehrlich sagen, daß es nie mehr als ein kurzes Fauchen gegeben hat, sobald sie wußten, wie unser System funktioniert. Sie wußten, daß wir Freunde waren, ja, ja, sogar die ganz wilden. Ach, war das ein schöner Anblick, besonders an den Sommerabenden – wir sind immer um sieben hinunter, wenn nicht mehr soviel Verkehr herrschte.

Die lieben kleinen Kätzchen, die es sich dort mitten unter dem Unkraut und dem Schutt und den alten Reifen und dem Abfall in der Abendsonne schmecken ließen – ach, was war das für ein Anblick!
Wir sind jeden Tag hin, aber der Dienstag war ein besonderer Tag, weil wir da unsere Rente bekommen. Am Dienstag haben wir ihnen immer einen hübschen Batzen Hackfleisch gekauft, stimmt's, Amy? Mein Gott, hat denen das Hackfleisch geschmeckt! Und es hat ihnen auch gutgetan, das konnte man richtig sehen – manche sind ganz nett rund geworden und haben ein glänzendes Fell bekommen und wieder wie richtige kleine Kätzchen ausgesehen – wir werden immer zornig, wenn wir daran denken, was Menschen diesen hilflosen Tieren antun, wirklich zornig! Sie können mir doch nicht erzählen, daß sie freiwillig von einem guten Zuhause weglaufen und da draußen in der Wildnis leben würden. Das machen nur diese riesigen Wohnblocks. Da können die Leute keine Tiere halten, auch wenn's erlaubt wäre, und deshalb setzen sie die lieben Kleinen einfach, ohne nachzudenken, aus. Draußen auf der Straße können sie dann sehen, wie sie allein zurechtkommen. Das ist gemein und bösartig! Und dann kommen die Jungens mit ihren rauhen Spielen auf den Platz; sie werfen Steine und Dosen und weiß Gott was noch alles und erschrecken die armen Kätzchen zu Tode. Denen habe ich ganz nett was erzählt, als ich sie erwischt habe, das kann ich Ihnen sagen – diesen Rowdys!
Natürlich sind daran nur die Eltern schuld. Keine Disziplin heutzutage, das ist das Problem. Sie haben Angst vor ihren eigenen Kindern. Zu jedem schlechten Jungen gehören schlechte Eltern, stimmt's nicht, Amy? Wir haben damals noch Respekt vor anderen Leuten gelernt, und daß wir aufpassen müssen auf die Kleinen. Mein Papa hätte mir ganz schön den Hintern versohlt, wenn ich nicht aufgepaßt hätte auf die Kleinen.

Danke, danke, wie liebenswürdig von Ihnen. Noch mal das gleiche, bitte. Das ist aber freundlich, Amy, findest du nicht auch? Erst heute abend wieder habe ich zu Amy gesagt: Heute abend wäre eine kleine Freude recht, hab ich das nicht gesagt, Amy? Wissen Sie, wir waren beide heute abend ein bißchen niedergeschlagen. Na ja, wissen Sie, wir haben heute abend unsere kleinen Kätzchen nicht füttern können – und gestern auch nicht, weil überall Polizei auf dem Baugelände ist. Ich weiß ja nicht, was unsere Kätzchen davon halten werden. Ich denke auch lieber gar nicht daran. Wissen Sie, sie verlassen sich jetzt auf uns – seit fast zwei Jahren gehen wir jeden Tag hin, sommers wie winters, egal, ob's stürmt oder schneit – und im Winter war's oft ganz schön scheußlich, das kann ich Ihnen sagen, und gefährlich, wenn man nicht aufpaßt in der Dunkelheit und bei dem feuchten Boden. Aber wir sind immer hingegangen, stimmt's nicht, Amy? Wir haben uns jedesmal gesagt: Die armen Kleinen müssen viel mehr ertragen als wir, und wir haben ein warmes Zuhause, und sie haben das nicht. Sie können sich gar nicht vorstellen, wie dankbar sie waren! Sind uns auf ihren kleinen Pfoten in dem Schlamm entgegengekommen, haben zum Herzerweichen miaut, sind aus den kleinen Löchern und Unterschlüpfen gekrochen, die sie sich gesucht haben... Aber jetzt wissen wir nicht, was sie machen werden, wo doch alles abgesperrt ist und überall diese Polizeibeamten herumstehen. Ich habe zu dem Wachtmeister am Tor gesagt – Sie wissen schon, dort, wo die Traktoren ein und aus fahren und wo der ganze Zaun niedergedrückt ist –, ich habe gesagt: Was soll denn aus unseren Kätzchen werden, habe ich gesagt, sie verlassen sich doch auf uns. Aber er hat mich nur mißmutig angeschaut und geantwortet: Wenn Sie überall am Tatort ihre Fußspuren verewigen wollen, Ma, hat er gesagt, dann gehen Sie ruhig rein. Natürlich habe ich dem frechen jungen Kerl keine Antwort gegeben. Mein Papa hätte ihm das schnell abgewöhnt.

Tja, das ist alles nicht sehr schön. Sogar schockierend, könnte man sagen. Die Männer, die ihn gefunden haben, tun mir leid, das kann kein sehr schöner Anblick gewesen sein. Natürlich wissen wir auch nicht viel mehr als das, was in den Zeitungen steht. Er scheint niemand Besonderes gewesen zu sein. Ich meine, sie wissen seinen Namen und so, aber mehr auch nicht. Übler Kerl. Würde mich nicht wundern, wenn das einer von diesen Gangstern gewesen wäre. Sie wissen schon, die Kerle, die sich vor Kneipen gegenseitig niederschießen und so, einfach schockierend. Ich hab zu Amy gesagt, ich wette, das ist einer von den Gangstern, stimmt's nicht, Amy? Die haben ihre schmutzigen Finger überall drin, habe ich gesagt, und einer ist schlimmer als der andere. Ich meine, man muß sich den nur mal anschauen, dann sieht man schon, daß er nichts taugt – Sie haben ja wahrscheinlich sein Foto in der Zeitung gesehen.
Natürlich war er schon eine Zeitlang dort. Es ist ja wunderbar, wie die Polizei heute Sachen herausfinden kann, wo man doch meinen könnte, daß sie so gut wie keine Hinweise hat. Ich meine, das ist zwar nicht schön, aber es ist wunderbar, wenn man so drüber nachdenkt. Ich meine, sie wissen, wer er war und woher er kam und wie lange er schon dort war, und wahrscheinlich werden sie auch rausfinden, ob er ertrunken ist oder nicht, sobald die Polizeiärzte ihn sich angeschaut haben. Ich wünsche ihnen viel Spaß dabei, mehr kann ich dazu nicht sagen. Ist schon eine scheußliche Arbeit für einen anständigen Mann, denke ich mir immer, so in Leichen herumzuwühlen. Wird mir ganz schlecht bei dem Gedanken.
Ich sollte eigentlich nichts mehr trinken. Wirklich nicht. Na ja, wenn Sie unbedingt meinen. Aber nur einen Kleinen. Ach, Amy, sei jung und tapfer. Das hat mir mal so ein junger Frechdachs auf der Straße gesagt. Sei jung und tapfer, hat er gesagt – da hab ich lachen müssen. Nun gut, wenn sie nicht will,

dann will sie nicht, es hat keinen Zweck, sie zu drängen. Sie kann störrisch wie ein Esel sein; wenn sie sich mal was in den Kopf gesetzt hat, kann man sie nicht mehr davon abbringen. Ich bin da ganz anders. Ich bin impulsiv. Wie Sie sich hierhergesetzt und ein Gespräch mit mir angefangen haben, da habe ich Sie sofort ins Herz geschlossen. Ja, wirklich, ich habe Sie wirklich gleich leiden können, sonst hätte ich doch gar nicht von unseren Kätzchen angefangen.

Natürlich war er nicht der erste. Nein, nein, da liegt noch irgendwo ein anderer. Sie werden ihn wohl auch entdecken, jetzt, wo sie mit ihren großen Bulldozern alles umgraben – häßliche große Dinger sind das, finden Sie nicht auch, nicht wie die Kräne. Ich mag die Kräne, die sehen so freundlich aus. Man schaut aus dem Fenster und zum Himmel hinauf, und da oben sind sie, gelb und orange wie eine große Giraffe oder so was, schwenken da oben hin und her, und dann die gelbe und rote Erde unten und die grauen Hütten und die Männer mit ihren roten Helmen und den gelben Flicken auf ihren Mänteln und die zerfallenen Häuser, die sie abreißen... Ich sage Ihnen, das ist wirklich manchmal ein komischer Anblick, besonders an einem schönen Morgen. Und auch in der Nacht, wenn das Licht oben an den Kränen aufleuchtet am Himmel, wie Engelsflügel, sage ich mir dann immer – wie Engelsflügel. Ja, das sage ich, Amy, denn ich habe Phantasie. Engelsflügel, die über unseren Kätzchen schweben, sage ich.

Einen haben sie gefunden. Das ist nie in die Zeitungen gekommen, weil das nicht so wichtig war. Ich meine, das war nur so ein ekliger alter Säufer, den sowieso niemand gekannt hat – die haben im Sommer da draußen geschlafen, wie das noch alles brachgelegen ist, da haben sie Feuer gemacht und so lange gesoffen, bis sie eingeschlafen sind. Das war nicht besonders schön, das kann ich Ihnen sagen. Amy und ich, wir haben ein paarmal ganz schöne Angst gekriegt, und die

Kätzchen sind auch weggelaufen wie der geölte Blitz. Wer soll ihnen das auch verdenken! Sie würden nicht glauben, was der da draußen gemacht hat – ich meine, wir wissen ja alle, daß diese Leute keinen Pfennig besitzen, aber es gibt alle möglichen Stellen, wo sie ein Essen und ein Dach über dem Kopf kriegen können – Obdachlosenheime und die Heilsarmee und so. Ich meine, es gibt einfach keine Entschuldigung...

Hör auf, mich zu stoßen, Amy. Was hast du denn? Schau mich nicht so komisch an, wir sind doch alle Freunde hier. Wenn du mich fragst: Der Gin-Tonic ist dir nicht bekommen. Wenn ich du wäre, würde ich schnell auf die Toilette, du bist ja schon ganz blaß um die Nase. Beeil dich, meine Liebe, bevor's zu spät ist... Gut, es ist da drüben rechts...

Sie verträgt einfach keinen Alkohol. Sie hat schon immer einen empfindlichen Magen gehabt. Aber danach geht's ihr meistens besser. Jede Kleinigkeit bringt sie aus dem Gleichgewicht – damals, als wir am nächsten Tag noch mal dorthin sind und er war immer noch da, ist es ihr genauso gegangen. Tja, wir haben nicht gewußt, was wir machen sollen. Sie war weiß wie die Wand und hat gezittert wie Espenlaub, aber richtig erschüttert hat sie das trotzdem nicht. Sie kann ganz schön kaltblütig sein, auch wenn sie so einen empfindlichen Magen hat. Tja, hab ich gesagt, wir können ihn nicht einfach so liegen lassen. Denk an die Kätzchen, hab ich gesagt, das ist doch nicht schön. Wissen Sie, er hatte sich den Kopf angeschlagen, als er in den Keller gefallen ist, und – na ja, Sie können sich das ja vorstellen. Aber Amy hat gesagt, genau, hat sie gesagt, genau das machen wir, und irgendwie wird sich das schon regeln. Ein paar junge Burschen haben ihn dann schließlich auf einem ihrer Streifzüge gefunden – die müssen einen ganz schönen Schreck gekriegt haben.

Natürlich sind wir nicht mehr dorthin zurück, jedenfalls nicht

genau dorthin. Wir sind woandershin, und die Kätzchen sind uns schon bald nach, die lieben Kleinen.
Mein Gott, waren das viele diesen Sommer! Richtige Schönheiten waren dabei, geschmeidig und gutgenährt, weil Amy und ich sie immer fütterten. Ich habe immer gesagt, ich würde gern ein paar mit nach Hause nehmen, aber natürlich konnten wir das nicht tun, sie waren einfach zu wild, sogar die zahmen, und außerdem kann man in einer Zweizimmerwohnung keine Katzen halten, das wäre doch grausam. Aber auf ein paar von ihnen waren wir richtig stolz, die waren wie kleine Tiger, die hätten bei einer Katzenschau glatt einen Preis gewonnen. Wir konnten es fast nicht glauben, als ein paar von ihnen fehlten. Wir haben gerufen und gerufen, und sie sind nicht gekommen, und wir konnten uns gar nicht vorstellen, was aus ihnen geworden war, und dann... Ich ertrage den Gedanken immer noch nicht – und das ist schon über neun Monate her! Da war dieser unverschämte Kerl, dieser gräßliche Mensch. Er saß in der Hocke da, hatte eine Tüte mit gebratenem Fisch in der einen Hand und ein großes Netz in der anderen – so ein Netz, wie wir sie als Kinder zum Shrimpsfangen gehabt haben. Mein Papa und ich, wir haben immer wunderbare Shrimps miteinander gegessen, als ich noch ein Kind war, unten bei meiner Oma in Bexhill. Aber hinterher riechen die Hände immer so unangenehm.
Tja, danach waren wir immer schrecklich vorsichtig. Ich meine, es ist doch unvorstellbar, was der mit unseren lieben kleinen Kätzchen gemacht hatte! Uns war den ganzen Winter über übel, wenn wir ein junges Mädchen in einem billigen Pelz sahen – billig sagen sie dazu, das muß man sich mal vorstellen. Unsere lieben kleinen Kätzchen, die wir so schön gepflegt und gefüttert hatten. Wir sind dann immer erst nach Einbruch der Dunkelheit hin, und haben immer erst geschaut, ob Fremde unterwegs waren oder verdächtige Subjekte. Aber jetzt war alles wieder friedlich,

und wir dachten schon, es ist alles vorbei, und Amy hat gesagt, das beweist doch nur, daß man sich behaupten und sich für die kleinen, unschuldigen Wesen einsetzen muß. Sie schienen es zu wissen. Sie wurden alle ganz verschmust und zahm, sogar die wilden, auf ihre eigene, komische Art – sie saßen immer da und starrten einen an, und manchmal durften wir ihre kleinen Köpfe auch ganz kurz streicheln –, aber natürlich mußte man vorsichtig sein, sonst kratzten sie einen.

Und dann haben wir doch eines Abends genau das gleiche wieder gesehen! Obwohl wir gewarnt waren. Es steht in letzter Zeit so viel über Katzenfänger in den Zeitungen, deshalb hatten wir schon die Augen offengehalten. Aber Sie wissen ja, wie das ist, man glaubt nicht, daß so etwas bei einem selbst in der Gegend passiert. Ich meine, das ist einfach unmenschlich, so hinterhältig kann doch niemand sein. Als Amy und ich also sahen, wie wieder so ein Ungeheuer mit einem Netz eines von unseren Lieblingskätzchen fängt – Queenie, sie hatte in dem Jahr schon dreimal Junge gehabt, die liebe Kleine, immer die gleiche Kombination, zwei schwarze und zwei ingwerfarbene Kätzchen –, tja, da bin ich richtig wild geworden. Du Monster, habe ich gebrüllt, und er ist hochgesprungen wie von der Tarantel gestochen, weil er uns nicht gehört hatte. Du Ungeheuer, hab ich gesagt, was machst du mit unseren Kätzchen? Mein Gott, war das ein zweilichtiges Subjekt. Er ist aufgestanden und hat uns unverschämt angeschaut und gesagt: Ich glaube nicht, daß ich irgendwas Besonderes mit euren Kätzchen mache, meine Lieben. Und Amy hat gesagt: Halten Sie den Mund, junger Mann, und verschwinden Sie hier. Und er hat gesagt – er hat sich ziemlich vulgär ausgedrückt –: Ich mach v... noch mal, was ich will mit diesen v... Katzen. Tja, da habe ich wieder rot gesehen, genau wie die anderen Male. Ich habe ihm einen Schlag mit meinem Arm versetzt und ihm dann meine Handtasche übergezogen – Sie sehen ja, die ist ganz schön groß, und damals war sie voll mit Katzenfutterdosen –, und ich hab ihn richtig schön am Ohr erwischt, und da ist er ins Stolpern geraten. Wie er so rückwärts gestolpert ist, hat Amy ihn von hinten mit dem Einkaufswagen gerammt – da waren die Milch für die Kätzchen und das Heilbuttöl drin, denn Heilbuttöl lieben die Kätzchen –, und er ist, verzeihen Sie meine vulgäre Ausdrucksweise, direkt auf den Arsch gefallen. Wahrscheinlich war er ganz schön überrascht, denn Amy hat ihm dann auch noch wie ein Wirbelwind die Plastiktüte, wo wir immer den Fisch drin tragen – bloß an dem Tag hatten wir keinen Fisch, sondern Dosenfutter, deswegen war die Tüte auch leer –, über den Kopf gestülpt und über die Schultern und hat zugedrückt, als er noch herumgezappelt ist, und dann haben wir ihn – platsch! – in die Pfütze gestoßen. Obwohl, das ist eher so etwas wie ein Teich, denn dieser Herbst war schrecklich feucht, und manche von den Pfützen sind ziemlich tief geworden, ganz schön gefährlich für kleine Jungens zum Spielen. Natürlich können sie das jetzt sowieso nicht mehr, wo sie mit dem Bauen angefangen haben.

Ach, da ist ja unsere Amy wieder. Jetzt schaust du wieder besser aus, meine Liebe, das muß ich schon sagen. Geht's dir wieder gut? Wunderbar. Ich habe gerade gesagt, die kleinen Jungens können jetzt nicht mehr auf dem Baugelände spielen, jetzt, wo sie mit dem Bauen angefangen haben.

Aber was soll aus unseren Kätzchen werden? Wir haben nicht damit gerechnet, daß sie so bald schon, noch vor dem Frühling, mit dem Bauen anfangen. Wenn sie damit bis zum Frühjahr gewartet hätten, wäre es in Ordnung gewesen, wissen Sie, da wäre das Wetter wieder besser gewesen. Aber so – tja, ich weiß einfach nicht. Wir sind heute abend dort gewesen und haben ein paar Kleinigkeiten am Zaun abgelegt, aber die armen Kleinen werden nicht wissen, wo sie suchen sollen, weil das nicht der übliche Ort ist und überall Polizisten herumlaufen. Und es werden sicherlich noch mehr kommen, wenn sie den anderen auch noch finden...

Mein Gott, Amy, was machst du denn für ein Gesicht! Ich sage Ihnen, Sie müssen aufpassen, wenn Amy so schaut! Ach komm schon, lächeln kostet nichts, sage ich immer. Wir müssen einfach abwarten, was passiert, stimmt's, Amy?«

Amy sagte nichts.

Mond-Daisy

Wir lebten in Saus und Braus in Brettenham (Gebildete wußten, daß der Name »Bretham« ausgesprochen wurde). Es mußte dort mehr als zwanzig Hausbedienstete geben und weiß Gott wie viele auf dem gesamten Anwesen, die Farm nicht mitgerechnet. Im Herbst, wenn die Jagdgesellschaften und jeder Gast seine eigenen Bediensteten mitbringt, muß es dort zugehen wie an einem mittelalterlichen Fürstenhof; und wenn der Prinz und die Prinzessin von Wales sich huldvoll bereit erklären, für einen Tag von Sandringham herüberzuschauen – mein Gott, welche Pracht!

Ich habe das nicht selbst gesehen, sondern von Miss Tiffen, der Näherin der Familie, erzählt bekommen. Sie war früher die Betreuerin der Kinder, aber jetzt sind sie alle erwachsen und aus dem Haus – die Mädchen sind gut verheiratet, und die Jungen dienen dem britischen Reich an verschiedenen abgelegenen Vorposten –, und jetzt sitzt sie Tag für Tag in einem der Turmzimmer, flickt und ändert und näht, eine kleine, gebeugte alte Frau mit Augen, so aufgeweckt wie die eines Rotkehlchens. Sie weiß alles über die Familie, aber sie erzählt lediglich das, was dieser zur Ehre gereicht. Über die schlechten Dinge schweigt sie – wie ich schließlich herausfand.

Ich verbrachte viel Zeit mit Miss Tiffen. Genau wie ich hatte sie keinen festen Platz im Haushalt, sie, weil sie schon so alt war und der Familie so lange treue Dienste geleistet hatte, weswegen sie jetzt mehr als eine Bedienstete, aber natürlich immer noch weniger als eine Freundin war, und ich, obwohl ich von genauso vornehmer Herkunft bin wie Lord Brettenham selbst (vermutlich fließt in meinen Adern sogar noch vornehmeres Blut, weil er lediglich der dritte Baron ist, wogegen mein Vater unseren Stammbaum mindestens bis zum siebzehnten Jahrhundert zurückverfolgen konnte – wir waren niederer Landadel, der hin und wieder Gelehrte hervorbrachte, dem es aber an der nötigen Korruptheit mangelte, um es in der Welt zu etwas zu bringen), weil ich mich nur als Angestellter in Brettenham aufhielt und die drei Sommermonate damit zubrachte, Lord Brettenhams Bibliothek und seine Familienpapiere zu katalogisieren. Und darüber war ich sogar glücklich, denn meine finanzielle Lage war bis September ausgesprochen angespannt. In diesem Monat sollte ich eine Stelle als Lehrer an einer Schule für die Söhne von Geistlichen in Blackheath antreten.

Das Katalogisieren war langwierig und langweilig; die Familieninteressen schienen sich nach deren schnellem Aufstieg aus der Händlerschicht fast ausschließlich auf Politik und Sport sowie ihre Geschäfts- und Jagdbücher beschränkt zu haben, denn in der Bibliothek fanden sich beinahe nur politische und theologische Abhandlungen. Ich arbeitete jeden Tag allein in der Bibliothek, und mein Lunch wurde mir vom zweiten Dienstmädchen gebracht. Das Frühstück nahm ich allein im alten Schulzimmer ein und den Tee normalerweise zusammen mit Miss Tiffen, nachdem ich sie kennengelernt hatte. Zum Abendessen war ich wiederum allein im Schulzimmer – es sei denn, bei einer Abendeinladung war ein Mann zuwenig anwesend, für den ich dann, nachdem ein Bediensteter mir eine Nachricht überbracht hatte, einsprang. Bei solchen Gelegenheiten fiel mir die Aufgabe zu, mich der ledigen Schwester des Pfarrers zu widmen (die beiden wurden ihrerseits nur eingeladen, um die hinteren Plätze, noch hinter dem Salz, zu füllen) oder der schweigsamen Tochter eines Landedelmannes aus der Gegend, der die Familie besuchen durfte, um seinen Zorn darüber, daß seine Felder von schießwütigen Jagdgesellschaften, bisweilen den königlichen Hoheiten selbst, niedergetrampelt wurden, zu besänftigen.

Zu solchen Gelegenheiten begab ich mich, mit dem für solche Anlässe angemessenen schwarzen Anzug, der meinem Vater

gehört hatte, die zahlreichen Stufen zum großen Saal hinunter, wo überall auf den Kaminen Topfpflanzen standen, und dann weiter zum Salon, dessen Boden unter den teuren Teppichen spiegelglatt war und dessen Kronleuchter selbst noch im verräterischen Licht der Abendsonne glänzten, um so vielleicht die Satin- und Brokatstoffe, die juwelenbesetzten Halsbänder, die Diademe, die Ensembles und Ohrringe besser zur Geltung zu bringen, die an den Ohren der versammelten Damen glitzerten und fast so groß wie die Kronleuchter selbst wirkten.
»Ach, unser Mr. Fisher«, begrüßte mich Seine Lordschaft in freundlichem Ton, wenn er meine Anwesenheit überhaupt bemerkte, »wie geht's voran mit der Arbeit? Wissen Sie, Mr. Fisher ist unser Bücherwurm«, vertraute er dann dem Gast an, der gerade neben uns stand.
»Recht gut, Sir, glaube ich.«
»Großartig, großartig«, und damit war das Gespräch für ihn beendet. Bevor wir zu Tisch gerufen wurden, schwebte Mylady mit raschelndem Taft und glitzerndem Geschmeide zu mir her. Sie klopfte mir mit dem Fächer auf den Arm und erklärte mir, welcher glücklosen Dame ich mich annehmen sollte. Das arme Geschöpf wußte nur selten, wer ich war, und ich kannte oft nicht einmal ihren Namen. Während der schier endlosen Mahlzeit versuchten wir, so etwas wie eine Konversation in Gang zu halten.
Wenn die Damen uns verließen und der Portwein gereicht wurde, litt ich Höllenqualen. Ich tat mein Bestes, aber meine Gesprächspartner gaben schon bald auf. Politik, Rennen und pikante Geschichten interessierten mich nicht, Zigarrenrauch verursachte mir Übelkeit, und ich mache mir auch nichts aus Alkohol und Alkoholikern; als sich die Portweinrunde dann endlich auflöste, schloß ich mich nicht zusammen mit den anderen den Damen an, sondern ging durch das Billardzimmer hinaus auf die Terrasse, um dort die reine Luft und die Stille

der Nacht einzuatmen. Niemand würde mich vermissen; meine Aufgabe war es lediglich gewesen, einen leeren Platz zu füllen.
Brettenham ist wunderschön, besonders in einer lauen Sommernacht. Das quadratische Haus steht grau und düster auf einer Anhöhe mit uralten Bäumen. Hinter den Bäumen, jenseits des Parks, liegen die Heide und die Wälder, wo die Familie jagt, aber wenn man über einen sanft abfallenden Park (hinter dem, viele Meilen entfernt, das Meer liegt) blickt, scheint das Herrenhaus die unendliche Ruhe, ein Zusammenspiel von Wiesen, Bäumen und Wasser, zu überragen.
Der See verleiht der Landschaft Anmut und gibt ihr ein Zentrum. An seinem Ufer wachsen Bäume und Schilf, und am Tag schnattern und putzen sich hier zahllose Enten und allerlei Wildgeflügel, erheben sich flügelschlagend gen Himmel, als würden plötzlich Hunderte von Schirmen gleichzeitig geöffnet, und tauchen wieder herab, aufschäumendes Kielwasser hinterlassend, um danach ihre Federn an Flügeln und Brust zu ordnen – diese Federn liegen dann auf dem Gras und den schmalen Uferstreifen des Sees wie Konfetti. Manchmal hatte ich größtes Vergnügen daran, sie aufzusammeln und zu luftigen Sträußchen zu binden, so viele unterschiedliche wie möglich, und sie Miss Tiffen zu bringen.
Aber nachts wirkte der See wie verzaubert. Dunkel in der Dunkelheit, völlig still zwischen dem Schilf – und doch nie ganz still, immer erfüllt von den Geräuschen des Windes, des Wassers, den leisen Bewegungen der Wasserratte und der Feldmaus, der zuckenden, atmenden Vögel, die nur zu schlafen schienen, in der Dunkelheit schnatterten und sich putzten, auf ganz eigene Weise schwiegen in der Verschwiegenheit der Nacht.
Ich trat hinaus auf die seitliche Terrasse, die dem See am nächsten gelegen war, an jenem Abend nach dem Essen, die

Lungen voll beißendem Zigarrenrauch, die Ohren fast taub vom Geschrei und Geschwätz der feinen Herren, das Herz erfüllt von bitterer Einsamkeit und – ja – von Selbstmitleid. Was machte ich bloß hier? Warum ließ ich mich von diesen neureichen Narren ignorieren und gönnerhaft behandeln? Ich war Akademiker. Deshalb war ich hier. Ein Freund und Anwalt meines Vaters hatte mich empfohlen, als sich herausstellte, daß mein Vater nichts hinterlassen hatte. Die gleiche Empfehlung hatte mir auch zu der Stelle als Lehrer verholfen, die ich in zwei Monaten antreten würde, eine Aussicht, vor der mir graute, denn obwohl ich Akademiker bin, möchte ich mir doch als Schriftsteller einen Namen machen. Sollte mein Leben so aussehen? War ich bereits mit zweiundzwanzig Jahren zu stumpfsinniger Plackerei und Unterwürfigkeit verurteilt?
Durch die geöffneten Fenster des Hauses hinter mir drangen Musik und eine Frauenstimme, die etwas sang, dann lustloser, behandschuhter Applaus. Ich ging die Stufen hinunter und über das Gras zum See.
Es war eine ruhige, klare Nacht, und der noch junge Mond stand am Himmel. Versunken in meine trübsinnigen Gedanken, schlenderte ich mit gesenktem Kopf am Ufer entlang; allmählich verklang die Musik hinter mir, die wunderbare Stille umfing mich, beruhigte mich. Und dann sah ich, bleich im Mondlicht, ein Mädchen beim Schilf stehen.
Mein Herz setzte einen Schlag aus, denn sie sah aus wie ein Geist, als sie so reglos am Ufer stand, eingehüllt in fahlen Stoff, den Blick von mir abgewandt zur anderen Seite des Sees. Dann erst merkte ich, daß dieser Eindruck durch eine Latzschürze entstand und durch ihr Haar (das ebenfalls sehr hell war), das zum Teil von einer weißen Rüschenhaube verdeckt wurde. Mein Herz begann wieder normal zu schlagen, und ich sagte in scherzhaftem Tonfall: »Ich habe Sie fast für einen Geist gehalten.«

Sie zuckte zusammen und wandte mir das Gesicht zu. »Ich habe Sie nicht gehört, Sir.«
»Habe ich Sie erschreckt?«
»Nein. So leicht erschrecke ich nicht.« Ihre Stimme war sanft, sie hatte einen leichten Norfolk-Akzent.
»Es ist eine schöne Nacht heute.«
»Ja.« Sie wandte sich wieder dem See zu, ohne mir weitere Beachtung zu schenken. Gekränkt über ihr Verhalten, blieb ich, wo ich war.
»Sind Sie vom Haus?«
»Ja.« Sie wandte mir den Blick wieder zu. Ihr Gesicht war blaß und beherrscht, der Mund entschlossen, der Blick fest. Die breiten gestärkten Bänder ihrer Schürze schienen das Licht zu reflektieren. »Ich bin eines von den Hausmädchen.«
»Ich habe Sie noch nie hier gesehen.«
»Das können Sie auch nicht.«
Es ärgerte mich, daß sie kein »Sir« hinzufügte. »Ich bin auch aus dem Haus«, fügte ich großspurig hinzu.
»Ja, sonst wären Sie nicht hier.« Ein leichtes Lächeln spielte um ihren Mund. Sie war ganz anders als alle anderen Bediensteten, die ich bisher kennengelernt hatte – vielleicht weil wir hier draußen in der Nacht allein waren, weit weg von der starren Hierarchie des Herrenhauses.
Einer plötzlichen Eingebung folgend, fragte ich: »Wie heißen Sie?«
»Daisy.«
»Daisy – Mond-Daisy.«
»Wenn Sie meinen, Sir.« Sie lächelte jetzt verführerisch.
»Kommen Sie oft hier heraus in der Nacht?«
»Manchmal. Wenn ich Zeit habe.«
»Ich auch. Ich werde mich das nächste Mal nach Ihnen umsehen.«

»Das denke ich mir.« Sie begann fortzugehen, und dabei verschmolzen das Schilf und der fahle Schimmer ihrer Kleidung miteinander.
Ich rief: »Ja, da können Sie ganz sicher sein.«
Ihre Stimme klang amüsiert. »Schlafen Sie gut, Sir.« Und dann war sie verschwunden.

Sie mußte gewußt haben, daß ich nicht gut schlafen würde – das hatte ihre Stimme verraten. Aber meine Schlaflosigkeit störte mich nicht. Daisy füllte meine Gedanken aus. Ich sah die ganze Zeit ihr schimmerndes Gesicht und ihre Gestalt vor mir und hörte den kühlen, neckenden Tonfall ihrer Stimme. Ihr Mangel an Unterwürfigkeit ärgerte mich, denn sie konnte aus meiner Sprache und meinem Auftreten schließen, daß ich ein Gentleman war. Außerdem hatte ich einen Abendanzug getragen, und sie hatte selbst gesagt: Warum sonst sollte ich an einem Sommerabend nach einer großen Abendeinladung am See von Brettenham dahinschlendern? In welchem Teil des Hauses arbeitete sie, fragte ich mich, warum hatte ich sie noch nie gesehen? Aber es gab Dutzende von Bediensteten in dem riesigen Haushalt, die ich nie zu Gesicht bekam; sie wurden schließlich dazu ausgebildet, so unsichtbar wie möglich zu sein.
Ich versuchte mein Glück bei Miss Tiffen. »Das hier ist ein so großer Haushalt. Ma'am, so etwas habe ich noch nie gesehen. Wie viele Bedienstete gibt es im Haus wohl? Und wie viele Hausmädchen?«
»Wieso interessiert Sie das, Mr. Fisher?«
»Ach, nur so. Neugierde. Ich glaube, ich habe heute morgen jemanden auf dem oberen Flur nach einer ›Daisy‹ rufen hören, das ist alles.«
Sie sah mich mit einem scharfen Blick an. »Daisy? Nein, hier gibt's keine Daisy, darauf können Sie sich verlassen. Und außerdem sollte auch niemand auf den Fluren von Brettenham House

rufen. Was für eine Frechheit!« Nun, sie war alt und kam kaum noch aus ihrem Zimmer unter dem Dach heraus, vermutlich erinnerte sie sich nicht mehr an alle Namen der Bediensteten. Jeden Abend, wenn schönes Wetter war – und das war in diesem Sommer fast immer der Fall –, schlenderte ich nach dem Abendessen zum See hinunter. Schon bald gewöhnte ich mich an die Dunkelheit, und außerdem war der Mond im Zunehmen begriffen. Ich wanderte am See herum und sah mich nach der fahlen Gestalt der jungen Frau um, aber ich konnte sie einige Nächte lang nicht entdecken. Dann war sie plötzlich da, an derselben schilfbewachsenen Stelle, und schaute hinaus auf den See.

»Daisy?«

Sie drehte sich um. »Ach, Sie sind es, Sir.«

»Ja.«

»Das habe ich mir schon fast gedacht.«

Ich war beunruhigt. »Tatsächlich? Warum?«

»Das verrate ich nicht. Sagen wir, weil Sie das so wollten.«

»Und Sie?«

Sie lachte, und ich spürte, wie nicht nur mein Blut in Wallung geriet, sondern auch mein Herz wie verrückt klopfte.

»Ich bin nur ein Dienstmädchen«, sagte sie. »Was ich will, tut nichts zur Sache.«

»Und was wollen Sie?«

»Ach...« Sie schwieg einen Augenblick. »Ich möchte so sein wie die.« Sie nickte in Richtung Haus, wo alle Fenster hell erleuchtet waren. »Ich will schöne Kleider tragen und Schmuck, und ich möchte jemanden, der meine Sachen für mich wäscht und mein Bett macht. Ich möchte London und die Queen sehen.«

»London ist nichts Besonderes.«

Ihre Stimme klang ein wenig schriller. »Das dürfen Sie nicht sagen. So etwas sagen die nicht. Sie sollten sagen, London ist eine wunderbare Stadt und Sie nehmen mich mit. Sie sollten sagen, wenn ich mit Ihnen nach London fahre, schenken Sie mir schöne Kleider und eine Kutsche und machen eine Lady aus mir.«

»Das kann ich nicht sagen. Das würde nicht stimmen.«

»Doch, Sie müssen, das sagen sie alle. Sie sind so anders.« Sie trat einen Schritt zurück.

»Ja, Daisy. Ich bin anders.«

»Sie sind doch ein Gentleman, aus dem Haus da drüben?«

»Ja, aber...«

»Nehmen Sie mich dann nicht mit nach London?« Sie wich noch immer zurück, und ihre Stimme klang dabei gleichzeitig neckend und schwermütig.

»Ja, ja, wenn es möglich ist. Wenn Sie es wollen... aber warum?«

»Genau. Genau das müssen Sie sagen. So geht das, Sir.«

Und schon war sie verschwunden.

Selbst jetzt weiß ich noch nicht, was damals in mich gefahren war. Ich war geistesabwesend. Ich wußte nicht mehr, ob ich auf dem Kopf stand oder auf den Beinen. Ich schien verrückt geworden zu sein, besessen von einem Mädchen, das ich nicht kannte, auch nur auf unziemliche Weise kennenlernen konnte, eine Bedienstete, die ich nicht einmal berührt hatte, ein Mädchen vom Land, von dem ich nichts wußte, schamlos und gewissenlos, aber auch magisch, magnetisch, alles durchdringend. Ich träumte nur noch von ihr – schwüle, beschämende, erschöpfende Träume, und während des Tages wanderten meine Gedanken immer öfter von der langweiligen Katalogisierung des Familienvermögens zu ihr. Ich weiß jetzt, daß ich tatsächlich besessen war, doch damals glaubte ich, in dieser öden Welt der Herablassung und Gleichgültigkeit endlich jemanden gefunden zu haben, der mit mir auf gleicher Ebene verkehrte – mehr noch:

Ein wunderbares Wesen, das mich behandelte, wie eine Frau einen Mann behandelt, sanft und verführerisch. Und doch war sie mir nicht gleichgestellt; so unverschämt sie auch sein konnte, sprach sie doch mit mir wie mit einem Mann von hohem Stand, wie mit einem feinen Herrn, der im Handumdrehen aus dieser Landdirne ein Stadtpüppchen machen konnte. Ich, der ich weder Einfluß noch Reichtum noch ein eigenes Zuhause besaß! Das machte mich schwindelig, und ich hatte das Gefühl, tatsächlich ihr Herr und Meister zu sein. Ich war berauscht von einem Gefühl der Macht, und ihre merkwürdig bleiche Schönheit erhöhte noch den Reiz ihrer Stimme und ihrer Worte.

Jeden Abend ging ich zum See hinunter, um zu sehen, ob sie dort war. Das Wetter hatte umgeschlagen, der Wind peitschte die Wipfel der Bäume hin und her, und der Mond wurde von Wolken verdeckt. Sie tauchte nicht auf. Ich ging am sumpfigen Seeufer entlang, wo mir das Schilf bis zur Schulter reichte, aber sie war nirgends zu sehen. In zehn Tagen würde meine Arbeit hier zu Ende sein, die Archive und die Bibliothek wären geordnet und in schweren Lederbänden gesammelt, die vermutlich nie jemand eines Blickes würdigen würde. Der Verwalter würde mir meinen Lohn geben; vielleicht würde sich Mylady sogar dazu herablassen, mich zu verabschieden, und vielleicht würden seine Lordschaft seine Zufriedenheit ausdrücken und mir ein Empfehlungsschreiben in Aussicht stellen, falls einer seiner Bekannten meine Dienste benötigte. Und dann würde ich mit meinem Handkoffer in der Kutsche zum Bahnhof gefahren werden und nach London zurückkehren, wo ich in der Augusthitze in einer düsteren Bleibe ausharren müßte, bevor ich mich auf den Weg zu der mir noch unbekannten Schule machte, an der ich wieder einmal Mädchen für alles sein würde.

Nein! Warum sollte ich in einer rücksichtslosen Welt nicht auch rücksichtslos handeln? Warum sollte ich Daisy ihren Wunsch nicht erfüllen, sie mitnehmen und mich, wenn auch vielleicht nur für kurze Zeit, mit ihr trösten? Wenn sie so leichtsinnig war, sich einem Mann anzuvertrauen, den sie kaum kannte, würde ich dieses Vertrauen auch ausnutzen. Sie wollte nach London, und nach London würde sie auch kommen!

Die Winde hatten sich verausgabt, und nun folgten wieder ruhige, warme Nächte. Wenn ich draußen Nachtwache hielt, hörte ich nur die leisen Geräusche des Sees und seiner Bewohner. Der Vollmond stand goldfarben und groß am Himmel.

Sie war da. Sie trug keine Haube, das helle Haar war in der Mitte gescheitelt und hinten durch einen altmodischen Knoten zusammengehalten, an den Ohren hingen ein paar einzelne Locken herunter, sie wirkte unendlich verführerisch.

Sie wandte sich um, als ich sie beim Namen rief. »Ach, Sie sind es. Ich habe gewußt, daß Sie kommen würden.«

»Ich habe jede Nacht nach Ihnen gesucht.«

»Ja. Heute ist Vollmond. Eine Nacht für Liebende.«

»Daisy.« Ich trat auf dem schmalen Pfad einen Schritt auf sie zu. »Ich fahre nächste Woche. Zurück nach London.«

Ihre Augen leuchteten. »Nehmen Sie mich mit?«

»Ja.«

»Ah!« Sie atmete tief durch und lächelte, nicht für mich, sondern für den Mond. »Sie sind verrückt nach mir, was? Sie werden mir ein anderes Leben ermöglichen, oder? Das sagen doch alle feinen Herren. Aber Sie bekommen nichts, bis wir nicht in London sind. Kein Herumtoben im Gras, und ich darf dann zusehen, wie Sie mit Ihrem Zweispänner verschwinden. Zuerst will ich nach London, mein feiner Herr! Das ist mein Preis.«

Ihre Worte schockierten mich, und trotzdem spürte ich in dem herausfordernden, unverfrorenen Tonfall auch verzweifelte Angst. Trotz ihrer Härte, trotz ihrer provozierenden Bewegungen, mit denen sie sich von mir entfernte, lagen auch Schrecken und Unschuld in ihrem Wesen. Sie hatte das Gesicht eines

Kindes – eines wissenden, wagemutigen Kindes, ängstlich, unsicher und doch entschlossen.

Ich folgte ihr einen oder zwei Schritte nach, und der Boden unter mir quietschte vor Feuchtigkeit. »Daisy«, sagte ich, »es ist alles ganz anders.«

»London – das ist mein Preis«, sagte sie. »Sie werden mich nicht anrühren oder anschauen, bevor Sie diesen Preis nicht bezahlt haben. Ich lasse mich nicht noch einmal von einem feinen Herrn hereinlegen.«

Sie war weiter ins Schilf zurückgewichen, und ich folgte ihr nach. »Es ist alles ganz anders«, wiederholte ich. »Ich bin nicht so, wie Sie denken. Ich bin kein feiner Herr, ich bin auch kein Gast des Hauses.«

»Sie sind ein Gentleman«, wiederholte sie.

»Ja. Aber anders, als Sie denken. Ich bin nicht reich. Ich habe nur das Geld, das ich verdiene, und das ist herzlich wenig, und ich bin nur so eine Art Lakai oben im Haus. Ich arbeite in der Bibliothek. Ich gehöre nicht zur Familie, ich bin ein Niemand.«

»Das stimmt nicht.« Ihre Stimme klang jetzt unsicher. »Sie sind doch oben im Haus und tragen feine Kleider und essen zusammen mit den hohen Herrschaften. Sie sprechen so wie sie, und Sie sind scharf auf ein Dienstmädchen, wie alle von denen.«

»Nein, Daisy! Sie täuschen sich, Sie täuschen sich wirklich. Ich bin ein Niemand, ich gehöre nicht zu den hohen Herrschaften. Ich nehme Sie mit nach London, und wenn Sie bei mir bleiben wollen, werde ich Sie mit all der Hochachtung behandeln, derer ich fähig bin. Aber ich habe keine Kutsche und keine feinen Kleider zu bieten – nur ein aufrichtiges Herz und Ehrlichkeit.«

Ich ging weiter auf sie zu, denn ich wollte ihre Hand nehmen und ihr durch meinen Gesichtsausdruck zeigen, daß ich es ehrlich meinte; daß wir zusammen nach London fahren, daß ich mein Wort halten würde, als Freunde, vielleicht sogar als Liebespaar, aber ohne Lüge.

Doch sie wich mit verwirrtem Gesichtsausdruck zurück. »Nein!« rief sie, »das kann nicht sein. Sie sind ein Gentleman und reich, und Sie wollen mich jetzt, wie eine Dirne in der Scheune. Das sind doch alles Lügen, von wegen Sie fahren mit mir nach London. Sie wollen mich jetzt, um mich dann einfach sitzenzulassen, ohne mir etwas dafür zu geben! So ist das, so ist das immer!«

»Nein, Daisy! Ich werde Sie nicht anfassen. Ich bin anders, als Sie denken. Ich bin arm, Daisy, wie Sie...« Ich arbeitete mich weiter zur ihr vor, obwohl das Schilf immer dichter wurde und ich spürte, wie mir der Schlamm allmählich in die dünnen Schuhe drang. Die kleinen Tiere, die wir durch unsere Anwesenheit aufgeschreckt hatten, huschten raschelnd nach allen Seiten.

Als ich noch näher kam, hob sie die Arme, wie, um mich abzuwehren, und ihr Gesicht war weißer denn je im Schein des Mondes.

»Nein, nein«, rief sie aus. »Gehen Sie zurück! Es ist alles falsch, alles verdreht und falsch! Sie sind nicht der Richtige – sie sind wie mein Jed, wie mein Liebster...« Dann hob sie den Kopf gen Himmel und rief mit so verlorener und gequälter Stimme, daß mir ganz kalt ums Herz wurde: »Sie haben meinen Liebsten gehängt! Sie haben meinen Jed gehängt! Gehen Sie zurück, Sie sind nicht der Richtige – gehen Sie zurück, gehen Sie zurück...«

Ich spürte, wie mir das Wasser über die Knöchel, Waden und Knie schwappte. Ich stolperte auf sie zu, aber sie wich immer weiter zurück, rückwärts durchs Schilf, das mir Gesicht und Hände zerschnitt, das Gesicht angstverzerrt und voller Mitleid, und bedeutete mir, ich solle zurück, zurück, während sie floh, verschwand, über dem Wasser zu hängen schien wie schimmernder Dunst. Und ich stolperte und fiel mit dem Gesicht voran durch das Schilf in den Morast, spürte, wie das Wasser über mir zusammenschlug, schmeckte den Schlamm im Mund, hörte ihre

Stimme nachhallen: »Gehen Sie zurück, gehen Sie zurück – Sie sind nicht der Richtige...«

Ein Waldarbeiter fand mich, als er kurz nach Sonnenaufgang zur Arbeit ging. Ich lag im Schlamm des Seeufers, doch mein Gesicht und mein Kopf waren wunderbarerweise nicht vom Wasser bedeckt. Ich war bewußtlos, und sie holten eine Bahre und trugen mich zurück zum Haus, wo mein Zustand offenbar für erhebliche Beunruhigung sorgte. Ich nahm verschwommen wahr, daß sich zahlreiche Menschen um mein Krankenlager versammelten, hörte Stimmen, sogar die von Mylady, und daß jemand mit großem Nachdruck sagte: »Das ist jetzt schon der Dritte!« Ich verlor immer wieder das Bewußtsein und döste vor mich hin, bis ich am Abend schließlich wieder zu mir kam. Die Vorhänge waren zugezogen, eine verhängte Lampe stand auf der Frisierkommode, und die alte Miss Tiffen saß, die knotigen Hände im Schoß, die Augen geschlossen, neben meinem Bett. Als ich mich ein wenig bewegte, schlug sie sofort die hellen Augen auf und betrachtete mich. »Ach«, sagte sie, »Sie sind also wieder zu uns zurückgekehrt. Wie fühlen Sie sich?«

»Mir ist sehr heiß.«

»Das ist kein Wunder. Sie haben drei Decken und eine Tagesdecke und obendrein noch einen heißen Backstein unten an ihren Füßen. Den nehme ich jetzt weg, aber es ist schon richtig, daß Sie schwitzen, schließlich wären Sie fast erfroren da draußen am See.« Sie erhob sich und holte den in Flanellstoff eingewikkelten heißen Stein unter der Decke hervor. Sie legte ihn auf den Boden, setzte sich wieder und erzählte mir, wie man mich entdeckt hatte, das Schilf rund um mich herum niedergetreten, als hätte ich mich abgemüht, wieder aus dem Sumpf herauszukommen. Als sie fertig war, faltete sie die Hände in ihrem Schoß und musterte mich mit eindringlichem Blick.

»Und jetzt«, sagte sie, »würde ich gerne wissen, wie Sie dorthin gekommen sind.«

Ich erzählte es ihr. Obwohl meine Geschichte in vielerlei Hinsicht beschämend war, verheimlichte ich ihr nichts. Geschwächt durch die lange kalte Nacht und die Heftigkeit meiner Gefühle, gab ich die kurze, aber überwältigende Geschichte meiner Begegnungen mit Daisy preis und versuchte, Miss Tiffen die merkwürdige Anziehung zu erklären, die dieses mondhelle Geschöpf auf mich ausgeübt und dadurch mein unglaubliches Verhalten ausgelöst hatte.

Miss Tiffen lauschte schweigend und nickte nur hin und wieder mit dem Kopf. Als ich fertig war, nickte sie erneut. »Ja«, sagte sie, »es ist genauso, wie ich es mir gedacht habe.«

Nach einer Weile sagte ich: »Ich möchte nicht, daß Daisy zur Rechenschaft gezogen wird. Sie konnte nichts dafür.«

»Nein«, sagte sie. »Die Welt ist schuld. Lust und Ehrgeiz und die Macht der Einflußreichen sind daran schuld.« Sie nickte zweimal. »Man sollte ihr keine Vorwürfe machen, weil sie ein besseres Leben haben wollte.«

»Man wird sie doch nicht entlassen?«

Sie sah mich mit einem merkwürdigen Blick an. »Junger Mann«, sagte sie dann, »ich sage Ihnen jetzt etwas, was Ihnen sonst niemand im Haus sagen wird, weil alle fürchten, daß es zu einem Skandal kommt. Daisy Hunter wurde vor ungefähr sechzig Jahren unten am See ermordet.« Als ich vor Erstaunen nach Luft schnappte, legte sie beruhigend die Hand auf meine. »Bleiben Sie ganz ruhig. Ich war damals das zweite Kindermädchen, vierzehn Jahre alt, und hatte gerade erst hier angefangen. Wir waren sozusagen befreundet. Damals war noch der Vater seiner Lordschaft der Lord hier. Daisy hatte einen Liebsten, Jed Barber, den Wildhüter. Sie liebte ihn, da bin ich mir sicher, aber sie wollte unbedingt ein besseres Leben zusammen mit ihm haben. Sie war heißblütig wie viele Mädchen vom Land und handelte oft unüberlegt. Einer der Freunde des alten Lord sah sie eines Tages, irgendein ausländischer Fürst, sie gefiel ihm, und sie flirtete mit ihm. In einer Vollmondnacht fand man sie ertrunken unten am See, sie hatte Fingerspuren am Hals. Jed war derjenige, der sie fand, und Jed hängte man auch dafür.« Sie schwieg einen Augenblick und dachte über die Vergangenheit nach. Dann tätschelte sie meine Hand. »Viel später fand man zwei Gentlemen, Freunde seiner Lordschaft, unten am See. Sie waren bei Vollmond ertrunken, niemand wußte, wie oder warum. Natürlich vertuschte man das, denn man fand einfach keinen Sündenbock wie damals bei dem Mord an Daisy. Niemand wurde gehängt. Bei reichen Leuten geht so etwas. Ja, so war das.«

»Und die anderen?«

»Ich glaube«, sagte sie, und dabei klang ihre Stimme fast sanft, »ich glaube, die arme Daisy wollte sich rächen. Sie hatte Jed geliebt, auch wenn sie Flausen im Kopfe hatte – wir steckten oft zusammen, ich wußte, was sie dachte. Sie hat Rache genommen, doch diese Rache hat keiner überlebt. Aber Sie sind am Leben.«

»Warum? Warum ich?«

Sie holte ein Taschentuch aus ihrer Rocktasche und putzte sich die Nase. Ihre Augen waren tränennaß.

»Sie hat gemerkt, daß Sie kein Bösewicht sind, sondern nur ein dummer Junge. Kein Herr der Schöpfung wie die anderen, der sich nimmt, was er möchte, und die anderen schweigen, sondern ein einfaches dummes Ding wie sie selbst – oder Jed. Sie haben sie gerührt, obwohl sie tot ist.« Wieder putzte sie sich die Nase und stopfte dann das Taschentuch in ihren Rock zurück. »Mitleid ist stärker als Rache. Ich glaube, Daisy ist jetzt erlöst.«

»Amen«, sagte ich.

Sie bedeckte meine Hände mit den ihren. »Amen. Ihre Seelen ruhen in Frieden.«

Und die meine, hätte ich am liebsten gesagt, denn ihre Anmut geht mir bis heute nicht aus dem Kopf.

Vorsicht ist besser als Nachsicht

Dies war bereits das sechste Jahr, daß Mrs. Lambert und der Major zusammen in Urlaub fuhren. Sie hatten sich während einer Busreise durch Schottland kennengelernt; der Major, der immer darauf bedacht war, vor allen anderen in den Bus zu steigen, hatte ihr galant seinen eigenen Fensterplatz überlassen, als die Einzelreisenden den Gang entlangstolperten, um zwischen den Paaren auch noch irgendwo ein Plätzchen zu ergattern. Danach hatte er immer einen Fensterplatz für sie freigehalten und ihren Regenmantel zusammen mit seinem eigenen oben auf der Ablage verstaut. So wurden auch sie zu einem Paar und genossen die Vorteile, die alle Paare hatten. Und obwohl Mrs. Lambert im Verlauf ihres Lebens ziemlich selbständig geworden war, waren diese Vorteile nicht zu verachten.

Sie stellten fest, daß sie beide im südlichen Teil von London wohnten, Mrs. Lambert in Wimbledon, der Major in seiner, wie er sagte, Junggesellenbude in Putney. Sechs Wochen nach ihrer Rückkehr aus Schottland lud der Major sie zu der alljährlich stattfindenden Abendveranstaltung mit Tanz ein, die sein Regiment in den Connaught Rooms veranstaltete. Mrs. Lambert sagte zu und lud sechs Wochen später ihrerseits den Major ein, sie in ihren örtlichen Bridgeclub zu begleiten. Er war kein sonderlich guter Spieler, deshalb bat sie ihn nicht mehr mitzukommen, aber es hatte sich so etwas wie eine Struktur herausgebildet, und von nun an lud er sie etwa alle sechs Wochen ins Theater ein und sie ihn zum Abendessen zu sich nach Hause, wobei immer noch ein weiteres Paar anwesend war.

Es erschien nur natürlich, daß sie ihre Ferienregelung auch im nächsten Jahr wiederholen würden. Diesmal entschieden sie sich für eine Busreise zu den Schlössern der Loire, die sich als höchst interessant erwies. Im nächsten Jahr ging die Reise nach Holland, wo sie sich die riesigen Tulpenfelder, die Werke von Frans Hals und das Rijksmuseum ansahen. Danach folgte eine Fahrt an den Rhein, die sich als ziemlich enttäuschend herausstellte. (»Die Lorelei muß schon vor Jahren erstickt sein«, bemerkte Mrs. Lambert.); das nächste Jahr stand eine Reise unter dem Motto »Schätze Italiens« auf dem Programm, die sie mit einem Flug nach Nizza begannen und mit einem Bus nach Mailand, Florenz und Siena fortsetzten. Die Fahrt war sehr anstrengend, aber zu zweit doch viel angenehmer und lohnender.

Dieses Jahr ging es nach Griechenland.

Sie buchten immer getrennt. So kam es nicht zu Peinlichkeiten, gleichgültig ob in finanzieller oder in anderer Hinsicht. Außerdem neigte der Major zur Schludrigkeit, glaubte den Angestellten im Reisebüro zu schnell und überprüfte Termine und Reiserouten nicht. Als Soldat erwartete er, daß andere seine Befehle ausführten, und erkundigte sich deshalb kaum jemals nach der Durchführung. »Das ist die Sache dieser Leute«, sagte er. »Die kennen sich damit aus.« Aber Mrs. Lambert fragte immer nach und rettete den Major manchmal wenn schon nicht vor Katastrophen, so doch wenigstens vor einem bösen Erwachen. »Der Kerl hat keinen Platz für mich reserviert«, sagte er dann. »Versteht sein Handwerk nicht, aber jetzt ist alles in Ordnung.« Die Unterkunft von Mrs. Lambert war immer ein wenig teurer als die des Majors, hatte ein Bad und eine bessere Aussicht. »Ich kann mich überall aufs Ohr hauen«, sagte er, »solange das Essen in Ordnung ist.« Er hatte eine kindliche Freude am Essen und Trinken, obwohl er letztlich einen empfindlicheren Magen hatte als Mrs. Lambert, die offenbar alles verdauen konnte. Doch beide machten sich nichts aus Alkohol, was ihnen die peinliche Auseinandersetzung darüber ersparte, wer die Getränke bezahlen sollte. Die Trinkgelder überließ sie dem Major – das und die Sache mit dem Gepäck, das waren die angenehmen

Seiten des Verreisens mit einem Mann. Doch bei den wenigen Malen, wenn sie ein Taxi brauchten oder einen Ausflug machten, der nicht auf dem Programm stand, zahlte sie. »Sie würden das doch allein nie unternehmen«, sagte sie dann. »Sie müssen gestatten, daß ich mir diesen kleinen Luxus gönne.« Er gab nach, überreichte jedoch immer dem Fahrer mit großer Geste das Trinkgeld. Mrs. Lambert vermutete, daß er lediglich seine Pension hatte.

Sie hingegen nannte vier Häuser in Raynes Park, sechs in Wandsworth und dazu noch eines ihr eigen, in dem sie selbst wohnte, eine Fachwerkvilla aus den zwanziger Jahren, die sich in den dreißiger Jahren, als sie und John Lambert heirateten, noch fast auf dem Land befunden hatte. Sie war dort geblieben, nachdem er gestorben war, denn sie mochte das Haus, auch wenn sie natürlich ohne Kinder keine vier Zimmer brauchte. Ein Verwalter kümmerte sich für sie um ihr Vermögen, aber sie hatte selbst ein Auge auf alles, beschloß, wann man verkaufte oder kaufte, wann man renovierte oder umbaute oder eine Genehmigung für einen Ausbau beantragte. Sie kannte sich ausgezeichnet aus mit den unterschiedlichen Regelungen des Mietrechts und mit Kapitalgewinnen, obgleich der Verwalter das nicht ahnte.

Genausowenig übrigens wie der Major. Der Major wußte nichts über sie, außer daß sie seit etwa fünfundzwanzig Jahren verwitwet war und ein Haus besaß. Er fragte nie nach, und sie erzählte ihm auch nichts, denn während ihrer mittlerweile sechs Jahre währenden Kameradschaft waren sie einander zwar nähergekommen, aber nicht vertrauter geworden.

Zwar trafen sie sich jetzt einmal im Monat oder sogar alle drei Wochen, und sie lud auch nicht immer andere Gäste ein, wenn er zum Abendessen kam. Oft waren sie allein und nahmen zusammen eine einfache Mahlzeit ein, er nippte an dem Zitronengetränk, das sie eigens für ihn besorgte, und sahen danach fern. Wenn er seinen Mantel anzog und zuerst den Hügel hinauf und dann wieder hinunter nach Putney ging (»Ich fahre nie mit öffentlichen Verkehrsmitteln, wenn es auf Schusters Rappen auch geht«, sagte er, aber vielleicht wollte er auch nur den Fahrpreis sparen), schaute er oft ein wenig wehmütig drein. Seit kurzem nahm er manchmal ihre Hand, wenn sie an der Haustür standen, sah sie mit seinen leuchtend blauen Augen an und seufzte. Ein- oder zweimal hatte er ihr sogar die Hand geküßt, war rot geworden, hatte mit einer heftigen Bewegung seinen Tweedhut aufgesetzt und war den Weg hinuntergeeilt. Über diese Momente verloren die beiden kein Wort. Sie tat, als hätten sie sich nie ereignet, obgleich die Stelle, an der sein Schnurrbart ihre Hand berührt hatte, einige Zeit warm und feucht zu bleiben schien.

Sie wußte, daß er seinen Gefühlen freien Lauf lassen würde, wenn sie sich nur einmal nicht ganz so unbeteiligt gab. Sie wußte das schon seit langer Zeit. Doch er würde ohne ihre Ermutigung nichts unternehmen. Zu ihrer eigenen Überraschung spielte sie seit ein paar Monaten mit dem Gedanken, ihm dieses Zeichen der Ermutigung zu geben.

Die Reisegesellschaft verbrachte die erste Nacht in einem lauten Hotel in der Nähe des Omonia-Platzes. Wie immer erklärte der Major der Dame an der Rezeption und allen Leuten im Foyer, daß sein Zimmer sich im vierten Stock befand, während das von Mrs. Lambert im ersten war, was die anderen Reisenden überraschte, die aus ihrer gemeinsamen Anreise aus London geschlossen hatten, daß dieser rundliche, kahlköpfige Mann und seine adrette Begleiterin ein Ehepaar waren.

Die Reisegesellschaft schien auf den ersten Blick aus genau den gleichen Leuten zu bestehen, die an den Reisen in den Vorjahren teilgenommen hatten: ältere Ehepaare, Frauen mittleren Alters, die gemeinsam verreisten, ein paar jüngere oder ältere alleinstehende Frauen, drei alleinstehende Männer, zwei bereits älter und verwitwet, einer noch jung und behende. Bis jetzt war alles gutgegangen, nur zwei Einzelreisende waren versehentlich in ein Doppelzimmer einquartiert worden, und eine karierte Reisetasche, die einer korpulenten alleinstehenden Dame gehörte, fehlte. Während man danach suchte, stand ihre Besitzerin, Miss Fordyce, jammernd mitten im Foyer, das Haar in Strähnen herunterhängend, die Strickjacke von den Schultern herunterrutschend. Schließlich fand man die Tasche im Bus, und voller Hoffnung drängten sich die Reisenden zum Aufzug.

Bevor sie sich jedoch in alle Winde zerstreuen konnten, waren plötzlich lautes Klatschen und eine rauhe Stimme zu hören: »Alle herhören, bitte!« Eine kleine, schwarzgekleidete Frau mit einem Turban, der ihr Gesicht noch größer und gelber erscheinen ließ, als es ohnehin schon war, deutete mit einer gebieterischen Geste auf die Reisenden. »Sie – Partos Tours – kommen Sie, kommen Sie herüber zu mir!« rief sie aus.

Sie kamen. Sie musterte sie mit zusammengekniffenen Augen, die blitzten wie schwarze Oliven und nur durch eine lange Nase daran gehindert wurden, zusammenzustoßen. Sie sah sie mit einem furchterregenden Lächeln an. »So. So ist gut. Sie kommen, wenn ich sage. So soll es sein, ja? Von heute bis zu dem Tag, wo Sie Griechenland verlassen. Ich rufe, Sie kommen. So.«

Sie betrachtete die verdutzten Gesichter voller Befriedigung. »So. Ich kenne Sie, aber Sie kennen mich nicht, stimmt's? Ich bin Madame Aphrodite Mavrodopoulos, und ich bin ihre Reiseleiterin. Von jetzt an, bis Sie mein Land wieder verlassen, sage ich Ihnen alles und bringe Sie überallhin, ja? Sie machen nichts, was ich Ihnen nicht sage, es sei denn, Sie haben freie Zeit für Einkaufen von schönen Sachen. Ich sage Ihnen, wo. So. Bald kenne ich alle Ihre Namen. Bald weiß ich alles über Sie. Und Sie erfahren alles über mich, ja? Mein Name ist schwierig für Leute aus England, also Sie nennen mich Madame Aphrodite, ja?

Außerdem lernen Sie zu kommen, wenn ich sage: Kommen Sie, kommen Sie, schnell, schnell. Wenn unartige Mädchen und Jungen nicht kommen, wenn ich sage, lassen wir Sie zurück, verstanden?«

Sie lächelte gierig, ließ den Blick über die Gesichter schweifen und nickte.« »So. Jetzt aufs Zimmer und dann Abendessen, dann Freizeit. Aber morgen...« Sie hob ihre schreckliche, sonnenverbrannte Hand. »Morgen alle um neun Uhr hier, ja? Nicht eine Minute nach neun, oder fünf Minuten nach neun, sondern genau neun Uhr. Sonst lassen wir Sie zurück, verstanden? Morgen neun Uhr hier für Akropolis, Philopappas, Agora. Dann zurück Hotel, ein Uhr Mittagessen und Siesta. Vier Uhr genau Bus für Daphne, Eleusis und Piräus. Nächster Tag wir fahren los. Acht Uhr genau wir fahren nach Peloponnes. So. Nur Handgepäck, ja? Nichts vergessen. In zehn Tagen wieder zurück. Jetzt sagen wir Gute Nacht bis morgen. Neun Uhr genau und keine Sandalen bitte, sonst brechen Sie sich die Beine. So. Süße Träume.« Sie drehte sich um, und eine riesige schwarze Handtasche schwang gegen ihre knochige Hüfte, als sie durch die Drehtür verschwand.

Die Reisenden sahen einander an. »Die reinste Tretmine«, murmelte der Major.

Zu einer anderen Zeit und an einem anderen Ort hätte Madame Aphrodite eine Sklaventreiberin sein können, die mit gespreizten Beinen im Gang stand, wo sich an jedem glühend heißen Tag rechts und links von ihr Gefangene vor ihr duckten. Ihr Blick strich über ihre gesenkten Köpfe hinweg wie eine Peitsche, überprüfte und zählte, während statt der Trommel, die in alter Zeit den Takt für den Ruderschlag angab, ihre Stimme übers Mikrofon einen unablässigen Strom von Informationen verbreitete.

Denn Madame Aphrodite (Madame Aspro, wie der Major sie nach dem zweiten Tag nannte, wenn sie außer Hörweite war) verstand ihr Handwerk hervorragend. Nicht nur, daß die Hotelangestellten vor ihr buckelten, nein, sie kannte auch die klassischen Geschichten in- und auswendig. Das Griechentum hatte von ihr Besitz ergriffen und sie im Alter ausgedörrt (wer wußte schon, wie alt sie tatsächlich war, wenn sie, unverwüstlich wie Medusa, über die glatten Kopfsteinpflaster und die alten Steine kletterte, einen Schirm über ihrem turbangeschmückten Kopf, das Gesicht so trocken wie das einer Echse, während alle anderen hinter ihr schwitzten und schwitzten), es erfüllte sie nicht mehr mit dem reichen, lebensbejahenden Schein einer ewigen Flamme, sondern hatte sie zu einem verbitterten, knorrigen alten Stück Holz versengt, das rauchte und Funken sprühte und die Augen tränen machte.

Sie wußte alles, absolut alles; und außer den Fakten kannte sie auch den Geist, die Wahrheit, die sich verbreitet und die Welt so wunderbar gemacht hatte, daß die Menschheit auf ewig in deren Schuld stehen würde. Sie kannte die absolute Wahrheit, und diese Wahrheit war sie selbst; doch Tag für Tag, von April bis Oktober, mußte sie in ihrem Alter (wie alt, Medusa?) ganzen Busladungen von unsensiblen Nichtgriechen diese Wahrheit erläutern, ihnen Fakten mitteilen und dafür sorgen, daß sie etwas zu essen bekamen, mußte Aufenthalte für den Besuch der Toilette und das Kaufen von Souvenirs arrangieren, mußte sie an jedem großartigen Bauwerk aufs neue zählen, mußte zusehen, wie ihre Augen glasig wurden beim Anblick von Säulen, Klöstern, Pantokratoren, mußte zuhören, wie sie sich über die Hitze oder ihre Verdauung oder die Moussaka im letzten Restaurant beklagten, während sie versuchte, ihnen etwas vom Glanz der Mysterien oder des Marathonlaufes zu vermitteln. Ihr Zorn und ihre Frustration verhärteten ihre Stimme und ihren Blick, wenn sie sie wie die Schafe hin und her trieb, ihnen Geschichten erzählte, die sie nicht hörten, ihnen Dinge zeigte, die sie nicht sahen. Sie wußte alles, absolut alles, und das einzige, was diese Touristen interessierte, waren Fakten aus dem Schulbuch und wann sie eine Mittagspause machen würden.

Sie hatte eine angeborene Hochachtung vor Männern, so daß die Ehepaare und die drei Junggesellen mehr oder minder sicher vor ihr waren, obwohl der behende junge Mann ein- oder zweimal in seine Schranken gewiesen wurde. Doch bei den alleinstehenden Frauen kannte sie kein Erbarmen. Wenn sie zur morgendlichen Abfahrt zu spät kamen, mußten sie sich sarkastische Kommentare über den Schönheitsschlaf gefallen lassen, und wenn sie sich während des Tages von der Gruppe absonderten, hieß es: »Sie haben wohl einen kleinen Freund im Olivenhain, oder? Dem Fahrer brauchen sie keine schönen Augen machen, der hat eine Frau und fünf Kinder.« Die Betroffenen lächelten dann schwach und taten so, als handle es sich um einen Scherz.

Doch das schlechteste Los hatte Miss Fordyce gezogen, die ihre Tasche bei der Ankunft am Omonia-Platz nicht mehr gefunden hatte. Miss Fordyce zog das Unheil nicht nur an, sondern nährte es auch selbst noch. Daß ausgerechnet ihr Zimmer über der Küche lag oder sich in ihrem Abfluß das schmutzige Wasser rückstaute, war Pech, aber daß sie ihre Strickjacke ganz oben in der Arena von Delphi vergaß oder daß ihre Sonnenbrille die Granitterrassen von Epidaurus hinunterfiel, war ihre eigene Schuld. Sie hätte das vor Fett triefende Ziegenfleisch auf dem Weg nach Olympia ja nicht zu essen brauchen, und sie hätte auch nicht behaupten müssen, daß sie sich wieder wohl genug fühlte, um an dem Ausflug am nächsten Morgen teilzunehmen. Sie ging in Nauplia verloren (wie, zum Teufel, kann man sich in Nauplia nur verlaufen?) und stürzte in Korinth in eine kleine Spalte, wobei sie sich das Handgelenk verstauchte. Alle waren sich einig, daß Miss Fordyce ein Klotz am Bein war, und alle wünschten sich, daß sie sich nicht in der Gruppe befände.

Auf jeder Reise gab es eine solche Person, sagte der Major, doch mit ein bißchen Glück war sie hübsch oder jung oder amüsant, und deswegen konnte man ihr ihre Mißgeschicke auch meist verzeihen. Doch auf Miss Fordyce traf keines dieser Attribute zu, sie war eher eine korpulente ältere Frau mit schwachen Fußgelenken, die von einer Krankheit in der Kindheit herrührten, welche sie beinahe dahingerafft hätte. Dies erzählte sie allen mehrmals, besonders wenn sie sie beim Ein- oder Aussteigen behinderte. »Miss Fordyce, bitte warten Sie ganz hinten, damit wir nicht soviel Zeit verlieren, ja?... Miss Fordyce, gehen Sie bitte jetzt schon zum Bus, damit wir nicht wieder warten müssen... Miss Fordyce, ich habe Ihnen doch schon so oft gesagt, Sie sollen Ihre Füße nicht so weit ausstrekken, damit nicht alle darüberfallen, ja?« Sie nörgelte die ganze Zeit an Miss Fordyce herum, und alle anderen Reisenden sahen währenddessen zum Fenster hinaus oder kramten in ihren Taschen herum.

Weil der Major der mit Abstand männlichste Mann unter ihnen war (irgendwie führte die Ehe offensichtlich dazu, daß der männliche Teil des Paares völlig in den Hintergrund trat), hatte seine Stimme ein gewisses Gewicht, und Madame Aphrodite neckte ihn oft auf bedenkliche Weise. »Ach, Major, kommen Sie, kommen Sie, kommen Sie! Bitte bestellen Sie doch für alle den Kaffee, während ich nachsehe, ob die Toiletten offen sind.«

»Wird gemacht«, antwortete der Major dann, dirigierte geschickt Mrs. Lambert zum besten Platz und sorgte danach dafür, daß sie sofort bedient wurden.

Manchmal saß Madame Aphrodite bei ihnen am Tisch, sah mit verächtlicher Miene zu, wie sie den Pulverkaffee in ihre Tassen füllten, und sog dabei mit ihrer langen Nase das Aroma ihres eigenen griechischen Gebräus ein (griechisch, nicht türkisch, ja!). Mrs. Lambert saß bei solchen Gelegenheiten immer völlig gelassen da, durchaus in dem Bewußtsein, daß Madame Aphrodite sie taxierte, denn sie wußte natürlich, wie weit die Zimmer von Mrs. Lambert und dem Major in jedem Hotel auseinanderlagen.

Der Major bewältigte diese Kaffeepausen mit nervöser Galanterie, das Gesicht röter als sonst, die blauen Augen unsicher, wie ein kleiner Junge, der mit der Lehrerin Tee trinkt. Mrs. Lambert bewunderte ihn; sie wußte, daß er Angst hatte vor Madame Aphrodite, genau wie alle anderen auch – außer vielleicht sie selbst. Da sie sich seit Kindertagen noch nie jemandem unterlegen gefühlt hatte, hatte Mrs. Lambert keinerlei Grund, sich vor irgend etwas zu fürchten. Aber sie war froh, daß die Anwesenheit des Majors sie vor Madame Aphrodites spitzer Zunge bewahrte. Miss Fordyce, die sich unter eben dieser Peitsche wand und zappelte, suchte Schutz, wo immer sie konnte. Manchmal durfte sie sich zu einem Ehepaar oder zu zwei befreundeten Frauen gesellen, doch das währte nie lange, denn niemand wollte sich allzulange mit der armen Frau abgeben, auch wenn jeder wußte, wie feige und menschenverachtend diese Reaktion eigentlich war. Sie war nicht nur langweilig, sondern, und da hatte Madame Aphrodite recht, auch lästig, hielt die anderen auf, verärgerte sie und trottete immer hinterher.

Sie wandte sich an den Major, und er, weil er gutmütig und in mancherlei Hinsicht genauso naiv wie sie war, ging behutsam mit ihr um. Er hörte sich die Geschichte ihrer Krankheit in der Kindheit an, ließ sich von ihrem Vater erzählen, der ein bekannter Archäologe gewesen war – deshalb war sie auch nach Griechenland gekommen –, von ihren beiden Katzen und deren drolligen Gewohnheiten, von dem Literaturkreis, wo sie Schriftführerin war, und von den stumpfsinnigen Themen ihrer Treffen. Sie erzählte ihm von den schlechten Zimmern, von dem schlechten Essen, von den schlechten Sitzplätzen und von den Unhöflichkeiten, auf die sie, so glaubte sie völlig zu Recht,

überall stieß. Aber über Madame Aphrodite beklagte sie sich nicht, denn ihre Furcht und ihre Scham waren zu groß.
Der Major hörte zu und summte dabei manchmal leise vor sich hin. Sein Blick wanderte zu Mrs. Lambert, und sie lächelten einander an. Er hatte nicht allzuviel Ahnung, wie er sich wieder von Miss Fordyce befreien konnte. Manchmal sah er unvermittelt auf seine Uhr und rief aus: »Mein Gott, schauen Sie nur, wie spät es schon ist!« Wenn er sie früh genug herannahen sah, drehte er sich um und schob Mrs. Lambert schnell in eine andere Richtung, als hätten sie sie nicht bemerkt. Schon bald begann Mrs. Lambert, ihn bei solchen Manövern zu unterstützen. Miss Fordyce tat ihr leid, denn bevor sie den Major kennengelernt hatte, hatte sie selbst oft mit den Schwierigkeiten zu kämpfen gehabt, die eine alleinreisende Frau mittleren Alters erwarten. Aber sie war niemals so unfähig und ermüdend wie Miss Fordyce gewesen. Außerdem hatte sie jetzt auch den Major.
Als sie auf ihren angestammten Plätzen im Bus saßen, dachte Mrs. Lambert ernsthaft über den Major nach. Die Reise war fast zu Ende; sie waren auf dem Rückweg nach Athen, wo ihnen der nächste Morgen zum Einkaufen zur Verfügung stand. Danach würden sie, wenn die Mittagshitze ein wenig nachgelassen hatte, nach Sounion fahren, um später den Sonnenuntergang vom Tempel des Poseidon auf der Klippe anzusehen. Am nächsten Tag würden sie zurück nach England fliegen. Und dann?
Denn Mrs. Lambert wußte, daß nicht alles so bleiben konnte wie bisher. Gleichgültig, wie verlockend das auch erscheinen mochte, man konnte nicht alles haben. Sie hatte sechs Jahre lang ihr Vergnügen gehabt; war nun der Zeitpunkt gekommen, daraus eine feste Bindung zu machen? Seine wehmütigen Blicke, seine gelegentlichen Versuche, ihre Hand zu küssen, hatten darauf hingedeutet, daß sich eine Entwicklung vollzogen hatte. Während der vergangenen zehn Tage war er besonders zuvorkommend und sanft zu ihr gewesen, abgesehen von den üblichen

Höflichkeiten hatte er sie mit zahllosen kleinen Aufmerksamkeiten überhäuft. An den letzten Abenden, wenn der Bus sich dem Hotel genähert hatte, oder nach dem Essen, wenn sie in der lauen Luft an den Tischen der Cafés vorbeischlenderten, hatte er ihre Hand genommen, und sie hatte sich nicht dagegen gewehrt. Nicht während des Tages, wenn alle es sehen konnten, sondern im dunklen Bus oder neben den Oleanderbüschen auf einem kleinen Platz. Er hatte heftig geatmet, aber nichts gesagt; das wagte er nicht, denn obwohl er ihre Hand hielt, ließ sie sich nicht anmerken, daß ihr das bewußt war. Ihr Blick blieb freundlich, aber kühl, wie er immer gewesen war, und ihre Stimme beherrscht. Genauso verhielt sie sich auch, wenn sie ihren Einkommensteuerbescheid las oder eine neue Immobilie erwarb. Aber Mrs. Lambert wußte, daß sie sich bald entscheiden mußte. Eigentlich wollte sie das nicht, doch als Geschäftsfrau wußte sie, daß es einen richtigen Zeitpunkt für das Kaufen und einen richtigen Zeitpunkt für das Verkaufen gibt, einen Zeitpunkt für Angebote und deren Annahme. Sie würde, noch bevor sie England erreichten, entscheiden, ob sie den Major heiraten würde.

Sie sahen die winzigen, elfenbeinfarbenen Säulen des Tempels, der hoch oben zwischen kobaltfarbenem Himmel und türkisfarbenem Meer stand, lange, bevor sie ihn erreichten. Die Hitze des Tages ließ allmählich nach, und der letzte Ausflug dieser Gruppe brachte ein wenig Endzeitstimmung mit sich. Morgen um diese Zeit wären sie alle wieder zu Hause, würden die Post der letzten zwei Wochen lesen, die Pflanzen gießen und endlich wieder eine richtige Tasse Tee trinken. Natürlich hatten sie die Reise alle genossen, und sie würden die Farbfilme, die sie in Sounion noch schnell verschossen, sofort zum Entwickeln bringen. Doch als ihr Bus sich zu den anderen gesellte, die bereits dort standen, formierten sie sich schwerfälliger und kletterten langsamer die steile Anhöhe hinauf, wo sie, still und goldfarben in der kühler werdenden Luft, die Säulen erwarteten, und sie hörten voller Gleichmut, denn es war schließlich das letzte Mal, das Klatschen der gegerbten Hände und das rauhe »Kommen Sie, kommen Sie, kommen Sie«, als Madame Aphrodite auf einen verfallenen Sockel kletterte und sie dazu zwang, ihr zuzuhören.

Auch für sie war das das Ende der Reise, und sie konnte es kaum erwarten. Die Lethargie und schweifenden Blicke der Gruppe erzürnten sie, und nur dank ihrer fast übermenschlichen Selbstdisziplin gelang es ihr, sie erneut zu versammeln und sich gegen die rivalisierenden französischen und deutschen Gruppen durchzusetzen, die mit ihren eigenen lärmenden Reiseleitern bereits über die geheiligten Steine ausschwärmten.

»Kommen Sie, kommen Sie! Die Gäste von Partos, bitte hierher. Bitte kommen Sie näher und hören Sie zu. Schauen Sie jetzt nicht herum, jetzt hören Sie zu, ja? Kommen Sie, kommen Sie, kommen Sie!« Sie konnte es kaum erwarten, diese Gruppe endlich loszuwerden, ihnen diese letzte Tirade entgegenzuschleudern, sie herumklettern und ihre unsäglichen Fotos machen zu lassen und sie dann wieder den Hügel hinunterzuscheuchen, zurück in den Bus, zurück in die Stadt, und sie danach zu vergessen. Sie würde ihre Trinkgelder annehmen und ihre Geldscheine in ihre große schwarze Handtasche stopfen, um sie dann zu zählen, wenn sie wieder in ihrer eigenen Zweizimmerwohnung in einem baufälligen Haus hinter der Universität war. Dort würde sie mit knotigen nackten Füßen über den Fliesenboden zum Fenster gehen und die Läden aufstoßen, die die Hitze des Tages abgehalten hatten. Dann würde sie die Einsamkeit, den Frieden nach dem Abschluß der Tour, genießen. Sie würde diese Leute von Partos einfach vergessen, sie aus ihrem Gedächtnis streichen, und ihre Trinkgelder als Notgroschen fürs Alter in eine Kassette legen. Und am nächsten Montag morgen würde sie mit einer neuen Gruppe wieder von vorne beginnen.

Sie erhob die Stimme und stopfte ihnen die allerletzten Informationen in ihre unaufmerksamen Ohren. Über dem Babel der rivalisierenden Gruppen strahlten die Säulen Ruhe aus, der leuchtende Himmel wurde allmählich dunkler und verschmolz mit dem Meer, und die Sonne verschwand hinter einer Landspitze, wo schon bald die Lichter angehen und sich neues Leben in den dem Meer zugewandten Vororten der Stadt regen würde. Weit unter der Klippe und dem Fuß des Tempels glitten zwei Fischerboote wie Federn über die gekräuselte See, und plötzlich hatte Madame Aphrodite genug.

»So. Das genügt, ja? Jetzt müssen Sie selbst schauen. Nur zehn Minuten, dann schnell, schnell zurück zum Bus. Kein Trödeln. Nur zehn Minuten.« Sie kletterte von dem Sockel, wandte der Gruppe den Rücken zu, bahnte sich einen Weg durch die anderen Gruppen und verschwand.

»Na«, sagte der Major, »das hat sie aber ziemlich kurz gemacht.« Er stützte Mrs. Lambert am Ellbogen und half ihr über das aufgeplatzte Kopfsteinpflaster zum Klippenrand und dem Sonnenuntergang. »Ich kann nicht behaupten, daß es mir leid tut, wenn wir das alte Mädchen los sind. Kann ein ganz schöner Drachen sein, was? Aber trotzdem kennt sie sich aus.«

Sie standen da und betrachteten den Sonnenuntergang, traten beiseite, um den zahlreichen Fotografierenden, die versuchten, die beste Einstellung zu finden, nicht im Weg zu stehen. Zwei massige Deutsche drängten sich an ihnen vorbei. Er drückte sie noch fester. »Ein Meer wie Wein, was? Ich kann das nie so sehen. Aber trotzdem ist es schön, wirklich schön. Wir werden das sicherlich nie vergessen. Jedenfalls ich nicht. Eine wunderbare Erinnerung – wie schon so viele andere, was? Hilda...«

Sie trat einen Schritt zurück. Nicht hier zwischen all den lärmenden Deutschen und Franzosen und Amerikanern, inmitten des Gewirrs der Füße und des Klickens der Kameras. Sie kletterte zum Tempel hinauf, und er eilte ihr nach. »So lassen Sie sich doch helfen.«

»Danke.«
Eine füllige Gestalt näherte sich ihnen und stürzte dann auf sie zu. »Ach, Mrs. Lambert, Major, – so kommen Sie doch! Ich habe es gefunden! Ich wußte, daß es hier sein muß, weil Vater immer behauptet hat, es sei eine Fälschung. Natürlich war das überhaupt nicht sein Epoche, aber ich wollte schon immer... So kommen Sie doch.« Miss Fordyce, der die Strickjacke wie üblich von den Schultern herunterrutschte, zog sie mit vor Erregung gerötetem Gesicht zu der landwärts gerichteten Seite des Tempels und stolperte mit ihnen über die Steine zu einer der gerillten Säulen. »Da – sehen Sie? Da ist es tatsächlich! Stellen Sie sich das vor! Wie er hier steht, vielleicht die Stirn runzelt, die Haare vom Wind zerzaust, und das hier einritzt... Was für eine Unverfrorenheit! Das ist Vandalismus, aber trotzdem... Da ist es!« Sie streckte die Hand aus und zeichnete mit den Fingern die Buchstaben nach, die in den Stein geritzt waren. »Byron!«
»Byron?«
»Lord Byron. Sie hätte uns das sagen sollen, denn so etwas kann man leicht übersehen, wenn man es nicht weiß. Stellen Sie sich das vor!« Sie strahlte übers ganze Gesicht, und die grauen Haare fielen ihr in die Augen. »Schauen Sie. Sehen Sie es?«
Mrs. Lambert und der Major traten vor, und Miss Fordyce wich zurück. Dabei rutschte sie aus und stürzte mit einem kurzen Schrei zu Boden. Mehrere Leute, die in der Nähe standen, wandten den Kopf, aber der Major beugte sich bereits über sie.
»O je«, keuchte sie. »O je. Wie dumm von mir.«
»Sind Sie verletzt?«
»Nein. Nein, ich glaube nicht.« Sie halfen ihr wieder auf die Beine. »O je. Der gottlose Lord Byron!« Sie lächelte, doch sie war immer noch ganz blaß. Mrs. Lambert hob ihre Strickjacke vom Boden auf und legte sie ihr um die Schultern.

»O je, wie dumm von mir! Ich glaube, ich werde zum Bus zurückgehen. Solche Orte können schrecklich gefährlich sein, man sollte wirklich gewarnt werden.«

»Lassen Sie mich Ihnen helfen.« Der Major nahm ihren Arm.

»Danke – nur den Hügel hinunter. Diese Steine, sie sind so tückisch. Aber wir haben tatsächlich Byron gesehen...«

Mrs. Lambert schaute zu, wie sie vorsichtig den ausgewaschenen Hügel hinuntergingen und zwischen den in der hereinbrechenden Abenddämmerung kaum noch zu erkennenden Bussen verschwanden. Einige der anderen Gruppen waren bereits wieder abgefahren, aber es kletterten noch immer genügend Leute zwischen den Steinen des Tempels herum und störten die abendliche Ruhe, und Mrs. Lambert überlegte, wie es wohl wäre, das Bauwerk allein und ohne andere Menschen zu sehen, ob die Geister der Griechen, die dort zu ihren Göttern gebetet hatten, sich wohl herauswagen würden. Sie ließ genau wie Miss Fordyce die Finger über die schwungvollen Buchstaben auf der Säule gleiten. Da stand es, in eleganter und anmaßender Schrift: Byron. Sie las zwar nie Gedichte, aber trotzdem...

Mittlerweile war der Major wieder zurückgekehrt. »Die Arme – so etwas kann nur ihr passieren, was?«

»Ist sie in Ordnung?«

»Völlig. Der Bus war abgesperrt, ich habe den Fahrer nirgends sehen können, deshalb habe ich ihr gesagt, sie soll im Gras daneben warten. Madame Aspro wird uns sowieso gleich wieder alle einsammeln.«

Und tatsächlich hörten sie schon bald das Klatschen von Madame Aphrodite, die aus einem versteckten Spalt der Klippe herauskam, und sie schlossen sich den anderen an, die den Hügel hinunter zum Parkplatz liefen. Madame Aphrodite trottete hinter ihnen her wie ein gereizter Hirtenhund. Plötzlich war es fast völlig dunkel. Der Fahrer saß auf seinem Platz, der

Motor lief bereits. Sie kletterten schnell in den Bus, denn jetzt hatten alle genug. Madame Aphrodite war die letzte und zählte ihre Schäflein, die ordentlich auf ihren Plätzen saßen.

Ihr Gesicht erstarrte. »Einer fehlt«, knirschte sie. »Wer bitte fehlt?«

Plötzlich legte sich Schweigen über den Bus. Jeder sah sich mit schuldbewußtem Blick nach seinem Nachbarn um und dankte Gott dafür, daß dieser an seinem Platz war. Der Fahrer ließ den Motor aufheulen.

»Wer bitte fehlt?« Ihre Stimme klang schneidend wie eine Säge.

Ein Wispern ging durch den Bus: Fordyce, Miss Fordyce, Fordyce...

»So. Miss Fordyce.« Madame Aphrodite verschränkte die Arme mit grimmiger Befriedigung. »Immer Miss Fordyce. Hat jemand Miss Fordyce gesehen?« Niemand sagte ein Wort. »Ist Miss Fordyce vielleicht von der Klippe gefallen? Hat sie ein Taxi genommen nach Hause? Wir sind schon zehn Minuten zu spät, und Andros hier möchte sein Abendessen. Wer weiß von Miss Fordyce?«

Kein Ton.

Mrs. Lambert wandte sich nach dem Major um. Er war rot geworden und starrte den Sitz vor sich an.

Der Fahrer hupte laut und ausdauernd.

Madame Aphrodites gelbliches Gesicht wurde aschfahl. Ihre Augen schienen Funken der Wut zu sprühen, und sie knallte ihre Handtasche auf den harten kleinen Klappstuhl, auf dem sie gewöhnlich saß.

»Nur noch eine Minute! Wer hat Miss Fordyce gesehen?«

Der Major erhob sich. »Ich suche nach ihr«, murmelte er.

Der Fahrer hupte noch einmal laut und ließ erneut den Motor aufheulen.

Als der Major aufstand, schien der Bann gebrochen, alle fingen an zu tuscheln: Das sieht ihr gleich, immer passiert ihr so etwas, kann sie nicht ein bißchen aufpassen, wie rücksichtslos, todmüde, will mich endlich ausruhen, manche Leute lernen's doch nie...

Er stolperte den Gang entlang und an der wütenden Madame Aphrodite neben der Tür vorbei. »Bin gleich wieder zurück«, sagte er und wollte aussteigen, doch in diesem Augenblick tauchte aus der Dämmerung eine Gestalt auf, und Miss Fordyce stolperte völlig verzweifelt auf den Bus zu.

»Gott sei Dank, Gott sei Dank! Ich hatte solche Angst, daß Sie ohne mich gefahren sind...«

Der Major zog sich zurück. Miss Fordyce rang die Hände, die Haare wirr, die Stimme nur noch ein Jammern. »Tut mir alles so leid, aber es war nicht meine Schuld, wirklich nicht meine Schuld. Ich war beim falschen Bus. Ich habe beim falschen Bus gewartet.«

Als sie sich die Stufen hinaufzog, wandte sich der Major ab und ging den Gang zurück. Er sah weder nach rechts noch nach links.

Madame Aphrodites Stimme war schneidend. »So. Der falsche Bus.«

»Ja, der falsche Bus. Wissen Sie, er war abgesperrt, deswegen ist es mir nicht aufgefallen, ich habe einfach nur gewartet...«

»Es ist Ihnen nicht aufgefallen. Nach zehn Tagen kennen Sie die Farbe von Bus immer noch nicht. Sie sehen nicht, daß auf der Seite groß und breit ›Partos‹ steht? Ist Ihnen die Augenfarbe von Busfahrer vielleicht eher aufgefallen?«

Miss Fordyce stand völlig verschreckt vor Madame Aphrodite, deren kleiner Körper vor Wut bebte.

»Sie hören nicht, wie ich sage, nur zehn Minuten, Sie sehen nicht, wie wir den Pfad heruntergehen, Sie sehen nicht, wie wir in Bus mit Aufschrift ›Partos‹ steigen? Sie bleiben nicht bei anderen wie immer? Sie träumen vielleicht von Rendezvous mit Poseidon? Sie sind Meernymphe, ja?«

»Oh!« Miss Fordyce wurde zuerst leichenblaß und bekam dann

hektische himbeerrote Flecken. »Wie können Sie es wagen...«
»Gehen Sie auf Ihren Platz, und keine albernen Streitereien mehr!« Madame Aphrodite packte ihre Handtasche und ließ sich auf den harten kleinen Sitz fallen, auf dem die Tasche gelegen hatte. Dann knurrte sie über die Schulter zurück: »Es ist immer jemand dabei, der nur Probleme macht. Was bin ich froh, daß ich Sie jetzt dann los bin.«
Miss Fordyce stolperte zu ihrem Platz, vorbei an den sittsam zusammengepreßten Knien des Witwers, der zu Beginn der Tour neben ihr gelandet war, jetzt nervös seine Knöchel knacken ließ und starr geradeaus blickte. Mit einem Ruck fuhr der Bus los und raste, weit schneller, als eigentlich vorgesehen war, zurück nach Athen.
Mittlerweile war es ziemlich dunkel geworden. Auf der einen Seite lagen die Hügel mit den niedrigen Bäumen und den hellen Villen der Diplomaten und reichen Athener, auf der anderen das Meer, still und ruhig wie die Nacht, leise an der Küste leckend. Schneller, als sie gedacht hatten, erreichten sie die breite neue Straße, die durch die Vororte führte und von Cafés und Hotels gesäumt wurde, wo jetzt alles hell erleuchtet war, laute Musik die Luft erfüllte und der Verkehr lärmte. Dann ließen sie das Meer hinter sich, fuhren die Straße in Richtung Flughafen, vorbei an der ausgedörrten Erde und den ausgebleichten Gebäuden, zurück in das enge Gewimmel, in die Hitze, die Lichter, die überfüllten Straßen und Cafés und erblickten hin und wieder hoch über den Dächern das winzige, ruhig im Flutlicht daliegende Parthenon. Sie kamen am Hotel an, packten ihre Habseligkeiten zusammen, schoben sich den Gang im Bus entlang, stiegen aus. Während der Rückfahrt hatte niemand gesprochen, und auch jetzt wollte niemand etwas sagen. Madame Aphrodite stand mit gekrümmtem Rücken und schweigend auf dem Gehsteig. Ohne sie anzusehen, schüttelten sie ihr die knotige Hand, murmelten ein Dankeschön und steckten ihr die Geldscheine zu, die sie ihr im

Verlauf des Tages zu geben beschlossen hatten. Sie stopfte sie stumm in ihre Handtasche, das langnasige Gesicht ausdruckslos, der Blick abwesend. Nur die völlig aufgelöste Miss Fordyce blieb nicht neben ihr stehen, sondern eilte an ihr vorbei ins Hotel und ihr Zimmer (das neben dem Lastenaufzug lag) und wurde erst wieder am nächsten Morgen beim Transfer zum Flughafen gesehen. Sie saß allein und sprach während der Rückreise zur Cromwell Road mit niemandem. Und vielleicht auch später nicht.

Der Major und Mrs. Lambert hingegen sprachen miteinander. Am Abend unterhielten sie sich über das Essen und die Mahlzeiten der vergangenen zehn Tage, über die Orte, an denen sie gewesen waren und über die Dinge, die sie erworben hatten. Sie sprachen auch mit mehreren anderen Mitreisenden, verglichen Notizen und tauschten Adressen aus, um Abzüge von den Fotos zu erhalten, die hoffentlich alle gut geworden waren. Mrs. Lambert lehnte den Vorschlag des Majors ab, noch ein letztes Mal zusammen auf dem Syntagma-Platz spazierenzugehen, und zog sich in ihr Zimmer zurück. Genau wie Miss Fordyce erschien auch sie erst wieder zum Flughafentransfer. Als der Major an ihre Tür klopfte, um zu sehen, warum sie nicht zum Frühstück erschienen war, antwortete sie, ohne zu öffnen, daß sie sich das Frühstück aufs Zimmer hatte bringen lassen und daß sie noch nicht mit dem Packen fertig war.

Sie hatte nichts dagegen, daß er sich im Duty-Free-Shop für sie anstellte, und nahm schweigend das Fläschchen Parfüm an, das er für sie kaufte. Während des Flugs redete sie nicht viel, sondern machte die Augen zu und faltete die Hände im Schoß.

Er holte in Heathrow das Gepäck für sie vom Band und trug es zum Bus, zahlte den Fahrpreis für sie (wie schön, wieder vernünftiges Geld in Händen zu haben) und winkte an der Cromwell Road ein Taxi heran.

Sie stimmte ihm zu, als er sagte, London sehe schmutzig aus, aber in Richtung Putney werde alles hübsch und grün, und daß es schön sei, wieder nach Hause zu kommen, gleichgültig, welche Streik- und Inflationskatastrophen sie dort auch erwarteten. Als er dann schließlich schwieg, die Lippen schürzte und sie nervös aus den Augenwinkeln beobachtete, sagte sie: »Wieviel haben Sie Madame Aphrodite gegeben?«

»Madame Aspro?« Er wurde unruhig. »Keine Ahnung.«

»Aber Sie müssen das doch wissen.« Sie öffnete die Handtasche und holte ihre Geldbörse heraus.

»Ach – na ja, dreihundert Drachmen oder so. Aber wirklich, ich will nicht... ich meine, es ist nicht nötig...«

Sie rechnete kurz nach und drückte ihm dann ihren Anteil in die Hand. Er versuchte, ihr das Geld zurückzugeben. »Wirklich, ich möchte nicht... Das ist immer meine Sache gewesen.«

»Bitte«, sagte sie mit ruhiger Stimme, »ich würde meinen Anteil für Madame Aphrodite gern selbst bezahlen.«

Er sah sie an, und sie sah ihn an. Sein rundes Gesicht wurde noch röter als sonst, und er wandte den Blick ab, während er das Geld in seine Tasche stopfte. »Nun, wenn Sie darauf bestehen.«

»Ja«, sagte sie.

Sie erreichten den Häuserblock, in dem er wohnte, und er stieg aus. Er stand auf dem Gehsteig, sein Gepäck neben sich, der kahle Kopf glänzend, und schaute zu ihr in den Wagen.

»Hilda...« sagte er.

Sie beugte sich vor und schloß die Taxitür von innen. »Ein andermal«, sagte sie.

Im folgenden Jahr verbrachte Mrs. Lambert ihren Urlaub zusammen mit ihrer Schwägerin in Sidmouth. Genauso wie das Jahr darauf.

Sie vermißte den Major nicht.

er am häufigsten auffordert. Ich habe mit meiner Frau immer darüber gescherzt. Wieweit das gegangen ist, kann ich nicht sagen. Seine Frau war jedenfalls nie dabei, und die kleinen Gespräche am Sonntag morgen waren nicht nur Kundengespräche, das kann ich Ihnen versichern. Charisma sagen sie, glaube ich, dazu. Er selbst hat jedenfalls daran geglaubt. Darin liegt wahrscheinlich das Geheimnis. Glaub an dich selbst, dann glauben auch die anderen an dich.

Natürlich war er genial. Das kann niemand abstreiten. Er hatte Elan. Er wußte genau, was er wollte, und er hat alles getan, um es auch zu bekommen, gleichgültig, was andere Leute darüber dachten. Es besteht kein Zweifel, daß er Wunder gewirkt hat für die Firma. Ein richtiger Erfolgsmensch. Einfach brillant.

Nein, er hatte nicht viel Erfahrung in unserer Branche. Das war ganz anders als bei den meisten anderen im Betrieb. Nehmen Sie zum Beispiel mich. Ich habe fast sofort nach der Schule als kleiner Angestellter in unserer Firma angefangen und mich dann hochgearbeitet. Niemand kennt die Firma so gut wie ich – das ist ja auch nur natürlich nach all den Jahren. Ich könnte jede Abteilung leiten, weil ich alles wie meine Westentasche kenne. Ich habe keinen Militärdienst geleistet wegen meinem Magen, wissen Sie. Ich bin sofort in die Firma und hab mich hochgearbeitet, wie das die jungen Männer heutzutage gar nicht mehr machen. Die sind immer hinter neuen Jobs und neuen Erfahrungen her. Wo werden die sein, wenn sie sechzig sind, frage ich mich? Da leben sie wahrscheinlich von der Sozialhilfe...

Nehmen wir doch mal zum Beispiel Bruce. Typisch. Hat seinen Militärdienst bei den Fallschirmspringern abgeleistet und ist dann weiter dabei geblieben. Hat's bis zum Major gebracht, ist ganz schön herumgekommen. Muß ihm Spaß gemacht haben. Dann ist er raus und hat Betriebswirtschaft studiert – mein Gott, Betriebswirtschaft! –, und die Firma hat ihm sofort einen Bombenjob angeboten. Zuerst war er in der Personalabteilung –

konnte glänzend mit Menschen umgehen, hat man uns gesagt. Dann ist er Verkaufsleiter geworden. Und danach leitender Direktor. Hat eine steile Karriere gemacht, und das ohne jegliche Berufserfahrung. Aber genausoschnell ist er natürlich auch wieder runtergefallen. Tragisch.

Was hätten Sie gern als Nachspeise? Nichts? Sind Sie sich sicher? Vielleicht ein Eis oder Käse? Die Torte hier ist gut. Na schön, wenn Sie meinen. Nur Kaffee, Maria – schwarz für meinen Freund hier, mit Milch für mich. Grazie.

Ja, ich war bei ihm. Er hatte die Gewohnheit, am Sonntag morgen die Leute zu sich ins Zimmer zu holen. Das waren die Auserkorenen, die Kunden, die er unbedingt an Land ziehen wollte. Und, unter uns gesagt, er hat auch Frauen zu sich raufgeholt. Ich habe den Verdacht, daß er da oben immer noch schnell ein Schäferstündchen mit denen verbracht hat, bevor er mit seinem Jaguar wieder nach Hause zu seiner Frau gebraust ist. Dynamischer Typ, dieser Bruce.

Danke, Maria. Zucker? Einen Likör? Sind Sie sich sicher?

Ja, ich war bei ihm. Es war kurz vor dem Mittagessen, und meine Frau und ich wollten gerade heimfahren. Ich hatte mir den ganzen Vormittag die Hacken abgelaufen, Rechnungen bezahlt, Kontakte gepflegt, alles wieder in Ordnung gebracht, während meine Frau einen Spaziergang gemacht hat. Ich habe selten Zeit für meine Frau bei solchen Seminaren, ich muß immer auf Abruf bereit sein, und sie muß sich selbst beschäftigen, sage ich ihr. Aber das kann sie recht gut. Sie hatte also einen Spaziergang gemacht und war kurz vorher wieder zurückgekommen, und wir packten unsere Sachen, und gerade, als ich dachte, ich hätte meine Ruhe, ruft mich Seine Lordschaft in sein Zimmer.

Er hatte die Gewohnheit, einen in sein Zimmer zu rufen und dann runterzuputzen. Das heißt, wenn er nicht gerade was Besseres zu tun hatte. Er wollte die ganze Sache noch einmal durchsprechen, kritisch beleuchten und so. Natürlich hätte man das ebenso am nächsten Morgen im Büro machen können, aber, na ja, so war Bruce nun mal. Das war, wie wenn man in der Schule zum Direktor gerufen wird. Da durfte man sich nicht mit ihm anlegen.

Das Mädchen hatte das Zimmer noch nicht gemacht. Es herrschte absolutes Chaos, der Koffer war offen, das Bett völlig zerwühlt, die Aschenbecher waren voll mit kalter Asche, und ein paar Gläser und eine Flasche standen auf dem Nachttisch. Natürlich war das eines der besten Zimmer, ganz oben, mit Blick auf das Meer. Bruce stand an der Balkontür, das war eher so etwas wie ein Fensterbrett, und es gab nur ein niedriges Geländer. Die Stores wehten um ihn herum. Er war hemdsärmelig und hatte einen Drink in der Hand. An seiner Stimme hörte ich, daß er schon ein paar getankt hatte, und er hatte glänzende Augen – wissen Sie, wie wenn er gerade Sport gemacht und sich so richtig verausgabt hätte. Er ist immer ziemlich rauh mit einem umgesprungen, hat einem nicht mal Zeit zum Antworten gelassen, wie wenn er immer noch beim Militär wäre oder so. Er hat einem Fragen und Kritik an den Kopf geworfen, und wenn man den Mund aufgemacht hat, hat es nur geheißen: »Keine Entschuldigungen!« In dem Zimmer hat es ausgesehen wie in einem Schweinestall, das Bettzeug war durcheinander, die Aschenbecher und der Gestank von kalter Asche und Alkohol, und die kleine Kosmetiktasche auf dem Boden neben dem Bett, so eine, wie meine Frau sie auch hat...

Noch einen Kaffee? Sicher?

Na ja, er hat mit seiner üblichen Kritik über das Seminar angefangen, hatte mir dabei den Rücken halb zugewandt und hielt das Glas in der Hand. Er hat mich nicht mal angeschaut, sondern ist nur dagestanden und hat mich kritisiert. Und dann – na ja, ich weiß einfach nicht, was passiert ist. Er muß einen Herzanfall bekommen haben – obwohl die gerichtliche Untersuchung als Todesursache einen Unfall angegeben hat. Ich persönlich glaube, daß er noch betrunkener gewesen ist, als ich vermutet hatte, und einfach ohnmächtig geworden ist. Jedenfalls ist er, wie wir alle wissen, über die Balkonbrüstung gefallen – zwölf Stockwerke tief, und unten ist er dann durch das Vordach des Hotels gebrochen. Mein Gott, war das ein schrecklicher Anblick! Ich sah ihn das Gleichgewicht verlieren, aber ich habe nichts dagegen tun können – ich bin zu ihm hingerannt und habe versucht, ihn noch zu erwischen, aber er war schon aus dem Fenster... Das werde ich nie vergessen. Ich bin in diesem Schweinestall von einem Zimmer gestanden und habe gedacht: »Er ist weg. Bruce ist tot.«

Tja, so etwas passiert. Das Leben geht weiter. Aber was für eine Tragödie, nicht wahr? Ein brillanter Mann mit Charisma.

Hat die Firma wieder auf die Beine gebracht, daran besteht kein Zweifel. Richtige Schwierigkeiten hatten wir natürlich nie, das wissen Sie ja sicherlich. Das Seminar nächste Woche wird Ihnen zeigen, wie effektiv wir als Team arbeiten und daß wir Ihnen genau das bieten können, was Sie suchen. Der traurige Tod von Bruce wird daran nichts ändern. Meine Frau und ich freuen uns darauf, Sie dort zu sehen, und wir hoffen, daß Sie soviel wie möglich von dem Seminar profitieren.

Il conto, Maria, bitte. Grazie molto. Ich gebe Ihnen nur noch unsere neuesten Broschüren. Und das Programm für das Seminar. Wenn Sie irgendwelche Fragen haben, rufen Sie mich einfach an. Oder falls irgend etwas nicht in Ordnung ist mit dem Hotel – das Grand? Da sollte es keine Probleme geben. Wir sind natürlich wie immer in unserem Hotel um die Ecke. Die meisten Gäste werden im Grand unterkommen, aber wir finden das Victoria heimeliger. Tommy Mulgrave, Mr. Mulgrave, unser neuer leitender Direktor, wohnt natürlich im Grand. Ja, er ist letzten Monat ernannt worden. Eine ziemliche Überraschung. Wir dachten, daß der Ausschuß diesmal vielleicht jemanden aus der Firma befördern würde, jemanden, der alles schon kennt...

Aber sie sagen, er ist brillant, so Mitte Vierzig. War vorher in der Werbebranche, wird uns neue Horizonte eröffnen und so weiter. Natürlich habe ich immer noch die Seminarleitung. Ja, ich rackere mich ab wie gehabt. Wissen Sie, ich kenne mich einfach aus. Ohne mich würde hier nichts laufen.
Was aus der Kosmetiktasche geworden ist? Was für eine Kosmetiktasche? Da müssen Sie sich verhört haben, mein Lieber. In dem Zimmer hat man nur Sachen von Bruce gefunden. Ich werde mich immer an das Zimmer erinnern und an die wehenden Vorhänge und daran, wie er über das Geländer gestürzt ist...
Danke, Maria. Arrivederci. Nach Ihnen, mein Lieber.

Ein Tag wie jeder andere

Mein Name ist Winifred May Winter, und ich wohne in der Upper Lane 13 in Halecot, Warwickshire. Ich bin einundfünfzig oder zweiundfünfzig Jahre alt, das weiß ich nicht so genau, aber ich habe 1910 geheiratet, und Kenneth kam zwei Jahre später zur Welt, und er wird nächsten März zweiunddreißig, also muß ich ungefähr so alt sein. Wenn Ihnen das nicht genügt, kann ich auch in der Bibel meines Großvaters nachschauen. Da steht alles drin, auch die Geburtstage von Kenneth und Maureen und der von Dad und alles andere.

O je! Tut mir leid. Ich versuche wirklich, mich zusammenzureißen. Ich sage mir die ganze Zeit, daß heute ein Tag wie jeder andere ist, aber dann fällt mir alles wieder ein. Tut mir leid. Ich versuche, mich für Sie an alles zu erinnern, wenn Sie es mich nur auf meine Art erzählen lassen.

Also: Heute morgen bin ich um sieben Uhr aufgestanden und in die Kirche gegangen, wie immer, wenn Dad weg ist. Als die Kinder noch zu Hause waren, habe ich das natürlich nie tun können, weil ich ihnen ja Frühstück machen und sie in die Schule oder dann später in die Arbeit schicken mußte: Wenn Dad zu Hause ist, bringe ich ihm gern den Tee ans Bett und lege mich noch mal zu ihm, wenn er die Zeitungen liest und so. Er ist Zeitungsvertreter für die *Daily Post*... Aber das wissen Sie ja wahrscheinlich, nicht wahr? Das hatte ich ganz vergessen...

Na ja, das war so einer unserer kleinen Scherze, daß wir die Zeitungen zusammen lesen, wenn er am Wochenende zu Hause ist. Zum Spaß hab ich manchmal so getan, wie wenn ich die anderen lieber mag als die *Post*, und dann habe ich vorgelesen, daß die eine Zeitung viel höhere Verkaufszahlen hat als die *Post*, und da hat er sich dann immer ganz erschreckt aufgesetzt, völlig ernst, hat mir die Zeitung aus der Hand genommen und gesagt: »Wo steht das? Die können doch nicht so angezogen haben«, und dann hat er gemerkt, daß ich mich nur über ihn lustig mache, und wir haben zusammen gelacht...

O je! Tut mir leid.

Tja, wie gesagt, ich bin also heute morgen in die Kirche gegangen, wie ich es immer mache, wenn Dad nicht zu Hause ist, weil ich den Tag gern mit einem Gebet für uns alle beginne – wo doch Kenneth bei der Marine ist und Maureen Krankenschwester und Dad die ganze Woche nicht da. Natürlich denke ich immer an sie, aber in der Kirche hat man einfach das Gefühl, daß die Gebete direkt zu den lieben Menschen kommen, als ob sie einen wirklich hören können...

Als ich zurückgekommen bin, war Mrs. Grinstead schon da. Sie hatte den Boiler angeschaltet, aber sie hatte eine Tasse zerbrochen. Es war Dads Lieblingstasse, aus der er immer seinen Frühstückstee trinkt, und ich war ziemlich aufgeregt deswegen. Natürlich war schon lange ein Sprung drin gewesen, aber ich wurde das Gefühl einfach nicht los, daß sie nicht sehr vorsichtig damit umgegangen war, und dabei hatte ich sie doch gewarnt, weil ich genau wußte, wie wichtig ihm die Tasse ist. Er liebt sein Zuhause, das tut er wirklich, unser Dad. Manchmal hat er zu mir gesagt: »Ich komme heim in ein wirkliches Zuhause – da habe ich meine eigenen kleinen Sachen, genauso, wie ich es mag, und mein braves altes Mädchen...«

Nein, danke. Ich bin ganz in Ordnung. Lassen Sie mich nur einfach so weitererzählen.

Tja, ich habe also Mrs. Grinstead ziemlich angefahren, und dann habe ich gefrühstückt und meine Zeitungen gelesen. Am Wochenende hebe ich alle Zeitungen für Dad auf, und alle Sachen, die mich interessieren oder von denen ich glaube, daß sie Dad interessieren könnten, streiche ich an. Er sagt, es hilft ihm bei seinen Berichten, wenn er weiß, was den Durchschnittsleser interessiert, wissen Sie, und ich bin immer stolz darauf gewesen, wenn ich ihm bei seiner Arbeit helfen konnte, und wenn es auch noch so wenig war. Ich glaube fest daran, daß eine Frau stolz sein sollte auf die Arbeit ihres Mannes und daß sie dafür sorgen muß, daß sein Zuhause so ist, wie er es möchte. Dann ist das eine richtige Partnerschaft. Das muß ja auch so sein, meinen Sie nicht auch?

Nun ja, ich erinnere mich, daß ich einen Artikel über Warteschlangen und über Kriegsverbrecherprozesse in Deutschland angestrichen habe und dann noch zwei weitere Artikel für unsere Serie. Das war wieder so einer von unseren Scherzen. Wenn er weg war, habe ich immer etwas ausgewählt – einen Mord oder einen Gerichtsprozeß oder so etwas Ähnliches – und jeden Tag in allen Zeitungen die Artikel angestrichen, damit er das Ganze wie eine Serie lesen konnte, wenn er nach Hause kam. Diese Woche hatte ich zwei – in dem einen ging's darum, daß man einen Mann und eine Frau irgendwo draußen in Richtung Brighton in einem Auto gefunden hatte, und in dem anderen um einen Streit im Stadtrat eines Ortes am Meer, weil die leerstehenden Häuser nicht genutzt werden. Dad hat immer gesagt, es ist ein Skandal. Dann habe ich erwidert, schließlich haben wir ja auch die zwei leeren Zimmer, wo früher die Kinder gewohnt haben, aber er hat geantwortet, das ist etwas anderes, weil Kenny oder Maureen ja jederzeit wieder nach Hause zurückkommen und die Zimmer brauchen könnten, und da mußte ich ihm natürlich zustimmen.

Tja, ich habe also die Artikel in der Zeitung angestrichen und die Essensmarken ausgeschnitten – obwohl, wenn jemand jetzt immer noch nicht weiß, wie er sich die Zuckerration am besten einteilt, dann verdient er gar nicht, eine zu kriegen –, und dann habe ich das Wohnzimmer ordentlich sauber gemacht, denn Mrs. Grinstead schiebt den Staub immer nur ein bißchen hin und her, und ich habe es gern, daß alles perfekt aussieht, wenn

Dad heimkommt. Normalerweise kommt er am Samstag nachmittag – nie zur gleichen Zeit, aber immer vor dem Abendessen. Darauf kann ich mich verlassen, weil er weiß, daß ich ihm etwas Besonderes koche, und er möchte nicht, daß es verkocht. Deswegen...

Nein. Lassen Sie mich nur einfach so weitererzählen.

Ja, dann bin ich also zum Einkaufen gegangen, noch schnell die allerletzten Sachen holen, Sie wissen schon. Ich habe noch Dads Bier besorgt, und Miss Walker, die Verkäuferin, hat gescherzt von wegen frische Lebensgeister für den Riesen und so, was ich ganz schön frech gefunden habe, und dazu noch Schokoladenkekse, und Mr. Buxton hat mir zusätzlich zu unserer halben Lammkeule noch einen Knochen für Maxie geschenkt. Ich spare die Fleischration immer für die Tage auf, wo Dad zu Hause ist; so ein großer, kräftiger Mann braucht gutes Essen.

Tja, danach bin ich auf eine Kleinigkeit in Kate's Kettle – bloß einen Salat und eine Tasse Tee, weil ja Samstag war, und da koche ich, wie gesagt, immer richtig. Ich habe mich ein bißchen mit Mrs. Mortlake unterhalten – das ist die Frau des Arztes –, und mit der jungen Frau, die so ungefähr seit Ostern im Coach and Horses bedient. Sie hat mich gefragt, ob Mr. Winter heute nach Hause kommt. Ich habe nicht weiter mit ihr darüber geredet, weil ich mir aus der Sorte Mädchen nicht viel mache; sie paßt eigentlich überhaupt nicht in unsere kleine Stadt und wird wahrscheinlich wie die anderen auch nicht lange bleiben.

Dann bin ich heimgegangen und habe Dads Sonntagsanzug und seine Schuhe gebürstet, habe in seine Dose Tabak nachgefüllt und all solche Sachen. Sie wissen schon. Und dann habe ich die Beine eine halbe Stunde hochgelegt, weil ich gern frisch aussehe, wenn er heimkommt. Er hat mir immer soviel zu erzählen – wie es um die Verkaufszahlen steht und welche Artikel den Verkauf am meisten fördern und so. Und dann so gegen vier habe ich den Teekessel auf den Herd gestellt, weil ich fast erwartet habe, daß er zeitig zurückkommt, obwohl man das nie so genau weiß. Er konnte nie auf die Minute genau sagen, wann er heimkommen würde, weil er doch soviel unterwegs ist, wissen Sie, deshalb habe ich mir auch keine Sorgen gemacht, sondern meinen Tee getrunken und die Abendzeitung gelesen, als sie gebracht wurde. Und ich weiß, daß ich noch einen weiteren Bericht über den Mann und die Frau in dem Wagen gelesen habe. Da hieß es, das Auto war verschlossen, und sie waren an den Auspuffgasen erstickt, aber der Arzt sagte, es waren Spuren an ihren Köpfen, so als hätte man sie vorher betäubt, und sie hatten keine Ausweise, und ich dachte mir noch, mein Gott, was für ein Aufwand. Und es gab auch neue Nachrichten über die Hausfrauen, die sich über die langen Warteschlangen beschwerten und über die Reaktion der Ladenbesitzer, und dann war da noch eine kleine Anekdote über ein gebrochenes Eheversprechen, worüber ich mich gefreut habe wie ein Schneekönig, weil ich immer über Dad lachen muß, wenn er sagt, er liest ganz gern Geschichten, die ein bißchen pikant sind, wie er das nennt.

Tja, die Zeit verging, und ich schob die Lammkeule in den Ofen und hoffte, daß Dad bald kommen würde. Dann jätete ich ein bißchen Unkraut im Garten, immer ein Auge auf die Straße, damit ich Dad nicht verpassen würde, aber ich habe nicht viel gemacht, weil ich jetzt, wo ich ein bißchen fülliger bin, so leicht ins Schwitzen komme, und schließlich wollte ich doch nicht erschöpft aussehen.

Tja, es wurde langsam sieben und dann acht Uhr, und die Lammkeule verbrutzelte. Allmählich machte ich mir Sorgen, weil es für Dad nicht normal ist, so spät zu kommen, und außerdem konnte er ja immer Mrs. Parks, unsere Nachbarin, anrufen, und sie würde mir dann Bescheid sagen. Maxie wollte ein bißchen spazierengeführt werden, also bin ich mit ihm die Straße auf und ab, aber ich bin nicht weit gegangen, bin

immer in Sichtweite des Tores geblieben, weil ich ja Dad nicht verpassen wollte.
Schließlich bin ich dann zu Mrs. Parks, als es neun Uhr geworden war, nur um sicherzugehen, daß er nicht angerufen und sie vergessen hatte, es mir auszurichten. Aber sie hatte kein Wort gehört, und sie sah, daß ich mir Sorgen machte, also hat sie mir eine Tasse Tee angeboten, aber ich habe keine Ruhe gehabt. Ich habe immer gelauscht, ob ich nicht Dads Wagen höre.
Na ja, es ist immer mehr Zeit vergangen, und ich habe nicht gewußt, was ich machen soll. Ich bin ganz aus dem Häuschen gewesen, und Mrs. Parks hat im Krankenhaus angerufen, um herauszufinden, ob er einen Unfall gehabt hat. Er ist noch nie so spät dran gewesen. Er hat mir in unserer ganzen Ehe nie einen Grund gegeben, daß ich mir hätte Sorgen machen müssen. Er war der ideale Ehemann. Ich konnte mir keinen besseren wünschen...
O je! Muß ich weitererzählen? Den Rest kennen Sie doch sowieso schon. Es war schon fast ein Uhr früh, als der andere Herr hier angerufen und mir alles gesagt hat. Daß Dad einen Unfall gehabt hatte, hatte ich inzwischen ja schon erwartet. Dad hätte mich nie so im ungewissen gelassen. Aber daß er es war in dem Wagen... Und das Mädchen, schon seit Monaten... Und Sie sagen, der Ehemann hat das gemacht... Und ich lese alles in der Zeitung und weiß nichts davon... überhaupt nichts...

Ein natürliches Ende

Sophies Beziehung zu Charles Foster war vor einem knappen Jahr zu Ende gegangen. Sie hatte sechs Jahre gedauert, was für sie (und vielleicht auch für ihn) überraschend gewesen war, denn sie basierte hauptsächlich auf Freundschaft und hatte durch den Sex zusätzliche Würze bekommen. An Liebe dachte sie dabei selten, und das war ihr (und bestimmt auch ihm) nur recht. Sie hatte nicht vor, jemals wieder jemanden so zu lieben, wie sie ihren Mann geliebt hatte, und als er vor elf Jahren auf einer Scheidung bestanden hatte (um eine weit weniger attraktive Frau zu heiraten, die seiner Ansicht nach jedoch »größere intellektuelle Tiefe« besaß), hatte ihr nur die Erziehung ihrer beiden Kinder die nötige Kraft und Disziplin zum Weiterleben verliehen. Jedenfalls war es ihr damals so erschienen.

Aber Sophie war an die Liebe gewöhnt. Sie war ihr ganzes Leben lang von jemandem geliebt worden – von ihren Eltern, Verehrern, einem oder zwei Liebhabern und dann von John. Nach einer Zeit großer Niedergeschlagenheit, die auf die Scheidung folgte, hatte ihr ein ausgesprochen männlicher und ausgesprochen gewöhnlicher Däne, den sie im Urlaub kennenlernte, neuen Lebensmut gegeben – die Beziehung entpuppte sich als Katastrophe, aber wenigstens hatte sie so den Glauben an ihre Attraktivität wiedergewonnen. Dann, nach fast einem Jahr, trat ein Fotograf auf die Bildfläche – er war zu jung und sich seiner sexuellen Neigung noch nicht ganz sicher; darauf folgte Paul, der während der Designertagung in Frankfurt nicht von ihrer Seite wich, und dann Charles, der, aus welchem Grunde auch immer, mehr als nur eine Woche oder einen Monat überdauert hatte, mit dem zusammen sie lachte und plauderte und zu dem sie eine angenehme Zuneigung faßte. Wichtiger noch: Er hatte genausowenig die Absicht, seine Frau zu verlassen, wie Sophie die Absicht hatte, ihn darum zu bitten. Seit ihrer Scheidung hatte sie sich eine Karriere als Designberaterin für ein Monatsmagazin aufgebaut. Unter den anderen gutgekleideten und gut geschminkten Frauen ihrer Altersgruppe tat sie sich durch ihren sprühenden Charme und ihren Erfolg hervor. Sie war mit ihrem Leben zufrieden. Charles war ebenfalls mit diesem Arrangement zufrieden. Sechs angenehme Jahre lang hatten sie ohne Bindung, ohne Forderungen zur Behaglichkeit des Partners beigetragen.

Als dann das siebte Jahr herannahte, begann die Beziehung allmählich, flauer zu werden. Ganz langsam, ohne daß man den Finger hätte darauf legen können, bis Sophie eines Tages merkte, daß sie schon seit sechs Wochen nicht mehr miteinander telefoniert hatten. Die Beziehung hatte ein natürliches Ende gefunden.

Ein natürliches Ende? Nun ja, natürlich. Sechs Jahre ist eine lange Zeit für etwas, was nicht wichtig ist. Und doch war jener Abend der Anfang vom Ende, als sie danach zum Essen gegangen waren und sie beim Kaffee zu ihm gesagt hatte: »Ich habe vergessen dir zu sagen – Lucinda bekommt ein Kind.«

»Tatsächlich?« Er wirkte nicht sonderlich interessiert, was verständlich war, weil er ihre Tochter Lucinda nie kennengelernt, sie sich vielleicht nicht einmal vorgestellt hatte. Möglicherweise hatte er angenommen, sie sei immer noch ein Kind, obwohl er natürlich wußte, daß sie verheiratet gewesen war, genauso, wie er wußte, daß Giles in Kanada arbeitete. Sie hatten ihre Kinder immer aus ihrer Beziehung herausgehalten, die nur sie beide etwas anging, nur ihnen Spaß machen sollte. »Wann?«

»Im Dezember.« Damals war September. »Irgendwie erscheint mir das schon phantastisch.«

»Ja. Möchtest du noch einen Brandy?«

»Gern.«

Das war alles gewesen. Aber war das der Zeitpunkt gewesen, wo die Beziehung sich aufzulösen begann? Sie hätte Lucindas Schwangerschaft nicht in alle Ewigkeit verheimlichen, ihn aus einem wichtigen Bereich ihres Lebens ausschließen können. Schließlich war Lucinda ihr Kind, ihre geliebte, wenn auch manchmal verwirrende Tochter, kein Schulmädchen mehr, sondern mittlerweile achtundzwanzig Jahre alt, verheiratet mit Anthony. Sie wohnte in Fulham und würde in drei Monaten ein Kind bekommen. Egal, wie sehr sie sich auch bemühte, das zu ignorieren – es blieb die unausweichliche Tatsache, daß Sophie Großmutter werden würde.

»Phantastisch« war genau das richtige Wort gewesen. Diese fröhliche, nicht sehr tiefgründige, schlanke Frau, die noch kaum Falten und auch keine Tränensäcke unter den Augen hatte, die sich die Haare nur von den besten Friseuren schneiden und mit Strähnen versehen ließ, die sich geschmeidig bewegte und Spaß hatte am Sex – diese Frau konnte doch noch nicht Großmutter werden? Tücher, Häubchen, Stricken? Oma? Großmama? Das war doch lächerlich.

Aber wahr.

Anfangs hatte Sophie gar nicht die Zeit gehabt, um zu bemerken, daß sie Charles kaum noch sah. Zu viele Dinge ereigneten sich. Die letzten Monate von Lucindas Schwangerschaft waren schwierig gewesen, die Lage war kritisch, Anthony besorgt; das Wetter war schlecht; ein Streik verhinderte den Druck der Zeitschrift und führte zu Umorganisationen und Absagen bei Sophies Arbeit. Giles kam völlig unerwartet aus Toronto und nistete sich in Sophies Wohnung ein; und dann kam auch noch Lucindas Baby zu früh zur Welt. Eine rasante Fahrt ins Krankenhaus, Bluttransfusionen, ein bleicher und zitternder Anthony, eine Zigarette nach der anderen in dem kahlen Wartezimmer, hochbrandende Ängste und Erinnerungen – an John und eine andere Entbindungsstation, an Lucinda als Baby, als Kind, als

Mädchen, als Braut, als unorganisierte, verträumte, umsorgte junge Frau. Und dann endlich die Erleichterung und die Ruhe; Lucinda strahlend, wenn auch erschöpft, und auch Anthony strahlend, obwohl er aussah, als würde er gleich in Ohnmacht fallen, und in der aseptischen Acrylglaskrippe (die eher wie ein Küchenmöbel von Sophies Entwürfen aussah, nicht wie ein Kinderbettchen) das Baby. Ein Junge. Sophies Enkel.

Ein kleines, gehäutetes Kaninchen, tief und fest schlafend, noch ein wenig gelbsüchtig, fest eingehüllt mit einer sterilen Decke in dem Krankenhausbettchen. Das winzige, verschlossene Gesicht und der Kopf ganz wie John.

Ein Schwall so archaischer Gefühle durchflutete Sophie, daß sie sich kaum noch auf den Beinen halten und schauen konnte. Tief in ihrem Innersten packte sie das kleine Wesen und rannte mit ihm aus dem Krankenhaus in eine Höhle, wo sie es gegen ihre Brust preßte und jeden knurrend abwehrte, der zu ihr vordringen wollte.

Tatsächlich stand sie da und starrte lächelnd das Kind an, und weit weg hörte sie ihre eigene Stimme sagen: »Einfach phantastisch, meine Lieben.«

Das war vor neun Monaten gewesen. Jetzt tat Sophie etwas für sie selbst völlig Unerwartetes: Sie verbrachte zusammen mit Lucinda, Anthony und dem Baby den Urlaub in einem nicht sonderlich behaglichen Hotel in Cornwall. Wie, um Himmels willen, war es dazu gekommen?

Nach diesen ersten starken Gefühlen bei Dominics Geburt hatte sie strikt ihr eigenes Leben weitergeführt. Natürlich traf sie sich mit allen. Lucinda, verträumt und noch immer wenig organisiert, die Haare müde herabhängend, das Gesicht nach wie vor nicht geschminkt, der Körper unverändert in den langen Rüschenkleidern, die Sophie so sehr verabscheute, kam manchmal mit dem Baby in der Tragetasche zu Besuch, und natürlich fuhr auch

Sophie recht häufig nach Fulham und brachte Flaschen mit Tio Pepe und Töpfe mit teurer Gesichtscreme mit, die anscheinend nie geöffnet wurden. Aber Dominic gegenüber verhielt sie sich kühl, sie hielt ihn so wenig wie möglich auf dem Arm, weigerte sich, ihm die Windeln zu wechseln oder Gummisauger zu sterilisieren oder irgend etwas zu tun, was ihre Beziehung intensiviert hätte.

Sophie hatte sich viele neue Kleider gekauft, sich eine neue Frisur machen lassen und ließ sich einmal im Monat massieren und von Kopf bis Fuß eincremen. Bei der Zeitschrift war sie mittlerweile zur verantwortlichen Redakteurin für die Sparte Design avanciert und hatte nicht nur eine Assistentin, sondern auch einen Fotografen, der auf Abruf bereitstand. Sie war großartig und sah auch so aus.

Wieso machte sie dann zusammen mit ihrer Familie Urlaub in Cornwall? Natürlich, weil sie sie liebte, aber auch weil eine geplante Spritztour nach Stockholm, um einen Bericht über skandinavisches Glas für die Zeitschrift zu schreiben, ins Wasser gefallen war. Lucinda hatte sie offenbar gebraucht, in London tat sich nichts Interessantes, und allmählich wurde Sophie klar: Sie vermißte zwar nicht unbedingt Charles, aber *einen* Charles. Deshalb war sie hier.

Sie war auf halbwegs kultivierte Weise allein mit dem Zug angereist; die Eintagesfahrt mit dem Baby und das ganze Drum und Dran waren nichts für sie. Doch als sie am ersten Morgen den Speisesaal zum Frühstück betrat und die älteren Ehepaare, die ein oder zwei Familien mit schulpflichtigen Kindern, Lucinda in einem Hängerkleid, Anthonys Bart und Dominic sah, der gerade Müsli auf dem Kinderstuhl des Hotels verteilte, hatte sie das Gefühl, verrückt zu sein. Der Grapefruitsaft war verdünnt und lauwarm, der Toast kalt und zäh. Man mußte in den Ort gehen, um eine Zeitung zu bekommen. Der Wind trieb die grauen Wellen gegen das Ufer. Letztes Jahr um die gleiche Zeit –

nein, ein Jahr davor – hatten sie und Charles zusammen ein Wochenende in Amalfi verbracht. Er hatte eine Geschäftsreise verlängert, und sie hatte sich von einer Informationsveranstaltung abgesetzt, die eine italienische Keramikfirma organisiert hatte.

Vor zwei Jahren. Zwei Jahre älter – egal. Wenn sie (wie sie selbst immer behauptete) zwanzig gewesen war, als Giles zur Welt gekommen war, dann war sie jetzt erst fünfzig. Fünfzig. Meine Freundin ist fünfzig und Großmutter. Du gütiger Himmel!

Sie faßte einen Entschluß. Sie liebte Lucinda, mochte Anthony, doch von dem Baby (das nun nicht mehr John ähnelte) hielt sie sich fern, auch wenn sein unschuldiger Blick, seine weichen Haare und das reine, saubere Weiß seiner Augen tief in ihr etwas anrührten. Lächelnd, fröhlich, tadellos bekleidet mit meisterlich geschnittenen Hosenanzügen oder am Abend mit langen Röcken aus teuren Stoffen, hin und wieder einen Flirt mit Anthony wagend (der das nicht merkte), versuchte sie, ihren eigenen Urlaub neben den anderen, statt mit ihnen zusammen zu verbringen, und betrachtete sich dabei als eine fremde, exotische Besucherin aus einer anderen, ihrer eigenen, kultivierten Welt. Sie hatte sie begleitet, weil sie sie mochte; das war genug. Wenn sie sich selbst im Spiegel betrachtete (der an einer ungünstigen Stelle in dem zu kleinen Zimmer angebracht war, vor dessen Fenster die Möwen den ganzen Tag vor sich hinkreischten), hatte sie das Gefühl, daß niemand sie für älter als fünfundvierzig halten konnte, für Lucindas Stiefmutter vielleicht, möglicherweise sogar für ihre ältere Schwester. Schon bald würde sie in der Lage sein, jenen schrecklichen Zwischenfall im Foyer zu verdrängen, als Lucinda und Anthony eines Abends in eine Kneipe gegangen waren und Sophie mit dem neuesten Roman von Dick Francis in der Hand auf Dominic aufpaßte. Zwei ältere Damen waren an ihr vorbeigekommen, und die eine von ihnen, eine weißhaarige Frau mit breiten Hüften, einem taubenblauen Kleid und weißen Schuhen, war stehengeblieben und hatte gesagt: »Passen Sie auf den Kleinen auf? Das ist aber nett. Das Paar hat Glück, daß die Oma mit dabei ist.« Sie war erstarrt, ein Lächeln, so kalt wie aus der Tiefkühltruhe, auf den makellosen Lippen. »Tja, sie sind schon eine Freude, die Enkel, sage ich immer.« Die Frau war weitergegangen, und die Seiten von Dick Francis' Roman waren vor Sophies Augen zu einem grauen Fleck verschwommen. Zum Glück reiste die Frau am nächsten Tag ab.

Zum Glück, denn man konnte nie wissen, was sie sonst noch in aller Öffentlichkeit im Foyer gesagt hätte, insbesondere, da am gleichen Tag ein recht vorzeigbarer Mann ankam. Um die Vierzig, groß, noch kaum grau. Er war leger gekleidet, trank den besten Bordeaux, den das Hotel zu bieten hatte (was nicht viel bedeutete) und rauchte eine Zigarre, deren Geruch auch dann noch im Foyer hing, als er schon verschwunden war. Ein alleinstehender Mann – geschieden, verwitwet, schwul? Mit Sicherheit nicht schwul –, er hatte sie mit einem gewissen Interesse betrachtet, als sie zusammen mit Lucinda und Anthony in den Speisesaal kam, eine elegante Rose zwischen zwei rüschenbesetzten oder haarigen Disteln, und hatte ihr, als sie sich am nächsten Morgen im Foyer begegneten, lächelnd die Tür aufgehalten. Am Abend hatten sie sich kurz miteinander unterhalten. »Ich bin mit meiner Tochter und meinem Schwiegersohn hier«, sagte sie, während sie den gräßlichen Kaffee tranken (von Dominic erwähnte sie lieber nichts).

»Ach, tatsächlich?« sagte er. »Gratuliere.«

Nein, schwul war er mit Sicherheit nicht.

Sie erwachte zu neuem Leben. Natürlich würde er in ein oder zwei Tagen nicht mehr hier sein, aber er war die Sorte Mann, für die sie etwas übrig hatte. Wahrscheinlich war er in einer Handelsbank beschäftigt – er fuhr einen stahlblauen Jensen. Dolphin Square – vermutlich hatte er keine Frau. Er spielte Bridge, was

sie nicht tat; doch er kannte alle neuen Stücke und schien eine Loge in der Festival Hall zu haben. Warum keine Frau? Vielleicht war er, wie sie selbst, auf der Suche nach einer neuen Beziehung...
In ihr begannen sich absurde Phantasien zu regen.

Anthony fuhr gern herum und probierte die verschiedenen Buchten aus, wenn das Wetter gut war, und das war es meistens. Mit Dominic im Kindersitz, eine Großpackung Windeln, Badesachen, Orangensaft, Zwieback und widerliches Plastikspielzeug zu ihren Füßen, holperten sie durch die merkwürdige Landschaft von Cornwall, die im einen Augenblick öde wirkte und im nächsten überraschend üppig. Sophie begleitete sie, weil sie sie liebte, und weil es sonst absolut nichts zu tun gab – der graue Jensen war weggefahren, bevor sie mit dem Frühstück fertig waren, würde aber am Abend zurückkehren. Sie saß auf dem Rücksitz neben Dominic und malte sich eine Zukunft mit einem zweiten Charles aus. Dabei ließ sie es zu, daß Dominic die zahlreichen Ringe an ihren schmalen Fingern untersuchte und an ihnen herumkaute, ohne daß sie es eigentlich richtig merkte. Erst, als er ihr die Finger in die Ohren steckte, schreckte sie aus ihren Tagträumen auf. Ein Becher mit Orangensaft lenkte ihn ab.
Sie fanden schließlich eine Bucht mit gelbem Sand und Felsen an beiden Enden und kämpften sich, bepackt mit allerlei Utensilien, über die trockenen Dünen vom Parkplatz zu dem Kieselstrand hinunter. Ein scharfer Wind schlug ihnen entgegen, aber die Sonne schien, und sie trotteten hinüber zu den Felsen (die besten Plätze waren bereits von Badegästen besetzt, die früher gekommen waren als sie), wo sie sich ein windgeschütztes Fleckchen suchten. Anthony zog sich bis auf seine Badehose aus, rannte am Ufer hin und her und schlug sich gegen die Brust, während sein Bart im Wind flatterte wie Gischt. Dann stürzte er

sich ins Wasser und drehte ein paar schnelle Runden, bevor er, grau vor Kälte, wieder zurückkehrte. Als er seinen dicken Pullover angezogen hatte, begannen sie mit dem Picknick. Der Sand knirschte zwischen ihren Zähnen, und Dominic war nicht davon abzubringen, daß er über ihre Sandwiches krabbelte. Die Thermoskanne kippte um, und es gab kein Messer für die knackigen Äpfel, in die lediglich Sophie nicht bedenkenlos beißen konnte. Sie entdeckte Teer auf ihrer braunen Lieblingshose, die Sonne versteckte sich hinter Wolken, und der Wind drehte und wehte nun in ihre Nische hinein.

»Meine Lieben«, sagte sie, »ich glaube, ich gehe jetzt zum Wagen zurück.« Der Wind zerrte eine lange Locke ihres Haares unter ihrem Jacqmar-Kopftuch hervor, und dabei war es fast lebenswichtig für sie, daß ihre Haare unter dem Tuch blieben, wenn sie beim Abendessen halbwegs gesittet aussehen wollte.

»Ja?« fragte Lucinda, der das Wetter nichts ausmachte, weil es an ihr nichts gab, was zerstört hätte werden können, und rang mit dem brüllenden Dominic. »Ich glaube, die Sonne kommt bald wieder heraus.«

»Trotzdem.« Sie erhob sich (sie mußte zuerst auf die Knie gehen und sich dann abstützen und konnte nicht mit einer einzigen schwungvollen Bewegung aufspringen wie Lucinda). »Ich werde noch ein bißchen lesen.«

Dominic gelang es zu schreien, obwohl er den Daumen im Mund hatte. Andere Kinder standen um sie herum und starrten sie an. Lucinda sagte: »Könntest du ihn vielleicht mitnehmen? Er ist schrecklich müde, und hier schläft er nicht ein, wenn soviel los ist.«

»Tja...«

»Leg ihn auf die Decke auf dem Rücksitz, dann schläft er gleich ein.« Sie sah wehmütig hinaus aufs Meer, das sich jetzt, wo der Wind gedreht hatte, beruhigte. »Ich würde so gern ins Wasser gehen.«

»Natürlich, Liebes.« Sie rückte ihre Umhängetasche zurecht. »Anthony trägt ihn für dich – oh, er ist eingeschlafen.« Er lag tatsächlich da, das Gesicht nach unten auf der sandigen Decke, die hellen Sohlen seiner Füße mit Teer gesprenkelt.

»Ich schaffe das schon. Hoppla!« Sie stolperte, als man ihr das Baby in die Arme legte.

»Bist du sicher?«

»Natürlich. Schließlich bin ich doch mit Giles und dir auch zurechtgekommen, oder?«

Sie ging den Strand hinauf; dabei rutschte ihr die Tasche von der Schulter und schlug gegen ihr Knie, und der Wind wehte ihr die Haare in die Augen, während das Baby mit seinen kleinen, aber erstaunlich festen Händen um sich schlug. Sie bahnte sich stolpernd einen Weg durch die Dünen, langte am Parkplatz an (einem freien Platz, der unregelmäßig asphaltiert war und zwischen Heide und Strand lag) und kletterte erleichtert zusammen mit dem Baby in den Wagen. Der Kleine hörte auf zu schreien und schien zufrieden, doch als sie die Decke ausbreitete und ihn darauf legte, auf den Bauch, wie er es gerne hatte, fing er wieder an zu brüllen. Sie konnte nichts tun, als bei ihm zu bleiben und ihn mit der einen Hand festzuhalten, während sie ihm mit der anderen sanft den Rücken klopfte und ihn zu beruhigen versuchte: »Psch, psch, kleines Baby, psch...« Nach einer Weile setzte er sich, immer noch wütend, nicht mehr zur Wehr und versank, hin und wieder zuckend und schluchzend, in tiefen Schlaf.

Sie nahm die Hände weg und faltete sie im Schoß. Ihr Buch lag im Handschuhfach, und sie wagte es nicht, sich zu bewegen, um es herauszuholen, weil sie ihn sonst vielleicht aufweckte. Also saß sie da und schaute zum Fenster hinaus, hinüber zu den anderen Autos und dem gelblichen Gras der Heide, zu den Stechginsterbüschen und in Richtung des Strandes mit den Teerflecken, wo die Wellen sanft und schaumig am Ufer leckten, türkisfarben jetzt und weiter draußen marineblau unter einer

Sonne, die sich gegen die dahinjagenden Wolken durchgesetzt hatte. Durch die offenen Fenster drangen beständig Geräusche – Meer und Wind und Stimmen, bellende Hunde, die allgegenwärtigen, kreischenden Möwen.
Sie setzte sich zurecht. Von Zeit zu Zeit warf sie einen Blick auf das Baby neben sich. Der Kleine hatte vom Schlaf gerötete Wangen, und seine Wimpern schienen fast bis auf seine Wangen zu reichen. Sein Daumen glitt ihm aus dem Mund und lag nun feucht neben seinem Gesicht. Seine kleine Brust hob und senkte sich, und wenn sie ihre Hand darauf legte, um die Decke ein wenig hochzuziehen, spürte sie sein kleines Herz klopfen wie eine winzige Uhr. Sie ließ die Hand, wo sie war, nahm mit der anderen das Tuch vom Kopf und schüttelte ihre Haare aus. Dieser starke, feuchte Wind war höllisch. Zum Glück gab es Haarspray...
Sie saß da. Draußen in den Wellen entdeckte sie manchmal Köpfe, die zu Lucinda und Anthony gehören konnten, runde Seehundsköpfe mit Haaren glatt vom Wasser, die von selbst trocknen und höchstens noch mit einem groben Kamm gekämmt werden würden. Die Köpfe schaukelten im Wasser aufeinander zu, zuerst wurde der eine untergetaucht, dann der andere, dann vereinten sie sich wohl zu einem Kuß, und die feuchten, glitschigen, jungen Körper trieben in dem pulsierenden Türkis zusammen, trennten sich wieder und schwammen um die Wette...
Sie war erfüllt von Sehnsucht, von Erinnerungen. Auch sie, ja, auch sie, stärker hatte sie es empfunden, als sie es je tun würden, vor langer und doch wieder nicht so langer Zeit, schattige Siestas, und dann hinaus in das kühle Dämmerlicht, halbwach am Morgen, bevor die Kinder aufstanden, verrückte, halb bekleidete Augenblicke, kichernd und spontan, um sechs Uhr, nach dem Schlafengehen, die Viertelstunde, bevor der Wecker klingelte... All das konnte doch nicht vorbei sein. Sie war

Sophie, die immer geliebt worden war. Noch bis vor einem Jahr hatte es Charles gegeben, der es so lange bei ihr ausgehalten hatte. Es würde noch andere geben. Wenn schon nicht den Jensen-Mann, dann andere. Sie war schlank, elegant, amüsant. Sie zog sich gut an, machte intelligente Konversation und war auch im Bett gut. Sie hatte soviel zu geben und zu schenken. Was bedeuteten schon die Jahre, raubten sie einem wirklich etwas Wichtiges? Wer war die Begehrenswertere von ihnen, sie selbst oder die liebe, natürliche Lucinda?

Und während sie so aus dem Fenster starrte und spürte, wie sich wieder Kraft und Zuversicht in ihr regten, entdeckte sie ein Mädchen. Die junge Frau war irgendwo hinter den Autos hervorgekommen und rannte am Rand der Heide entlang auf dem rauhen, federnden Boden bis hinauf zum Kamm, wo sie jetzt, den Autos und Sophie den Rücken zugewandt, stehenblieb.

Sie war so gut wie nackt, denn nur die Bänder ihres korallenfarbenen Bikinis kreuzten sich auf ihrem Rücken, und nur ein winziges Dreieck verdeckte ihre Pospalte. Sie stand da und hob einen Arm, um die Augen mit der Hand vor der Sonne zu schützen, das lange blonde Haar seitlich im Wind flatternd, so daß ihre Wange und ihr runder Nacken zu sehen waren. Ihr erhobener Arm war dünn, und die lange Linie von ihrer nackten Schulter über ihre Taille und die Hüfte zu den langen, glatten Beinen harmonisch wie eine Phrase in der Musik. Die Rundung ihres Rückgrats über ihrem Gesäß war wie von einem sinnlichen Daumen geformt, genauso wie die schmale Taille, die zur Hüfte hin breiter wurde, auf der Drehscheibe eines Töpfers entstanden hätte sein können. Sie war eine Figurine aus Gold und Elfenbein und Alabaster und schimmerte vor dem mittlerweile blauen Himmel, dem tiefblauen Meer, dem Grün und Gelb von Stechginster und Dünen, dem warmen, heftigen Wind.

Einen Augenblick lang verharrte sie so und suchte die Küste mit den Augen ab. Dann rannte sie mit sicheren Schritten und wehendem Haar über die Grasbüschel und Dünen, zu denen das Meer nie heraufkam, geschmeidig wie ein Fisch. Es war fast so, als habe sich der Himmel geöffnet und als habe Zeus einen Blitz direkt auf Sophie herabgeschleudert.

Sie sagte nicht viel, als Lucinda und Anthony zum Wagen kamen, mit feuchten Haaren und lachend, und überall Sand verstreuten. Sie sagte auch nichts, als Dominic aufwachte und anfing, auf dem Sitz und auf ihr herumzukrabbeln. Sie sagte immer noch nichts, als sie zum Hotel zurückfuhren und die beiden, noch erfüllt von ihrer Freude, sich ausgetobt zu haben, sich lebhaft unterhielten. Sie sagte noch immer nichts, als sie im Hotel angekommen waren und in ihre jeweiligen Zimmer gingen.

Dort zog sie Hose und Pullover aus, hängte sie sorgfältig über einen Bügel und schüttelte dann ihre Sandalen am offenen Fenster aus. Sie trug nun nur noch Slip und Büstenhalter, zog ihren Morgenmantel darüber und legte sich aufs Bett. Schwache Essensdüfte breiteten sich im Zimmer aus, und das Licht draußen wurde allmählich weicher. Sie hörte, wie Autotüren zugeschlagen wurden, und die Seemöwen fingen mit ihrer üblichen abendlichen Zankerei an.

Sie lag lange Zeit flach ausgestreckt da. Irgendwann hob sie ein Bein und starrte es an. Allmählich waren die blauen Venen darauf nicht mehr zu übersehen, und das Schienbein trat stärker hervor als früher. Die Haare wurden borstig, wenn sie sie nicht regelmäßig entfernte. Der Lack an ihren Zehennägeln wirkte derb.

Sie betrachtete ihre Hand und den Arm, der aus dem Ärmel des Morgenmantels hervorschaute. Der Oberarm wurde schwabbelig, und die Muskeln an den Unterarmen waren deutlicher zu erkennen als früher, als zöge sich das Fleisch zurück. Ihre Hände waren noch immer schön, aber die Haut war mittlerweile ein wenig zu fein. Und waren das Sommersprossen oder – sie erbleichte, stellte sich aber dem furchtbaren Wort – Altersflekken?

Nach einer Weile erhob sie sich und zog die Vorhänge zu. Der Essensgeruch wurde stärker, und sie merkte, daß sie zu spät kommen würde, wenn sie sich nicht beeilte. Trotzdem schminkte sie sich das Gesicht und frisierte sich mit größter Sorgfalt und einem Geschick, das sie sich im Lauf der Jahre erworben hatte. Der Wind am Strand hatte ihre Frisur noch nicht vollends ruiniert. Sie zog sich genauso sorgfältig an, den dunkelblauen Jerseyrock, eine cremeweiße Seidenbluse, einen tief geknotenen Schal. Einen Hauch von Parfüm und Haarspray. Dann nahm sie ihre Handtasche und ging nach unten.

Lucinda und Anthony hatten die unangenehme Gewohnheit, Dominic zum Essen mitzunehmen. Sie führten ihn gern den versammelten Gästen vor, weil er so süß aussah in seinem Schlafanzug, rosig und wohlriechend nach dem Bad, schläfrig, aber wohlwollend. Eine kleine Gruppe von Bewunderern stand um ihn herum, wie er sich so an Lucindas Brust drückte, den Daumen im Mund. Doch als Sophie sich ihnen näherte und er sie entdeckte, beugte er sich zu ihr vor und begrüßte sie mit seinen eigenen gurgelnden Lauten. Die Gruppe freute sich mit ihm.

Sophie trat auf ihn zu. Lächelnd, den perfekt frisierten Kopf hoch erhoben, schaute sie sich nicht einmal um, ob der Jensen-Mann da war oder nicht, streckte die Arme aus und sagte: »So ist's recht, mein Kleiner – komm zur Omi.«

Runter in den Süden

Stellen Sie sich vor, was ich gerade in der Zeitung lese! Ein paar Zeilen, unten auf der Innenseite, so klein, daß ich sie um ein Haar übersehen hätte. TOD IM GEFÄNGNIS stand da und darunter: »Frank Wisbey, 1961 für den Mord an seiner Ehefrau Edna zu lebenslanger Haft verurteilt, ist tot. Er starb in der Strafvollzugsanstalt Hackenfield im Alter von 55 Jahren.«

Hat mir einen ganz schönen Schock versetzt, das kann ich Ihnen flüstern. So was, nach all den Jahren. Klar, wir müssen alle mal sterben, und ohne diese Gesetzesänderung hätte man den guten Frank ohnehin schon damals aufgeknüpft. Kein schöner Gedanke, egal, woran er schuld gewesen sein soll, das wünscht man nicht mal seinem schlimmsten Feind, so oder so.

Jedenfalls mußte ich mich erst mal setzen auf den Schreck hin, hatte auf einmal ganz weiche Knie. Nach 'ner Weile bin ich dann wieder hoch, hab mir 'ne Tasse Tee gemacht, und wie ich den so trinke, ist mir auf einmal klar, was ich tun muß. War mir natürlich immer schon klar, aber jetzt hab ich irgendwie ein ganz mulmiges Gefühl. Wirklich, irgendwie ein ganz komisches Gefühl.

Am nächsten Morgen hab ich Mr. Harding dann gesagt, ich müßte ein paar Tage freihaben wegen einer dringenden Angelegenheit. Natürlich war er nicht besonders begeistert, brummelte irgendwas, aber zum Schluß blieb ihm nichts anderes übrig, als klein beizugeben. Ich bin die beste Schreibbüro-Chefin, die er je gehabt hat, und das weiß er genau. Ich habe diese dummen jungen Dinger im Griff, als wär's nichts, ein paar sind sogar schon über sechs Monate bei uns, und bessere gibt es woanders auch nicht. Ich verlange eine ganze Menge, und ich passe auf, daß sie's auch bringen. Sie sind nicht besonders helle, diese jungen Dinger, und sie fügen sich, wenn man ihnen mit einem Lächeln beibringt, wer das Sagen hat. Und ich lächle immer. Egal, wie's drinnen aussieht – ob mir vielleicht gerade die Galle überläuft –, ich lächle.

In der Mittagspause bin ich also zum Reisebüro und hab meine Fahrkarte nach London abgeholt. Am nächsten Tag sollte es losgehen, und – offengestanden – ich konnt's kaum erwarten. Ich war schon Jahre nicht mehr da unten im Süden gewesen – wirklich ewige Zeiten –, und so eine kleine Abwechslung tut doch jedem mal gut, vor allem, wenn man so fleißig arbeitet wie ich. Und ehrlich gesagt, ich kann mir 'ne Menge Gegenden denken, wo ich lieber wohnen würde als hier im Norden, im Industriegebiet, wie es immer heißt. Man muß aber auch sagen, die Leute sind hier schwer auf Draht und kümmern sich ansonsten nur um ihren eigenen Kram. Alles in allem hab ich's nicht bereut, mich hier niedergelassen zu haben. Ich habe eine gute Stellung und eine nette Wohnung, ein bißchen außerhalb der Stadt, direkt an der Buslinie. Die Wohnung ist picobello gepflegt, ein richtiges Schmuckkästchen, das kann ich Ihnen sagen, und ich habe es fabelhaft bequem gehabt in den letzten Jahren, weil mir niemand alles verdreckt, mich genervt oder sich ständig in alles eingemischt hat. Und deswegen bin ich ja auch hierhergekommen.

Ich hab also meinen Koffer gepackt, die Wohnung noch mal gründlich geputzt (nicht, daß sie's nötig gehabt hätte, aber ich mag's eben, wenn alles proper aussieht) und am nächsten Morgen den Zug nach London genommen. Bißchen aufgeregt war ich schon, das will ich gern zugeben, aber ich laß mich von meinen Nerven nie kleinkriegen, wenn ich mir irgendwas fest vorgenommen habe.

Es ist auch nicht das Reisen, was mich nervös macht – so blöd bin ich nun auch wieder nicht –, obwohl ich eigentlich nicht so viel herumgekommen bin wie andere Leute heutzutage. Ich war mal mit dem Wagen in Schottland und bin sogar mit dem Flugzeug zum Urlaub nach Irland – natürlich vor diesem ganzen Theater –, und ich war kein bißchen nervös da oben in der Maschine. Man braucht sich nur diese albernen Weiber von Stewardessen anzusehen, mit ihren aufgedonnerten Frisuren, den falschen Wimpern und den lackierten Fingernägeln – was die können, kann ich schon lange! Nein, was mich nervös machte, war der Gedanke, dahin zurückzugehen. Ja, wirklich, ich muß sagen, ich war tatsächlich nervös.

Natürlich war das gar nicht nötig, völlig klar. Mitten in der Woche war fast kein Mensch unterwegs, höchstens ein paar Geschäftsleute, und der Zug war auch einigermaßen sauber. Hab mir einen kleinen Imbiß gegönnt, im Speisewagen, und das Essen war nicht annähernd so miserabel, wie die Leute immer behaupten. Eigentlich sogar recht gut, und wie diese Kellner kein bißchen verschütten – einfach toll. Anschließend hab ich ein kleines Nickerchen gemacht. Es war schon dunkel, als wir in London ankamen – pünktlich auf die Minute! Wenn Sie mich fragen, ist die Bahn nicht halb so schlecht, wie die Leute immer behaupten.

Egal. Ich hab dann den Bus genommen vom Hauptbahnhof (mein lieber Schwan, der hat sich vielleicht verändert, seit ich zum letztenmal hier war!), mir ein Zimmer gesucht in einem netten kleinen Hotel in der Nähe, hab den Hut, den Mantel und die Schuhe ausgezogen, mich der Länge lang aufs Bett gepackt – und da lieg ich nun und laß mir die ganze Geschichte noch mal durch den Kopf gehen. Bis jetzt, müssen Sie wissen, hab ich ja mehr oder weniger automatisch gehandelt. Nachdem ich diesen Artikel gelesen, mich vom ersten Schock erholt und meinen Entschluß gefaßt hatte, hab ich mir einfach einen Plan gemacht und den auch durchgeführt, wie ich das immer mache. Aber jetzt, wo ich bis morgen früh nichts zu tun habe, geht mir das plötzlich im Kopf rum, immer wieder munter im Kreis, wie vor elf

Jahren, als ob ich noch mal die Zeitung lesen würde, von dem Prozeß und was dabei alles herausgekommen ist.
Frank Wisbey arbeitete damals in der Buchhaltung bei einer dieser großen Fabriken im Süden von London. Gar nicht weit weg war's schon richtig ländlich, genau richtig für 'ne kleine Autotour am Wochenende, und in der Nähe lag auch eines dieser großen Rieselfelder, wie es immer heißt, was in Wirklichkeit natürlich Kläranlagen sind, nicht besonders schön, natürlich, aber sie sind einem auch nicht weiter aufgefallen. Frank und seine Frau hatten ein eigenes Haus, eine dieser Doppelhaushälften aus den 20er Jahren, mit einem netten Stück Garten vorn und hinten. Wirklich kein übles Haus, weil nämlich der hintere Teil des Gartens auf einen Wanderweg stieß, der an den übrigen Gärten entlangführte zu einem Freizeitpark, es war also offenes und unbebautes Gelände, man konnte dort Kricket spielen und Fußball, es gab einen Kinderspielplatz und einen Teich, dessen Wasser von einem ziemlich verdreckten alten Bach kam, eigentlich mehr eine Art Graben. Trotzdem eine recht nette Wohngegend, kein Mensch wäre auf die Idee gekommen, daß die Autobahn sozusagen direkt vor der Haustür lag – Sie kennen ja solche Ecken.
Die Wisbeys hatten keine Kinder. Sie hielt das Haus sauber und kümmerte sich um den Garten, und die beiden waren wirklich das anständigste und solideste Paar, das man sich nur vorstellen konnte. Frank war ein paar Jahre jünger als seine Frau.
Ja, und dann ist sie mit einem Mal verschwunden. Die Nachbarn bemerkten plötzlich, daß sie nirgendwo mehr zu sehen war, und als sie sich bei ihrem Mann nach ihr erkundigten, erklärte er, sie sei zu Besuch bei ihrer Tante. Man fand das ziemlich merkwürdig, weil man noch nie was von diesem Tantchen gehört hatte, und dann fingen allmählich die Gerüchte an, daß man den Herrn Ehemann gesehen hatte. Mit einer anderen Frau. Mit einem dieser jungen Dinger aus seiner Firma. Lange Haare und –

also die Mini-Röcke waren zwar kaum erst aufgekommen, aber sie lief natürlich damit rum. Halb so alt wie er, verrückt auf heiße Musik und den ganzen anderen Quatsch.
Dann rückten ein paar Leute damit heraus, daß sie ihn schon vor dem Verschwinden seiner Frau mit der anderen gesehen hatten – natürlich nur im Dunkeln, in den Anlagen unten am Teich, oder in seinem Auto, das er ein paar Ecken weiter in einer Seitenstraße geparkt hatte. Jetzt fiel auf, daß sie zu ihm ins Haus ging und ein bißchen zu lange blieb. In den ersten Wochen fuhr ihr Wagen abends vor und nachts wieder weg, und nach etwa einem Monat war sie plötzlich bei ihm eingezogen. Natürlich ging das Gerede jetzt erst richtig los, na, und um die Sache kurz zu machen – schließlich stand die Polizei vor der Tür.
Er bestritt die Sache nicht, konnte es ja auch schlecht, denn das Mädchen hatte sich schließlich bei ihm breitgemacht, frech wie Oskar, und jede Menge Leute hatten die beiden schon vorher zusammen gesehen, die Nachbarn und auch seine Kollegen aus der Firma. Aber von seiner Frau wollte er angeblich nichts mehr gehört haben. Nein, geschrieben hätte sie nicht. Ihre Kleider? Nein, soweit er wisse, hätte sie die auch nicht mitgenommen, ihr Postsparbuch oder das bißchen alten Schmuck von ihrer Mutter auch nicht. Nur die Sachen, die sie angehabt hatte.
Komisch, meinten die Polizisten. Hatten Sie vielleicht eine Meinungsverschiedenheit?
Nun ja, sagte er, wir hatten schon einen kleinen Wortwechsel. Blieb ihm auch gar nichts anderes übrig, als das zuzugeben, schließlich wußte die Polizei ja schon Bescheid über das Mädchen. Ob seine Frau vielleicht hinter diese Geschichte gekommen wäre, wollten sie wissen. Nein, antwortete er, er habe es ihr selbst gesagt und eine Scheidung verlangt, weil er mit der anderen auf und davon und sie heiraten wollte. Ich bitte Sie, mit diesem Mädchen – halb so alt wie er! Die wahre Liebe, die große Leidenschaft, die herzergreifende Romanze und dieser ganze

Blödsinn. Einfach geschmacklos, wirklich. Sein Anwalt machte eine Riesenaffäre daraus bei der Gerichtsverhandlung, aber das hat dem sauberen Pärchen auch nicht besonders viel Sympathien verschafft.

Wie denn seine Frau diese Sache aufgenommen hätte, fragte die Polizei. Ganz ruhig, antwortete er. Sie hätte nur gesagt, daß sie das überdenken müßte und ihn gefragt, ob er auch genau wüßte, was er da täte. Das wüßte er, hatte er gesagt, und darauf hatte sie geantwortet, na schön, und sie wüßte genau, daß sie ihn ganz bestimmt nicht freigeben würde. Dann würde er eben trotzdem mit dem Mädchen fortgehen, hatte er gesagt, und sie hatte gemeint, daß alle noch einmal darüber nachdenken sollten. Nein, einen richtigen Ehekrach hatte es nicht gegeben, sagte er, sie hätte ihn aber gefragt, ob er seine Meinung geändert hätte, als er am nächsten Tag von der Arbeit kam. Das hätte er nicht, war seine Antwort gewesen, und sie hatte weiter nichts mehr gesagt. Am darauffolgenden Tag, als er abends nach Hause kam, war sie dann plötzlich verschwunden gewesen – keine Nachricht, nichts, einfach verschwunden.

Ja, also die Polizei fand das natürlich sehr verdächtig. Ehefrau vermißt, Geliebte blutjung – da glaubt doch kein Mensch mehr an Zufall, oder? Jedenfalls suchten sie alles ab, das Haus, den Garten, die Freizeitanlagen – und in dem Weiher fanden sie dann ihre Zahnprothese.

Nicht gerade ein angenehmes Thema, aber bei der Gerichtsverhandlung ist das ja alles haarklein besprochen worden, und die Presse hatte ihren Knüller. Es war keine Vollprothese, nur ein Teilstück für den Unterkiefer, und der Zahnarzt bezeugte, daß es von ihr war. Außerdem fand man noch einen ihrer Schuhe und einen Armreif, den sie oft getragen hatte. Und im Garten, unter dem Komposthaufen, entdeckten sie dann ein paar Stücke Unterwäsche.

Danach haben sie natürlich den ganzen Laden von unten nach

oben gekehrt, das können Sie sich ja wohl denken. Haben alles durchgekämmt und durchs Sieb passiert, jeden Zentimeter Garten umgegraben, mit Hunden herumgeschnüffelt und was weiß ich noch alles – den ganzen Fußweg und den Sportplatz rauf und runter, sogar bis hin zu den Kläranlagen. Aber gefunden haben sie nichts mehr.

Trotzdem haben sie ihn natürlich eingebuchtet. Das mußten sie ja wohl. Auch ohne die Leiche war die ganze Sache doch wohl klar, oder? Sie haben's natürlich nicht so gern, wenn sie keine Leiche finden, aber es hat schon reichlich Fälle gegeben, wo's auch ohne ging, man kennt das ja. Jedenfalls sind sie sich ihrer Sache wohl ziemlich sicher gewesen, sonst hätten sie's bestimmt nicht riskiert, ihm den Prozeß zu machen. Waren alles Indizien, versteht sich, aber schließlich sah ja 'n Blinder, was da Sache war. Diese Kläranlage, die haben sie regelrecht auseinandergenommen, aber – ja, also, das ist vielleicht doch kein so angenehmes Thema, oder? Auf alle Fälle haben sie da nichts weiter gefunden. Ist ja auch kein Wunder, wenn man die Umstände bedenkt.

Sie haben einen Riesenwirbel gemacht um den Fall, und sein Anwalt hat sich mächtig ins Zeug gelegt, das muß man ihm lassen. Hat immer betont, was für ein feiner Kerl dieser Wisbey doch war, bei allen beliebt, freundlich und so herzensgut, daß er nicht mal 'ner Fliege was zuleide tun könne. Dann hat er versucht zu beweisen, daß seine Frau so was wie 'ne Schreckschraube war, die pausenlos an dem Haus herumgenörgelt und ihn angekeift hat, daß er nicht rauchen und gefälligst seine Schuhe abtreten soll – und die außerdem keine Kinder haben wollte. Aus dem Mädchen machte er die ganz große Nummer, wie gesagt – echte Romantik und dieser ganze Quatsch, und wie sie die Geschichte ihrer Liebe nur deshalb an die Revolverblätter verkauft hat, um die Gerichtskosten bezahlen zu können. Und daß sie immer zu ihm gestanden hat, weil sie fest an seine

Unschuld glaubte. Der Staatsanwalt machte der Rührstory bald ein Ende. Wisbey hatte keine Chance, so wie sie die Anklage aufgebaut hatten – obwohl ich sagen würde, daß sich die Geschworenen ziemlich viel Zeit gelassen haben mit dem Urteil. Einer hat später in einem Interview noch gesagt, er wäre immerhin froh, daß man die Angeklagten jetzt nicht mehr hängen ließ. Ja, das war eigentlich alles. Er bekam lebenslänglich, und sie bekam nichts. Nicht einmal ihn, obwohl sie doch all die Jahre auf ihn gewartet hatte, zu ihm gestanden hatte und was da sonst noch für'n Blödsinn verzapft worden ist. Inzwischen ist sie wohl Ende Dreißig – bißchen spät für 'n neuen Anlauf, vor allem ohne ihn. Normalerweise wär er so in ein bis zwei Jahren draußen gewesen, das ist ja jetzt so üblich. Lebenslänglich ist auch nicht mehr das, was es mal war, leider Gottes.

Ich glaube aber, daß sie jetzt das Haus hat. Es war ja seins, wissen Sie, und ich hab da nie Ansprüche gestellt. Konnt ich ja wohl auch nicht, oder? Von mir aus soll sie's haben, vielen Dank, mir geht's bestens, in meiner Wohnung für mich allein, keiner, dem ich den Dreck wegfegen muß und der mich hinter meinem Rücken vor der ganzen Nachbarschaft blamiert. Dem es völlig egal ist, daß ich ihm die besten Jahre meines Lebens gegeben habe, das Haus immer tipptopp gehalten und auf meinen guten Ruf geachtet habe – und der dann einfach auf und davon geht mit einem dummen, jungen Huhn, einem Mädchen, das seine Tochter hätte sein können, mit Seufzern und Tränen, großen Sprüchen und Sex... einfach widerlich.

Die falschen Zähne hatte ich doppelt, als Reserve, wissen Sie. Es war alles ganz einfach. Die Dinger waren alt und saßen nicht so gut wie die Prothese, die ich in den Teich geworfen habe, zusammen mit den anderen Sachen, aber ich hab dann da oben im Norden einen guten Zahnarzt gefunden, und der hat mein Gebiß wieder auf Vordermann gebracht, nach ein oder zwei Jahren, als der Fall längst vergessen war. Hab nur das Haushalts-

geld mitgenommen und einen Mantel, den ich so gut wie nie getragen hatte. Dann hab ich meinen Ehering ins Pfandhaus getragen, mich auf den Zug geschwungen, und keine Menschenseele hat mich gesehen. Am nächsten Tag hab ich meine Frisur 'n bißchen verändert, mir die Brille aufgesetzt, und niemand hat mehr einen Blick auf mich verschwendet. Kümmern sich eben um ihren eigenen Kram, die Leute da oben im Norden. Das war Wochen, bevor überhaupt jemand wußte, daß ich weg war, außer Frank natürlich, und der hielt den Mund, logisch.
Hab eigentlich nie vorgehabt, noch mal zurückzugehen. Sollen ruhig schmoren, die beiden, hab ich mir gedacht. Aber morgen werd ich zu unserem Haus gehen und sehen, ob sie noch da ist. Gedächtnisverlust, werd ich ihr sagen, daß ich mich einfach an nichts mehr erinnern konnte. Schließlich kann kein Mensch das Gegenteil beweisen.
Bin gespannt, was sie für 'n Gesicht machen wird.

Der Alte Tom

Die Bäume stehen nahe beieinander oben auf einem Hügel. Der Hügel fällt ab zu einander kreuzenden, asphaltierten Wegen, dann noch ein Stück weiter bis zur Begrenzung des Gemeindeangers. Die Bäume erheben sich mit nackten Stämmen von der nackten Erde; nichts wird unter ihnen wachsen. Auch die Äste sind fast nackt, denn es ist Herbstanfang.
Die Bäume ragen schwarz in die Dunkelheit; es ist kein Laut zu hören. Die Vögel schlafen, kleine Tiere kommen nicht hierher, sie leben zwischen den Stechginsterbüschen und suchen in geschützteren Gegenden nach Futter. Unterhalb und jenseits des Hügels scheint der rosafarbene Schimmer der Stadt den nackten Hängen jedes Leben zu entziehen. Hier gibt es nur die Bäume, kahl in der Dunkelheit, dicht beieinander, mit rauher Rinde, alt, verwittert.
Einer davon ist ein Mann. Er steht mitten unter den Bäumen, reglos wie ein Baum, groß und gerade wie ihre Stämme. Er muß so stehen, weil er von ihnen geschützt wird – sonst erwischt Dad ihn. Er trägt einen alten Armeemantel, an dem schon seit langem die Knöpfe fehlen, und der an der Taille durch ein Stück Schnur zusammengehalten wird. Der Schimmer dort unten kommt aus der Küche; er ist sicher hinter der Schranktür, wenn er sich nicht bewegt. Unter dem Mantel trägt er eine alte Jacke, einen ausgefransten Pullover, ein seit jeher graues Hemd; darunter lederbraune Haut und verkrusteter Schmutz. Wenn er sich nicht bewegt, glaubt Dad, daß er tief und fest schläft. Über die Schulter geschlungen, trägt er eine abgerissene Tasche, an der der Reißverschluß kaputt ist. PANAM steht darauf. Zu seinen Füßen liegt eine Plastiktüte vom Supermarkt; sie ist vollgestopft mit Zeitungen, Essensresten, alten Socken, seinem Soldbuch,

einem Zeitungsausschnitt, auf dem König Georg VI. zu sehen ist, wie er kurz nach der deutschen Kapitulation eine Parade abnimmt. Schätze. Dad darf sie nicht finden.
In den fleckigen Turnschuhen trägt er keine Socken, aber er spürt die Kälte nicht. Er darf sich nicht bewegen. Unter dem feuchten, abgerissenen Hut, der mit dem strähnigen Haar darunter schon fast verwachsen ist, blicken wachsame Augen aus dem hageren Gesicht des Alten Tom. Schmutz klebt in seinen Hautfalten und seinem Stoppelbart, aber die Knochen halten sich immer noch wacker. Er hat noch fast alle Zähne. Die Augen, die tief in den Höhlen liegen, sind scharf. Wenn Dad die hintere Tür zuschlägt, kann er sich ohne Bedenken bewegen. Aber nicht vorher.

Am Morgen stutzt die Frau Kletterrosen. Sie weiß, es ist noch früh, aber sie wuchern einfach zu stark, seit ihr Mann sie nicht mehr zurückschneidet. Er stutzte gern die Rosen. Aber nur die Rosen, nicht den Rasen. Damit kam sie schon zurecht, aber die Rosen...? Das ist rücksichtslos, sie weiß; alles abschneiden, dann treiben sie wieder. Aber jetzt, wo sie den Tod kennengelernt hat, bringt sie es nicht übers Herz, zu töten. Der Tod steckt überall – in diesem Wurm, der Schnecke, der Blattlaus, den weitläufigen Wurzeln, den leeren Zimmern. Zimmer. Jetzt ihr Zimmer.
Schneide, schnipple, sei rücksichtslos. Dann regt sich wieder Leben in den Rosen. Nicht im Haus.
Sie nimmt eine Bewegung an der Wand wahr. Sie wendet den Kopf. Eine alte schwarze Katze ist aufs Blumenbeet heruntergesprungen und erstarrt bei ihrem Anblick. Ihr Fell ist verfilzt, ein Ohr ist flach und ausgefranst; ihre Augen in dem großen, schwarzen, maskenhaften Gesicht sind limonengrün und starr vor Schreck.
Sie starren einander an. Eigentlich sollte sie in die Hände

klatschen, denn Katzen graben Löcher im Garten. Die Katze sieht sie unverwandt an. »Was ist, Katze?« fragt sie ruhig.
Die Katze starrt immer noch, aber allmählich läßt der Schreck nach. Die Anspannung, wenn auch nicht die Wachsamkeit, weicht von ihr. Sie wendet den Blick ab und beginnt, vorsichtig eine Pfote vor die andere setzend, sich durch die Herbstastern davonzustehlen. Ihre Schwanzspitze zuckt – sie bemerkt, daß sie nicht ganz gerade ist. Wahrscheinlich hat sie sie sich vor langer Zeit einmal gebrochen. Die Katze setzt Pfote vor Pfote, sich immer bewußt des möglichen Schreckens, würdevoll und starr. Sie hat ein lahmes Hinterbein, doch sie bewegt sich mühelos, die Verletzung ist längst vergessen. Sie erreicht den Zaun, schlängelt sich hindurch und ist nicht mehr zu sehen.
Die Frau lächelt. Seufzt. Leben. Sie wendet sich von den Rosen ab und geht ins Haus.

Wenn das Wetter gut ist, hält der Alte Tom sich nahe beim Anger auf. Er kennt alle kleinen Täler und Dickichte, die Senken unter dem Viadukt beim Teich, die Holzunterschlüpfe beim Sportplatz, die zahlreichen Mülltonnen, in denen sich immer etwas Eßbares finden läßt, manchmal auch alte Schuhe oder zerrissene Kleidung. Er sitzt stundenlang mit seinen beiden Bündeln neben sich auf dem Hügel unter dem Nachtwald, über der weitläufigen Stadt. Niemand stört ihn hier. Die Leute setzen sich auf andere Bänke, denn er sieht furchterregend aus und riecht. Manchmal kommen Jungen vorbei und rufen: »Na, was ist denn in den Tüten, Dad? Hast wohl im Lotto gewonnen, was, Dad?« Er sieht sie mit unschuldigem Blick an. »Wo ist denn deine Ma, Tom? Deine Ma ist eine Hure, Tom. Sitzt dein Dad im Kittchen, Tom?« Sein Blick wird zornig, er versucht, sich zu erheben, murmelnd und mit den Armen herumfuchtelnd. Die Jungen haben Angst und laufen weg. »Verpiß dich, Dad!« rufen sie. Er sammelt seine Tüten zusammen, zittert und trottet den

Hügel hinunter. Man wird ihn schlagen, weil er sich selbst angepinkelt hat, der Leiter des Waisenhauses kennt da kein Pardon.

Am Fuße des Hügels, wo die Straßen verlaufen, macht er sich auf den Weg zur Bushaltestelle. Dort steht ein Unterstand, und die Busfahrer schenken ihm keine Beachtung, wenn er stundenlang dort sitzt. Manchmal streckt er sich sogar auf der Bank aus, benutzt seine Bündel als Kissen und schläft; aber die Fahrgäste haben etwas dagegen, besonders wenn es regnet. »Na komm schon, Dad, mach dich auf die Socken.« Der Inspektor kennt ihn. »Du kannst hier nicht schlafen, Dad. Geh ins Obdachlosenheim.«

Das Obdachlosenheim liegt am anderen Ende der Straße, ein heruntergekommenes dreistöckiges Reihenhaus mit nackten Böden und schäbigen, verkratzten Möbeln. Junge Männer und ein paar Frauen kochen hier für die Männer und wenigen Frauen, die von den Straßen hereinkommen, und hören ihnen zu. Es gibt heiße Suppe und Kuchen; in der düsteren Küche kann man sich einen Tee machen; Wein und andere alkoholische Getränke werden heimlich in den Toiletten oder im Hinterhof oder nach Anbruch der Dunkelheit in den Schlafsälen getrunken und sofort weggenommen, wenn es entdeckt wird. Niemand wird abgewiesen; dort bekommt man ein Bett, ohne etwas zahlen zu müssen.

Der Alte Tom hat es dort versucht. Aber das Obdachlosenheim ist nichts für ihn, nicht einmal im Regen. Das sind alles Diebe dort. Man schläft auf seinen Schätzen, aber immer noch wird gestohlen. Wo sonst wären wohl Veras Ring und ihr Bild verschwunden? Er hat den Ring nie verkauft, obwohl er neun Karat hatte, er hing an einem Band um seinen Hals. Weg. Schon vor Jahren, ganz am Anfang seiner Wanderzeit. Als er sich seine Straßen, Siedlungen und Spenden noch suchen mußte. Suppenküchen, Kaffeestände, verrückte Männer und Frauen auf Grund-

stücken, wo Bomben eingeschlagen hatten, Freudenfeuer. Diebe. Wo ist ihr Bild? In einem kleinen goldenen Rahmen. Die ganzen Jahre sicher in der Tasche seines Kampfanzuges, und dann plötzlich in so einem Obdachlosenheim aus seinen Tüten verschwunden. Das würde ihr nicht gefallen. »Du bist einfach zu weich, Tom. Du mußt sehen, wo du bleibst. Ich helfe dir, Tom.« Wo ist das Bild, und wo ist der Ring? Das sind alle Diebe.
Wenn das Wetter gut ist, geht er an der Bushaltestelle vorbei zu dem Baugelände. Dort gibt es Höhlen und Winkel, alte Fundamente, Keller und Durchgänge. Hier blühen wunderschöne Unkräuter und bieten mehr Schutz als Häuser. Und hier gibt es auch etwas zu essen. Leute, meistens alte Frauen, bringen Futter für die Katzen, die hier wild leben. Sie bringen es in Zeitungspapier eingewickelt oder in Kartons oder auf Zinntellern. Frische Nahrungsmittel, Fisch aus der Dose, gutes Fleisch.
Der Alte Tom schaut von einer kaputten Kellertür aus zu, sein Körper ist nicht zu sehen inmitten der Pflanzen. Die Katzen warten bereits, sie wissen, daß es Zeit ist. Die Schwanzspitzen zucken, die Augen bewegen sich nicht. Eine Woge von Pelzen schwappt den Frauen entgegen, die das Futter hier abladen, und die Katzen warten, bis diese Frauen sich entfernt haben, bevor sie sich über das Futter hermachen. Der Alte Tom richtet sich zu voller Größe auf und vertreibt alle bis auf die wildesten. Der alte Kater läßt sich nicht vertreiben, er hockt mit funkelnden Augen auf der Zeitung und faucht.
Der Alte Tom hat Achtung vor ihm. Und vor den anderen Katzen.

Den ganzen Herbst über schaut die Frau aus dem Fenster und sieht die alte Katze oft über ihren Rasen hinken. Der Kater hat keine Eile, er hat ein Auge auf das Haus, aber keine Angst. Manchmal bleibt er stehen, und sie betrachten einander durch die Fensterscheibe. Sie bewegt sich nicht, und schon einen

Augenblick später geht er weiter, das Fell über seinen Rippen stumpf, das Ohr zerquetscht, der Schwanz an der Spitze gebrochen.

Es ist ein warmer November, und die Verandatür steht offen. Schon seit einigen Tagen stellt sie einen Unterteller mit Milch an eine Stelle, wo er sie bemerken könnte, aber sie hat ihn nicht mehr gesehen. Jetzt, als sie drinnen sitzt und versucht, die Lobesbriefe zu beantworten, die sie noch immer für ihren Mann erhält, sieht sie, wie der alte Kater den Rasen überquert.

Sie bewegt sich nicht. Er bleibt stehen. Sein Blick sucht, seine platte Nase schnüffelt. Schnüffelt. Ganz nahe. Was für ein Luxus. Langsam, den Bauch am Boden, die Ohren angelegt, kommt er näher. Schnüffelt. Sieht sich mit harten grünen Augen um. Hockt sich hin, beginnt zu lecken. Rosa Zunge aus dem Maul und wieder zurück, wie das Ticken einer Uhr. Innehalten, sichern. Alles in Ordnung, hocken, lecken. Den Teller sauberlecken. Und wieder. Hoch. Lippen ablecken, zuckende Schwanzspitze, ein letzter Blick hinauf zu der Frau, die hinter der Fensterscheibe zusieht. Umdrehen und weghumpeln, als ob nichts gewesen wäre.

Die Frau lächelt.

Der Dezember ist feucht, der Januar kalt. Die alten Frauen kommen nicht mehr sooft zum Baugelände, und es wird immer schwieriger, die Katzen zu vertreiben. Die Leute gehen nicht mehr sooft auf den Hügeln um den Anger spazieren, und in den Abfallkörben finden sich fast nur noch Papier und Plastik. Im Obdachlosenheim gibt es eine Suppe und Kuchen, aber auch mehr Leute. Sie drängen ihn. Beweg dein Hinterteil weg hier, Tom, gleich legen wir an, mein Gott, sie haben uns im Visier, hey, hey, Corp, Corp, aus dem Weg, verdammt noch mal, du läufst mir immer vor den Füßen herum, ich ertrinke in den Untiefen, ich versinke in meinen verfluchten Stiefeln, ich

sterbe im Sand, in den Dünen, in den Büschen... Wo ist Veras Ring? Wo ist ihr Bild? Diebe, alles Diebe.
Er streift in der kalten Dämmerung herum. Geräuschlos in seinen schmutzigen Turnschuhen, grau wie die Dämmerung, sucht er in Mülltonnen und -säcken. An den Hintereingängen der Restaurants finden sich oft Schätze – nur halb verzehrte Hühnerschenkel, Hamburger, Brot, kalte Pommes. Ein Apfelkuchen, verschimmelt; angeschlagenes Obst. In Dosen Reste merkwürdiger Flüssigkeiten. Die Trinkwasserbrunnen sind jetzt wegen des Frostes abgesperrt, aber es gibt Teiche.
Geräuschlos, vorsichtig, hebt der Alte Tom den Deckel der Mülltonne. Er findet Schalen und Rinden, leere Dosen. Aus dem Haus scheint Licht heraus auf den Weg, wo er steht, er sieht einen halben Laib Brot, ein wenig angeschimmelt, und eine Lammkeule, an der noch Fleisch ist. Seine Augen leuchten beim Anblick dieses Schatzes auf, er beugt sich darüber, vorsichtig und gesittet, ohne Gier.
Eine Tür geht auf, und eine Frau tritt heraus.
Einen Augenblick sehen sie einander an, erstarrt, sie eine drohende Gestalt, dunkel vor dem hellen Eingang, er ein grauer Geist, wild und räuberisch. Sie hält den Atem an, er stößt einen gedämpften Schrei aus, dreht sich um und stürzt die Straße hinunter. Dabei läßt er den Deckel der Mülltonne fallen. Sie bleibt mit klopfendem Herzen einen Augenblick stehen. Dann geht sie hinunter und legt den Deckel wieder auf die Mülltonne; sie geht zurück ins Haus.

Wenn das Wetter kälter wird, nimmt die Zahl der Katzen auf dem Baugelände ab. Die schwächeren sind gestorben oder umgekommen – es gibt Ratten, Hunde und Autos und stärkere Katzen. Kälte und Feuchtigkeit schwächten die restlichen Katzen, viele haben Erkältungen. Aber der alte Kater überlebt. Er ist jetzt nicht mehr so dünn, und sein Fell glänzt. Sein Schwanz ist immer noch krumm, und er hinkt nach wie vor – schlimmer sogar, denn die Feuchtigkeit schadet ihm, aber jeden Tag, wenn sie ihm durch die Verandatür in die grünen Augen schaut, wird ihr Herz von Freude erfüllt. Langsam öffnet sie die Tür weit genug, damit er hereinkommen kann. Er weicht zurück, und sein dunkles Gesicht mit dem zerquetschten Ohr beobachtet sie. Dann kommt er vorsichtig herein. Herein zu dem Unterteller mit Milch. Ohne sich umzusehen, hockt er sich hin und beginnt zu lecken. Die Frau verläßt leise das Zimmer, und wenn sie zurückkehrt, sitzt er da, den Schwanz über die Vorderpfoten gelegt, und wartet auf das, was sie ihm bringt.

Sie legt es vor ihm auf den Boden. Er hockt sich hin und frißt, laut und schnell, und wendet dabei den Kopf hin und her. Vorsichtig streckt sie die Hand aus und streicht langsam, ganz langsam über seine knochigen Schultern, seine schmalen Rippen, zu seinem Hinterteil. Er knurrt ein wenig, hört aber nicht auf zu fressen. Anfangs, vor ein paar Wochen, hatte sie es noch nicht gewagt, ihn zu berühren. Sie wagt es immer noch nicht, seinen Kopf anzufassen. Doch diese eine, langsame Liebkosung läßt er nun zu, während er kaut und leckt und schluckt, den Teller abschleckt, sich wieder der Milch zuwendet, sich schließlich gesättigt aufrichtet und mit präzisen, fast schon rituellen Bewegungen beginnt, sich zu putzen.

Sie sieht ihm vom Stuhl aus zu. Ohren, Gesicht, Vorderpfoten, Hinterpfoten, gründliche Reinigung der Krallen; die prallen schwarzen Hoden und der rosafarbene After werden mit Hingabe gereinigt; dann wieder das Gesicht, die Schnurrhaare und die Ohren. Schließlich leckt er sich noch über die Nase und betrachtet sie gelassen mit seinen grünen Augen. Er steht auf, streckt sich, sieht sie mit fragendem Blick an. Sie steht ebenfalls auf und öffnet die Verandatür. Mit einem Zucken seines Schwanzes verschwindet der alte Kater wieder hinaus in die Dunkelheit.

»Warum bleibst du nicht eine Weile bei uns, Tom?« fragt der junge Mann, der für die Suppe und die Kuchen zuständig ist.
Tom starrt ihn nur an.
»Das wäre das beste für deine Bronchien, jetzt, wo der Winter da ist. Nur zum Essen und Schlafen?«
Tom gibt keine Antwort.
»Du weißt doch, daß du tagsüber tun und lassen kannst, was du willst, Tom. Du wärst dein eigener Herr. Du könntest das hier nur als Basis betrachten, ja?«
Eine Basis war etwas, wo man zuvor gewesen war und wohin man wieder zurückkehrte. Klirren, hart, durchnäßt, rauh, zerquetschen, Lärm, Stiefel, Metall, Lärm, zerquetschen. Basement, das Haus darüber eingestürzt und zerfallen, die Treppe noch in Ordnung, aber alles Lügen, daß man dort sicher ist. Nichts Sehenswertes mehr, der Schutt fast weggeräumt, nur noch die Treppen, das Gefühl seiner Stiefel an den Beinen und seines Bündels und der Mütze auf dem Kopf, als er dort stand. »Tut mir leid, Junge. Hast wohl Mitleid bekommen, was? Mehr kann ich dir nicht sagen. Hast du's schon im Rathaus versucht? Eine scheußliche Sache. Trotzdem weiß der alte Adolf jetzt, daß wir ihn geschlagen haben.«
Kann nicht im Obdachlosenheim bleiben, nicht unter einem Dach. Nur sicher unter dem Himmel. Und alles Diebe. Wo ist Veras Bild? Und ihr Ring? Diebe.

Der Anger bietet jetzt nur noch wenig Schutz. Die Bäume sind kahl, genauso wie die Büsche. Der Unterstand beim Sportplatz ist verschlossen, und die Bank an der Bushaltestelle ist abmontiert worden, damit niemand mehr darauf schläft. Das Baugelände ist eingezäunt.
Er sitzt manchmal auf einer Bank an der U-Bahn-Haltestelle; die Bediensteten lassen ihn in Ruhe, aber die Fahrgäste sehen ihn mit wütendem Blick an und machen ihm Angst. Schon bald

nach Mitternacht wird hier zugesperrt. Wie ein grauer, hagerer Baum trottet er leise zum Anger zurück. Der Rand seines sich auflösenden Hutes hängt ihm in sein bärtiges Gesicht, der Mantel schlägt ihm unterhalb des um die Taille gebundenen Strickes um den Körper, die Tüten mit seinen Schätzen baumeln um seine Knie. Seine Augen spähen unter seinem Hut hervor, wild und leer und unschuldig. Hinter der Tür wird Dad ihn nicht entdecken. Er wird geschlagen, wenn er ins Bett macht. Wo ist Veras Ring? Und ihr Bild?

Der alte Kater frißt fertig. Dann setzt er sich aufrecht hin, putzt Gesicht und Pfoten. Sie hat Angst, daß sein Fell ein wenig an Glanz verloren haben könnte, und er pfeift ein bißchen beim Atmen. Aber er hat seine ganze Milch aufgeleckt, fast die ganze Leber gefressen, und er macht einen leichten Buckel, als sie ihn streichelt.

Mit rasselndem Atem sitzt er einen Augenblick bewegungslos da, ohne sich so ausführlich geputzt zu haben wie sonst. Dann hebt er den schwarzen Kopf und sieht sie lange und unverwandt an. Seine Augen sind jadegrün, und darin glaubt sie – welche Freude – so etwas wie Liebe zu entdecken. Sie sehen einander an, ewig, wie es scheint. Dann steht er auf, streckt sich, wendet den Kopf; sie macht ihm die Tür auf. Er stolziert steif hinaus und hinkt langsam über den Schnee. Seine Pfoten hinterlassen kleine Löcher im Schnee.

Sie sieht ihn nie wieder.

LANDSTREICHER TOT AUFGEFUNDEN

Am vergangenen Mittwoch wurde die Leiche von Thomas Bradshaw (76) auf dem Gemeindeanger von Northfield gefunden. Bradshaw, der keinen festen Wohnsitz hatte, war in der Gegend bekannt und wurde von den Anwohnern und Sozialarbeitern liebevoll »Alter Tom« genannt. Die gerichtliche Untersuchung ergab Tod durch natürliche Ursachen.